Daqui a cinco anos

REBECCA SERLE

TRADUÇÃO
Alexandre Boide

4ª reimpressão

paralela

Copyright © 2020 by Rebecca Serle

A Editora Paralela é uma divisão da Editora Schwarcz S.A.

Grafia atualizada segundo o Acordo Ortográfico da Língua Portuguesa de 1990, que entrou em vigor no Brasil em 2009.

Título original
In Five Years

Capa
Laywan Kwan

Ilustração de capa
Shutterstock

Preparação
Marina Munhoz

Revisão
Luciane Helena Gomide e Andressa Bezerra

Dados Internacionais de Catalogação na Publicação (CIP)
(Câmara Brasileira do Livro, SP, Brasil)

Serle, Rebecca
    Daqui a cinco anos / Rebecca Serle ; tradução Ale-
xandre Boide. — 1ª ed. — São Paulo : Paralela, 2020.

    Título original : In Five Years.

    ISBN 978-85-8439-173-8

    1. Ficção norte-americana I. Título.

20-36244   CDD-813

Índice para catálogo sistemático:
1. Ficção : Literatura norte-americana 813

Cibele Maria Dias – Bibliotecária – CRB-8/9427

Todos os direitos desta edição reservados à
EDITORA SCHWARCZ S.A.
Rua Bandeira Paulista, 702, cj. 32
04532-002 — São Paulo — SP
Telefone: (11) 3707-3500
editoraparalela.com.br
atendimentoaoleitor@editoraparalela.com.br
facebook.com/editoraparalela
instagram.com/editoraparalela
twitter.com/editoraparalela

*Para Leila Sales, que iluminou os cinco últimos anos
e os outros cinco antes desses. Nós tivemos esses sonhos
porque eles já tinham acontecido.*

O futuro é a única coisa que com certeza não vai te abandonar, ele falou. O futuro sempre vai te encontrar. Não precisa fazer nada, o futuro te encontra. *Assim como a terra sempre termina no mar.*
Marianne Wiggins, *A invisível máquina do mundo*

Atravessar a ponte para Manhattan.
Comer torta.
Nora Ephron

Capítulo 1

Vinte e cinco. Eu conto até esse número todos os dias antes mesmo de abrir os olhos. É uma técnica de meditação que faz bem para a memória, a concentração e a atenção, mas faço isso porque é o tempo que David, meu namorado, demora para levantar da nossa cama e ligar a cafeteira, fazendo com que o cheiro da bebida se espalhe no ar.

Trinta e seis. É a quantidade de minutos que levo para escovar os dentes, tomar banho, passar tônico, sérum, hidratante, maquiagem e me vestir para o trabalho. Se lavar os cabelos, são quarenta e três.

Dezoito. Essa é a duração em minutos da caminhada de nosso apartamento em Murray Hill até a rua 47 Leste, onde fica a sede do escritório de advocacia Sutter, Boyt & Barn.

Vinte e quatro. Esse é o número mínimo de meses que acredito que duas pessoas devem estar namorando antes de decidirem morar juntas.

Vinte e oito. É a idade certa para ficar noiva.

Trinta. É a idade certa para casar.

Meu nome é Dannie Kohan. E eu acredito que os números são muito importantes.

"Feliz Dia da Entrevista", David me diz quando apareço na

cozinha. É hoje. Quinze de dezembro. Estou vestindo um roupão de banho, com uma toalha enrolada na cabeça. Ele ainda está de pijama, e seus cabelos têm uma quantidade razoável de fios grisalhos para alguém que nem sequer chegou aos trinta, mas gosto disso. Isso o faz parecer mais sério, principalmente quando está de óculos, o que acontece bastante.

"Obrigada", respondo. Eu o abraço, beijo seu pescoço e depois seus lábios. Já escovei os dentes, mas David nunca acorda com mau hálito. Nunca mesmo. Quando começamos a namorar, eu achava que ele escapulia da cama antes de mim para bochechar um pouco de enxaguante bucal, mas, quando viemos morar juntos, percebi que esse é seu estado natural. Ele acorda desse jeito. Comigo não é bem assim.

"O café está pronto."

Ele estreita os olhos na minha direção, e sinto um aperto no coração ao ver a maneira como ele enruga todo o rosto quando ainda não colocou as lentes de contato e está tentando enxergar melhor.

David pega uma caneca e serve o café. Vou até a geladeira e, quando ele me passa minha bebida, acrescento uma boa dose de creme com sabor de avelã. David considera isso um sacrilégio, mas compra mesmo assim, só para me agradar. Ele é assim mesmo. Me julga, mas é generoso.

Pego o café e vou sentar perto da janela da cozinha, com vista para a Terceira Avenida. Murray Hill não é o bairro mais glamouroso da cidade e não tem uma reputação muito boa (todos os judeus recém-formados da região metropolitana de Nova York se mudam para cá; o look padrão nas ruas é um moletom da Universidade Estadual da Pensilvânia), mas em nenhum outro lugar conseguiríamos alugar um apartamento de dois quartos com cozinha completa em um prédio com porteiro, e isso porque nossa renda somada é mais do que suficiente para um casal de vinte e oito anos.

David trabalha no mercado financeiro como analista de

investimentos na Tishman Speyer, uma grande companhia do ramo imobiliário. Eu sou advogada corporativa. E hoje tenho uma entrevista no principal escritório da cidade. Wachtell. A meca. O topo. O espaço mitológico localizado em uma fortaleza em preto e cinza na rua 52 Oeste. Os melhores do país trabalham lá. Eles têm uma lista de clientes inacreditável, representam todo mundo: Boeing, ING, AT&T. Todas as grandes fusões, os acordos que determinam as mudanças mais importantes nos mercados globais, acontecem entre aquelas paredes.

Eu tenho o desejo de trabalhar no Wachtell desde os dez anos de idade, quando meu pai me levava à cidade para almoçar no Serendipity e pegar uma matinê no cinema. Nós passávamos pelos edifícios altos da Times Square, e eu fazia questão de caminhar até o número 51 da rua 52 Oeste só para dar uma boa olhada no prédio da CBS, onde a sede do Wachtell está instalada desde 1965.

"Você vai arrasar hoje, linda", David me diz. Ele levanta os braços acima da cabeça, revelando um pedacinho da barriga. É um cara alto e magro. Todas as suas camisetas ficam curtas quando ele se espreguiça, o que não é nenhum problema para mim. "Está preparada?"

"Claro."

Quando surgiu a possibilidade da entrevista, pensei que fosse brincadeira. Um headhunter me ligando em nome do Wachtell, tá bom, até parece. Achei que Bella, minha melhor amiga — e a típica loirinha distraída e brincalhona —, devia ter pagado alguém para me dizer isso. Mas não, era verdade. O escritório Wachtell, Lipton, Rosen & Katz queria me entrevistar. Hoje, 15 de dezembro. Circulei a data no meu calendário com um marcador bem colorido. É um compromisso que nada seria capaz de apagar.

"Não esquece do jantar de comemoração hoje à noite", David avisa.

"Não sei se vou conseguir o emprego hoje mesmo", respondo. "Não é assim que os processos de seleção funcionam."

"Sério mesmo? Então me explica." Ele está me provocando. David é ótimo nisso. Ninguém imagina, porque na maior parte do tempo é todo comportado, mas ele tem uma mente brilhante e perspicaz. É uma das coisas de que mais gosto nele. Uma das suas primeiras características a me atrair.

Levanto as sobrancelhas para ele, que ameniza o tom. "Claro que você vai conseguir o emprego. Esse é o plano."

"Agradeço a confiança."

Não insisto muito no assunto, porque sei o que vai acontecer hoje à noite. David é péssimo em guardar segredos, e ainda pior em mentir. No segundo mês do meu vigésimo oitavo ano de vida, David Andrew Rosen vai me pedir em casamento.

"Duas colheres de cereal e meia banana?", ele pergunta, estendendo uma tigela para mim.

"Os dias mais importantes merecem bagel", respondo. "Com salada de peixe branco. Você sabe disso."

Antes de trabalhar em um caso importante, sempre passo na Sarge's, na Terceira Avenida. A salada de peixe branco deles é quase tão boa quanto a do Katz's, em Manhattan, e a espera, mesmo quando a fila está grande, nunca passa dos quatro minutos e meio. Admiro a eficiência deles.

"Não esquece do chiclete", David avisa, chegando mais perto de mim. Pisco algumas vezes para fazer charme e tomo um gole do café doce e quentinho.

"Você está atrasado", aviso. Acabei de me dar conta. Ele deveria ter saído horas atrás. Seu expediente segue o horário de abertura das bolsas de valores espalhadas pelo mundo. Isso me diz que ele não vai trabalhar hoje. Talvez ainda tenha que ir buscar a aliança.

"Pensei em esperar você sair." Ele olha o relógio. É da Apple. Comprei para ele no nosso aniversário de dois anos de namoro, quatro meses atrás. "Mas preciso ir. Eu vou malhar."

David nunca malha. Paga todo mês a mensalidade da academia, mas acho que só foi até lá umas duas vezes em dois anos e meio. É um cara naturalmente magro, que às vezes dá uma corridinha nos fins de semana. Esse gasto desnecessário é um ponto de discordância entre nós, então não falo nada a respeito. Não quero que nada atrapalhe o dia de hoje, ainda mais tão cedo.

"Claro", respondo. "Eu vou me arrumar."

"Mas não precisa ter pressa." David me puxa para junto de si e enfia a mão na abertura do meu roupão. Deixo que ele fique assim por um, dois, três, quatro...

"Pensei que você estivesse atrasado. E não posso perder a concentração."

David assente com a cabeça. Me dá um beijo. Ele me entende. "Sendo assim, vamos ter que compensar hoje à noite", ele responde.

"Não me provoca." Eu belisco seu braço.

Meu celular está tocando na mesa de cabeceira, e vou até lá. A tela está acesa com a foto de uma deusa *shiksa* de cabelos loiros e olhos azuis, mostrando a língua de lado para a câmera. Bella. Fico surpresa. Em geral minha melhor amiga só está acordada antes da hora do almoço quando passa a noite em claro.

"Bom dia", digo ao atender. "Onde você está? Em Nova York que não é."

Ela boceja. Imagino que esteja em alguma varanda à beira-mar, vestida com um quimono de seda.

"Não mesmo. Paris", ela responde.

Bem, isso explica o fato de ela ser capaz de falar a esta hora. "Pensei que você só fosse hoje à noite." O voo dela está anotado no meu celular: UA 57. Saindo de Newark às 18h40.

"Vim mais cedo", ela explica. "Meu pai queria jantar comigo hoje. Só para reclamar da minha mãe, claramente." Ela faz uma pausa, e escuto um espirro do outro lado da linha. "O que você vai fazer de bom hoje?"

13

Será que ela sabe sobre hoje à noite? David pode ter contado, eu acho, mas ela também é péssima em guardar segredos — principalmente de mim.

"Tenho um dia importante no trabalho, e depois vamos sair para jantar."

"Certo. O jantar", ela diz. Com certeza já está sabendo.

Ponho a ligação no viva-voz e balanço os cabelos. Vou precisar de sete minutos de secador. Olho no relógio: 8h57. Ainda tenho muito tempo. A entrevista é só às onze.

"Quase liguei para você três horas atrás."

"Bom, teria sido bem cedo."

"Mas você atenderia mesmo assim", ela responde. "Doida."

Bella sabe que eu deixo o celular ligado a noite toda.

Nós somos amigas desde os sete anos. Eu, uma boa menina de família judia do subúrbio de Main Line, na Filadélfia. Ela, uma princesinha franco-italiana que aos treze anos ganhou uma festa de aniversário capaz de colocar qualquer bar mitsvá no chinelo. Bella é mimada, imprevisível e dotada de uma boa dose de magia. Não sou só eu quem pensa assim. Por onde ela passa, as pessoas se jogam aos seus pés. É facílimo gostar dela, que por sua vez também adora todo mundo. Mas também é uma pessoa frágil. Sua casca é tão fina que não é preciso acontecer muita coisa para seus sentimentos transbordarem.

A conta bancária de seus pais é recheada e acessível, mas o tempo e a atenção deles, não. Quando éramos mais novas, ela praticamente morava na minha casa. Estávamos quase sempre juntas.

"Bells, preciso desligar. Tenho uma entrevista hoje."

"É mesmo! No Watchman!"

"Wachtell."

"O que você vai vestir?"

"Provavelmente um terninho preto. É o que sempre uso."

Já estou abrindo mentalmente meu armário. Minha roupa está escolhida desde o dia em que me ligaram.

"Quanta ousadia", ela fala em um tom de desdém, e consigo até vê-la franzindo o narizinho fino como se tivesse sentido algum cheiro ruim.

"Quando você volta?", pergunto.

"Provavelmente na quinta", ela diz. "Mas não sei. Renaldo quer me ver, e nesse caso a gente passaria alguns dias na Riviera. Pode parecer estranho, mas é ótimo ir para lá nesta época do ano. Sem ninguém por perto. Com todos os lugares só para a gente."

Renaldo. Fazia tempo que eu não ouvia esse nome. Acho que veio antes de Francesco, o pianista, e depois de Marcus, o cineasta. Bella está sempre apaixonada. Sempre. Mas seus romances, apesar de intensos e dramáticos, nunca duram mais que alguns meses. Ela raramente, talvez nunca, se refere a alguém como seu namorado. Acho que o último deve ter sido na época da faculdade. E o que será que aconteceu com Jacques?

"Divirta-se", digo. "Me manda uma mensagem quando pousar, e umas fotos, principalmente de Renaldo, para eu colocar nos meus arquivos."

"Sim, mamãe."

"Te amo", digo.

"Te amo mais."

Seco os cabelos e os deixo soltos, passando a chapinha até as pontas para os fios não ficarem frisados. Ponho uns brinquinhos de pérola que ganhei dos meus pais como presente de formatura e meu relógio Movado favorito, que David comprou para mim como presente de Chanuká no ano passado. O terninho preto escolhido, recém-chegado da lavanderia, está pendurado na porta do armário. Quando me visto, acrescento uma camisa branca bufante por baixo, em homenagem a Bella. Um pequeno detalhe para dar mais vida, como ela diria.

Volto para a cozinha e dou uma voltinha. David ainda não saiu nem se trocou. Com certeza tirou o dia de folga. "Que tal?", pergunto.

"Está contratada", ele diz, colocando a mão no meu quadril e me dando um beijo de leve no rosto.

Abro um sorriso. "É essa a ideia", respondo.

A Sarge's está previsivelmente vazia às dez da manhã — é um lugar onde as pessoas passam antes de irem para o trabalho —, então só demoro dois minutos e quarenta e quatro segundos para comprar meu bagel acompanhado de salada de peixe branco. Vou comendo enquanto ando. Às vezes fico no balcão perto da janela. Não há banquinhos, mas quase sempre sobra um espaço para colocar minha bolsa.

A cidade está toda enfeitada para as festas de fim de ano. Luzinhas acesas, janelas cobertas de neve falsa. A temperatura no momento está perto de zero grau, o que chega a ser quase agradável levando em conta os padrões do inverno nova-iorquino. E ainda não nevou, então posso andar de salto alto tranquilamente. Por enquanto, tudo certo.

Chego à sede do Wachtell às 10h45. Meu estômago começa a se voltar contra mim, e jogo fora o que sobrou do bagel. Chegou a hora. É por isso que me esforcei tanto nos últimos seis anos. Na verdade, nos últimos dezoito anos. Cada simulado para o vestibular, cada aula de história, cada hora estudando para o exame de admissão na faculdade de direito. As incontáveis noites indo dormir às duas da madrugada. Todas as broncas que levei no trabalho por alguma coisa que não fiz, todas as broncas que levei no trabalho por alguma coisa que fiz, todo o esforço que empreendi serviu para me trazer até aqui e para me preparar para este momento.

Ponho um chiclete na boca. Respiro fundo e entro no prédio.

O número 51 da rua 52 Oeste é gigantesco, mas sei exatamente em qual porta preciso entrar e a qual equipe de segurança me reportar (a mesa logo em frente à entrada). Ensaiei tudo isso muitas vezes na minha cabeça, como se fosse um balé. Primeiro a porta, depois o giro sobre os calcanhares, então uma leve curva à esquerda em uma rápida sucessão de passos. *Um, dois, três, um, dois, três...*

A porta do elevador se abre no trigésimo terceiro andar, e puxo o ar com força. É possível sentir a carga de energia, como uma injeção de açúcar na veia, quando olho ao redor e vejo as pessoas entrando e saindo das salas de reuniões com portas de vidro como figurantes do seriado *Suits* contratados só para este dia — para mim, apenas para meu desfrute. O escritório está em plena atividade. Fico com a impressão de que é possível entrar aqui a qualquer hora, em qualquer dia da semana, e dar de cara com essa cena. À meia-noite de sábado, às oito da manhã de domingo. É um mundo à parte, com sua própria definição de tempo.

É isso o que quero. O que sempre quis. Estar em um lugar que não para por nada. Estar cercada pelo ritmo da grandeza.

"Srta. Kohan?" Uma jovem vem até mim para me receber. Está usando um vestidinho justo da Banana Republic, sem blazer. É uma recepcionista. Sei disso porque as advogadas precisam usar terninho no Wachtell. "Por aqui."

"Muito obrigada."

Ela me conduz pelas instalações. Nos cantos, é possível ver o interior dos escritórios individuais, separados apenas por vidro, madeira e cromo. Escuto o *tump tump tump* do dinheiro. A recepcionista me conduz até uma sala de reuniões com uma mesa comprida de mogno. Sobre a superfície há apenas uma jarra com água e três copos. Reparo nessa sutil revelação de informação. Dois sócios vão participar da minha entrevista, não um. Isso é bom, claro, tudo bem. Já sei de trás para a frente o que preciso falar. Sou capaz de desenhar a planta do escritório para eles se for preciso. Está tudo sob controle.

Dois minutos se passam, então cinco, depois dez. A recepcionista já voltou para seu lugar faz tempo. Estou pensando em pegar um copo d'água quando a porta se abre e Miles Aldridge entra. Primeiro da classe em Harvard. Colaborador do *Yale Law Journal*. E sócio sênior do Wachtell. Ele é uma lenda, e está na mesma sala que eu. Respiro fundo.

"Srta. Kohan", ele diz. "Que bom que você pôde vir hoje."

"Claro, sr. Aldridge", respondo. "É um prazer conhecê-lo."

Ele ergue as sobrancelhas. Está impressionado por eu saber seu nome sem que precisasse se apresentar. Três pontos para mim.

"Podemos?" Ele faz um gesto para que eu me sente, e sigo a deixa. Ele serve um copo d'água para cada um. O terceiro fica sobre a mesa, intocado. "Certo", ele diz. "Vamos começar. Me fale um pouco sobre você."

Recito as respostas que ensaiei, aperfeiçoei e moldei ao longo dos últimos dias. Sou da Filadélfia. Meu pai tinha uma empresa de iluminação, e aos dez anos de idade eu já o ajudava no escritório com os contratos. Para organizar e arquivar tudo como gostaria, eu precisava ler algumas partes, e me apaixonei por aquela forma sistematizada de comunicação, por aquela linguagem — a verdade pura transmitida por aquelas palavras —, que era inegociável. Era como poesia, mas uma poesia com consequências, uma poesia com um significado concreto — que podia ser acionada na prática. Eu sabia que era isso que queria fazer. Entrei na Faculdade de Direito da Universidade Columbia e me formei em segundo lugar na minha classe. Ainda trabalhei como assistente da promotoria no tribunal do Distrito Sudeste de Nova York antes de admitir o que sempre soube, que queria ser uma advogada corporativa. Queria trabalhar em uma área que mexesse com coisas grandes, que fosse dinâmica, competitiva e que, sim, me desse a chance de ganhar muito dinheiro.

Por quê?

Porque foi para isso que nasci, foi para isso que me esforcei, e tudo isso me colocou aqui hoje, no lugar em que sempre soube que estaria. O portal para a grandeza. Aquele escritório.

Discutimos meu currículo ponto por ponto. Aldridge é surpreendentemente meticuloso, o que me beneficia, porque me dá mais tempo de expor minhas realizações. Ele me pergunta por que acho que vou me dar bem por lá, a que tipo de cultura de trabalho estou acostumada. Respondo que, assim que saí do elevador e vi aquela movimentação incessante, aquele frenesi de atividade, senti que estava em casa. Não estou sendo hiperbólica, ele percebe. E dá uma risadinha.

"É puxado", ele avisa. "E não para nunca, como você disse. Muita gente não aguenta."

Cruzo as mãos sobre a mesa. "Eu garanto", respondo, "que isso não vai ser problema para mim."

Então vem a pergunta proverbial. Aquela para a qual é preciso estar preparada, porque sempre vem:

Onde você se vê daqui a cinco anos?

Respiro fundo e dou minha resposta à prova de falhas. Não só porque ensaiei muito. Mas porque é verdade. Eu sei. Sempre soube.

Vou estar aqui, na Wachtell, como associada sênior. Vou ser a mais requisitada para casos de fusões e aquisições entre os advogados com o mesmo tempo de casa que eu. Sou detalhista e eficientíssima; precisa como um bisturi. E vou me candidatar ao posto de sócia júnior.

E fora do trabalho?

Vou estar casada com David. Vamos morar em Gramercy Park, com vista para o parque. Vamos ter uma cozinha dos sonhos e uma mesa com espaço para dois computadores. Vamos tirar férias nos Hamptons todo verão; às vezes um passeio em Berkshires, nos fins de semana. Quando eu não estiver no escritório, claro.

Aldridge fica satisfeito. Deu para perceber que mandei bem. Trocamos um aperto de mãos, e a recepcionista aparece de novo para me acompanhar ao elevador que vai me levar de volta para o mundo dos mortais. O terceiro copo na mesa era só para me desestabilizar. Boa jogada.

Depois da entrevista vou até a Reformation, uma das minhas lojas de roupas favoritas no SoHo. Tirei o dia de folga no trabalho, e ainda é hora do almoço. Agora que a entrevista acabou, posso voltar minha atenção para hoje à noite, para o que está por vir.

Quando David me contou que fez uma reserva no Rainbow Room, imediatamente entendi o que isso significava. Nós já conversamos sobre casamento. Eu sabia que o pedido viria este ano, mas pensei que seria no verão. O período das festas de fim de ano é uma loucura, e o inverno é uma época agitada no ramo de trabalho de David. Mas ele sabe como eu adoro ver a cidade toda iluminada, então vai ser hoje à noite.

"Bem-vinda à Reformation", diz a vendedora. Está vestindo uma pantalona preta e uma blusa branca justa de gola alta. "Em que posso ajudar?"

"Eu vou ser pedida em casamento hoje", digo. "E preciso de alguma coisa para vestir."

Ela parece confusa por um instante, mas em seguida seu rosto se ilumina. "Que incrível!", comenta. "Vamos dar uma olhada na loja. O que você tem em mente?"

Levo um monte de coisas para o provador. Saias, vestidos com decotes nas costas e uma calça vermelha de crepe com uma blusa de alças finas da mesma cor. Experimento o look vermelho primeiro, e fica perfeito. Dramático, mas sem perder a classe. Sóbrio, mas com um toque de ousadia.

Me olho no espelho. E estendo a mão.

É hoje, penso. *Esta noite.*

Capítulo 2

O Rainbow Room fica no sexagésimo quinto andar do número 30 da Rockefeller Plaza. É um dos restaurantes com uma das melhores vistas de Manhattan, e de suas varandas e suas janelas magníficas é possível ver o Chrysler Building e o Empire State se elevando acima do horizonte da cidade. David sabe que adoro ver as coisas de cima. Em um dos nossos primeiros encontros, ele me levou a um evento no alto do Metropolitan Museum of Art. Estava acontecendo uma exposição com algumas peças de Richard Serra no terraço, e a luz do sol fazia com que as esculturas gigantes de bronze parecessem estar em chamas. Isso foi dois anos e meio atrás, e ele nunca se esqueceu do quanto gostei do passeio.

O Rainbow Room em geral é restrito para eventos privados, mas eles abrem o salão para o jantar durante a semana para uma clientela selecionada. Como a Tishman Speyer, onde David trabalha, é proprietária e administradora do Rainbow Room e do imóvel onde está instalado, essas reservas ficam disponíveis primeiro para seus funcionários. Costuma ser quase impossível conseguir uma, mas para uma proposta de casamento...

David me recebe no Bar SixtyFive, o lounge anexo ao restaurante. Instalaram coberturas nas varandas, então, apesar do frio congelante lá fora, as pessoas ainda podem desfrutar da vista espetacular.

Como David falou que vinha "direto do trabalho", combinamos de nos encontrar aqui. Ele não estava em casa quando cheguei para me trocar, portanto só posso imaginar que foi fazer algum preparativo de última hora ou dar uma caminhada para acalmar os nervos.

Ele está de terno azul-marinho, com camisa branca e gravata azul e rosa. No Rainbow Room o uso do paletó é obrigatório, claro.

"Você está muito bonito", comento.

Tiro o casaco e lhe entrego, revelando meu look vermelho como fogo. Uma cor ousada para mim. Ele solta um assobio.

"E você está muito incrível", ele comenta, entregando meu casaco para um concierge que passa por nós. "Quer beber alguma coisa?"

Ele fica mexendo na gravata, e percebo que está nervoso, obviamente. Que fofo. Além disso, parece estar suando um pouco na testa. Com certeza veio andando para cá.

"Claro", respondo.

Nós nos acomodamos no balcão. Pedimos duas taças de champanhe. Fazemos um brinde. David fica me encarando com os olhos arregalados. "Ao futuro", digo.

Ele vira metade da taça. "Não acredito que não perguntei!", ele exclama, passando o dorso da mão nos lábios. "Como foi?"

"Eu arrasei." Ponho minha taça no balcão, triunfante. "Sinceramente, foi moleza. Não tinha como ter sido melhor. Foi Aldridge que me entrevistou."

"Porra, sério? E quando eles ficaram de responder?"

"Ele falou que me avisam até terça-feira. Se eu conseguir o emprego, começo depois das festas."

David toma mais um gole. Ele põe a mão na minha cintura e me aperta de leve. "Que orgulho de você. Mais um passo importante."

O plano de cinco anos que apresentei para Aldridge não é só meu, é *nosso*. Foi elaborado no sexto mês de namoro, quando ficou claro que a coisa era séria. David vai sair da área de banco de investimentos e começar a atuar em *hedge funds* — mais oportunidades para faturar dinheiro graúdo em um ambiente com menos burocracia corporativa. Sequer precisamos discutir onde gostaríamos de morar — para nós, a meta sempre foi Gramercy Park. E o restante foi uma negociação tranquila. Nunca houve um impasse.

"Verdade."

"Sr. Rosen, sua mesa está pronta."

Um homem de fraque branco nos conduz pelo corredor que separa o bar do salão.

Eu só tinha visto o Rainbow Room no cinema, mas é incrível, um cenário perfeito para um pedido de casamento. As mesas redondas são distribuídas lindamente ao redor de uma pista de dança circular, sobre a qual há um lustre maravilhoso. Os arranjos ornamentais florais, parecidos com os usados em casamentos, se espalham pelo salão. O clima é festivo, de fim de ano à moda antiga. Mulheres de casaco de pele. Luvas. Diamantes. Cheiro de couro novo.

"Que lindo", sussurro.

David me puxa para junto de si e me dá um beijo no rosto. "Estamos comemorando."

Um garçom puxa a cadeira para mim, e eu me sento. Um guardanapo branco surge de repente e é colocado no meu colo.

Melodias lentas e suaves de canções de Frank Sinatra flutuam pelo salão. Um cantor se apresenta em um canto.

"Isso é demais", comento. Na verdade, o que quero dizer é que é perfeito. É tudo o que eu queria. Ele sabe disso. É por isso que David é quem é.

Eu não diria que sou exatamente romântica. Mas acredito em romance, o que significa que prefiro receber uma ligação me chamando para sair em vez de uma mensagem de texto, e gosto de ganhar flores depois de uma noite de sexo, e de ouvir Frank Sinatra ao ser pedida em casamento. Em um mês de dezembro em Nova York.

Pedimos mais champanhe, desta vez uma garrafa. Por um momento, sinto um aperto no peito ao imaginar quanto esta noite vai custar.

"Nem pensa nisso", David avisa, como se lesse meus pensamentos. Adoro isso nele. Essa coisa de sempre saber o que estou pensando, porque estamos sempre em sintonia.

O espumante chega. Gelado e doce e pungente. A segunda taça desce fácil.

"Que tal uma dança?", David pergunta.

Na pista, vejo dois casais balançando de leve ao som de "All the Way".

"Through the good or lean years, and for all the in-between years..."*

De repente, me passa pela cabeça que David pode pegar o microfone. Pode querer fazer tudo em público. Ele não é espalhafatoso por natureza, mas é confiante, não tem medo de se expor. Fico incomodada com a possibilidade de que a aliança chegue em um suflê de chocolate e que ele se ajoelhe para o mundo inteiro ver.

"*Você* quer dançar?", questiono.

David detesta dançar. Preciso arrastá-lo para a pista nos casamentos. Ele acha que não tem ritmo. E tem razão, mas os caras que sabem dançar de verdade são tão poucos que isso não faz a menor diferença. Não tem jeito errado de dançar "P.Y.T." — o único erro é ficar sentado.

Ele me estende a mão, e eu aceito. Enquanto descemos os degraus para a pista circular, a música acaba. "It Had to Be You" começa a seguir.

---

* Por todos os anos bons e os ruins, e por todos os que ficarem no meio-termo... (N. T.)

David me segura entre os braços. Os outros casais — mais velhos — abrem sorrisos de aprovação.

"Então, você sabe que eu te amo", David diz.

"Sei, sim", respondo. "Quer dizer, é bom mesmo que ame."

É agora? Ele vai ajoelhar?

Mas ele continua se movendo, circulando lentamente a pista. A música termina. Algumas pessoas aplaudem. Voltamos para a mesa. De repente, fico decepcionada. Será que eu estava errada?

Fazemos nossos pedidos. Uma salada simples. Lagosta. Vinho. A aliança não está na pata da lagosta nem na taça de bordeaux.

Remexemos a comida no prato com lindos garfos de prata, sem comer quase nada. Geralmente comunicativo, David parece estar com dificuldade para se concentrar. Mais de uma vez esbarra na sua taça com água. *Vai logo*, sinto vontade de falar. *Eu vou aceitar*. De repente posso escrever isso no prato com tomates-cereja.

Enfim chega a sobremesa. Suflê de chocolate, crème brûlée, pavlova. Ele pediu uma de cada, mas não há nem sinal de um anel nos doces. Quando levanto os olhos, David desaparece do meu campo de visão. Porque está com uma caixinha nas mãos, ao lado da minha cadeira, ajoelhado.

"David."

Ele balança negativamente a cabeça. "Só desta vez, não fala nada, o.k.? Deixa comigo."

As pessoas ao nosso redor começam a murmurar baixinho. Em algumas das mesas há celulares voltados na nossa direção. Até o volume da música fica mais baixinho.

"Dannie, eu te amo. Sei que nenhum de nós dois é exatamente uma pessoa sentimental, e eu não costumo falar muito dessas coisas, mas quero que você saiba que o nosso relacionamento não se resume só a um plano para mim. Acho você uma mulher extraordinária, e quero construir uma vida ao seu lado.

Não só porque somos parecidos, mas porque combinamos, e porque quanto mais o tempo passa mais difícil fica imaginar a minha vida sem você."

"Sim", eu digo.

Ele sorri. "Acho que seria melhor você me deixar perguntar primeiro."

Alguém perto de nós cai na risada.

"Desculpa", respondo. "Pode perguntar."

"Danielle Ashley Kohan, quer se casar comigo?"

Ele abre a caixinha, onde vejo um diamante quadrado ladeado por duas pedras triangulares incrustadas em um anel simples de platina. É uma aliança moderna, clean, elegante. A minha cara.

"Pode responder agora", ele me avisa.

"Sim", digo. "Claro que sim."

Ele se levanta e me beija, e o salão irrompe em aplausos. Escuto os estalos das fotos sendo tiradas, e os "Ah!" e "Oh!" e outras demonstrações de apreço dos demais clientes.

David tira a aliança da caixa e põe no meu dedo. Demora um pouco para entrar — minhas mãos estão inchadas por causa da bebida —, mas depois é como se sempre tivesse estado lá.

Um garçom aparece com uma garrafa de alguma coisa. "Com os cumprimentos do chef", ele anuncia. "Parabéns!"

David volta a se sentar. Ele segura minha mão por cima da mesa. Fico olhando para a aliança, maravilhada, virando a mão de um lado para o outro à luz das velas.

"David", eu falo. "É linda."

Ele sorri. "Ficou ótima em você."

"Foi você que escolheu?"

"Bella ajudou", ele revela. "Fiquei com medo de que ela estragasse a surpresa. Sabe como é, sua amiga é péssima em guardar segredos de você."

Abro um sorriso. E aperto sua mão. Ele estava certo, mas

eu é que não vou falar nada. Isto é uma coisa importante nos relacionamentos: a gente não precisa dizer tudo. "Eu não fazia a menor ideia", respondo.

"Desculpa por ter sido em público e assim", ele diz, gesticulando para o ambiente ao nosso redor. "Eu não resisti. Este lugar praticamente exige isso."

"David", digo, olhando bem para ele. Meu futuro marido. "Quero que você saiba que eu suportaria mais dez pedidos em público para me casar com você."

"Suportaria nada", ele rebate. "Mas é capaz de me convencer de qualquer coisa, e isso é algo que adoro em você."

Duas horas depois, estamos em nosso apartamento. Famintos e bêbados de champanhe, nos debruçamos sobre o computador para pedir comida tailandesa no Spice pela internet. Nós somos assim. Gastamos setecentos dólares em um jantar, para depois chegarmos em casa e nos entupirmos de arroz frito barato. E eu espero que isso nunca mude.

Quero colocar uma calça de moletom, como de costume, mas alguma coisa me diz para não fazer isso — hoje não, pelo menos não ainda. Se eu fosse diferente — alguém como Bella —, teria uma lingerie para usar. Teria comprado durante a semana. Colocaria um conjunto de calcinha e sutiã combinando e apareceria na porta do quarto seminua. O pad thai que fosse à merda. Mas nesse caso eu provavelmente não seria a noiva de David.

Nós não somos de beber muito, e a champanhe e o vinho bateram com força. Eu me estico no sofá e coloco os pés sobre o colo de David. Ele aperta o arco do meu pé, massageando o ponto dolorido tão maltratado pelos meus saltos. Sinto o peso do estômago subir para a cabeça, até meus olhos começarem a se fechar como persianas sendo puxadas para baixo. Eu bocejo. Um minuto depois, pego no sono.

Capítulo 3

Vou acordando lentamente. Por quanto tempo será que dormi? Eu me viro e olho para o relógio na mesa de cabeceira: 22h59. Estico as pernas. David me trouxe para a cama? Os lençóis estão arrumadinhos e frios ao meu lado, e o peso nos meus olhos continua tentando me fazer pegar no sono — mas nesse caso eu perderia a ocasião, a noite do nosso noivado, e me obrigo a ficar acordada. Ainda temos mais champanhe para beber e precisamos transar. É isso que um casal faz quando assume o compromisso de se casar. Solto um bocejo, pisco algumas vezes e me sento, mas em seguida todo o ar foge dos meus pulmões. Porque não estou na nossa cama. Nem mesmo no nosso apartamento. Estou usando um vestido formal, com pedrarias ao redor do decote. E em um lugar que nunca vi antes.

Eu gostaria de poder dizer que estou dormindo, mas acho que não, sinceramente. Sou capaz de sentir minhas pernas, meus braços e as batidas frenéticas do meu coração. Será que fui sequestrada?

Dou uma olhada no ambiente. Reparando melhor, percebo que estou em um loft. A cama na qual estou deitada fica perto de janelas que vão do chão ao teto e indicam que a leste de mim está... Long Island City? Olho para fora, desesperada para encontrar algum ponto de referência. É quando vejo o Empire State Building se erguendo do outro lado de uma grande massa de água. Certo, estou no Brooklyn, mas em que parte? Vejo a paisagem de Nova York do outro lado do rio e, à direita, a Manhattan Bridge. O que significa que estou em Dumbo; só pode ser. David me trouxe para um hotel? Vejo um prédio com fachada de tijolinhos do outro lado, com uma porta de celeiro. Tem uma festa rolando lá dentro. É possível ver os flashes das câmeras e muitas flores. Um casamento, talvez.

O apartamento não é gigante, mas transmite uma sensação de bastante espaço. Há duas poltronas azuis de veludo colocadas lado a lado diante de uma mesa de centro de vidro e aço. Uma cômoda laranja está posicionada ao pé da cama, e tapetes persas coloridos fazem o ambiente aberto parecer aconchegante, talvez até um pouco poluído visualmente. Há tubulações e vigas de madeira expostas na parede, além de um pôster pendurado. É um cartaz no estilo dos usados pelos oftalmologistas em exames de vista, com os dizeres: EU ERA JOVEM E PRECISAVA DO DINHEIRO.

Onde é que eu estou?

Ouço a voz dele antes de vê-lo. "Está acordada?"

Fico paralisada. Será que me escondo? Ou saio correndo? Vejo uma porta grande de aço do outro lado do apartamento, na direção de onde vem a voz. Se eu fugir, posso conseguir abri-la antes de...

Ele contorna a parede do que deve ser a cozinha. Está de calça social preta e uma camisa listrada desabotoada perto do colarinho.

Meus olhos se arregalam. Sinto vontade de gritar; e deveria.

O desconhecido bem-vestido vem até mim, e pulo para o outro lado da cama, para perto das janelas.

"Ei", ele diz. "Está tudo bem?"

"Não", respondo. "Não está, não."

Ele suspira. Não parece muito surpreso com a minha resposta. "Você pegou no sono." O homem esfrega a testa. Percebo que ele tem uma cicatriz irregular acima do olho esquerdo.

"O que você está fazendo aqui?" Eu me encolhi tanto que estou quase encostada nas janelas.

"Qual é", ele diz.

"Você me conhece?"

Ele apoia um dos joelhos na cama. "Dannie, sério mesmo que está me perguntando isso?"

Ele sabe meu nome. E a maneira como o pronuncia me obriga a fazer uma pausa para respirar. Parece que não é a primeira vez que ele me chama assim.

"Sei lá", digo. "Não sei onde estou."

"Foi uma noite legal", ele comenta. "Não foi?"

Olho para meu vestido. E percebo que é mesmo um dos meus. Minha mãe e eu o compramos quando fizemos compras com Bella três anos atrás. Bella tem um igual, só que branco.

"Ah, sim", respondo, sem pensar. Como se eu soubesse. Como se fosse verdade. O que está acontecendo?

Nesse momento, olho para a TV. Estava ligada o tempo todo, com o volume baixinho, pendurada na parede diante da cama, exibindo o noticiário. Na tela há uma pequena legenda com o horário e a data: 15 de dezembro de 2025. Um homem de terno azul fala sobre o clima, com a neve caindo atrás de si. Preciso me esforçar para respirar.

"Que foi?", ele pergunta. "Quer que eu desligue?"

Faço que não com a cabeça. É uma reação automática, e fico observando enquanto ele vai até a mesa de centro e pega o controle remoto. Enquanto isso, tira a camisa de dentro da calça.

"Alerta de tempo severo na Costa Leste, com uma nevasca se aproximando. Existe a possibilidade de queda de vinte centímetros de neve durante a noite, e ainda mais até terça-feira."

Essa data, 2025. Não é possível; claro que não. Cinco anos...

Só pode ser alguma pegadinha. Bella. Quando éramos mais novas, ela fazia esse tipo de palhaçada o tempo todo. Uma vez, no meu aniversário de onze anos, deu um jeito de colocar um pônei no meu quintal sem os meus pais saberem. Nós acordamos com o bicho dando coices no balanço em que eu costumava brincar.

Mas nem mesmo Bella seria capaz de inserir uma data falsa em um noticiário transmitido em rede nacional. Ou seria? E quem é esse cara? Ai, meu Deus. E David?

O homem no apartamento se vira para mim. "Está com fome?"

Ao ouvir essa pergunta, meu estômago ronca. Não comi nada no jantar e, onde quer que eu esteja, no universo paralelo em que vivo com David, o pad thai com certeza ainda não chegou.

"Não", digo.

Ele inclina a cabeça para o lado. "Mas parece que está."

"Não estou, não", insisto. "É que... eu só preciso..."

"Comer um pouco", ele complementa com um sorriso. Começo a me perguntar o quanto essas janelas abrem.

Lentamente, vou contornando a cama.

"Quer se trocar primeiro?", ele pergunta.

"Eu não...", começo, mas não sei o que dizer, porque não sei onde estamos. Não sei nem onde encontrar outras roupas.

Eu o sigo até um closet. É bem grande, dá para andar lá dentro, e fica bem perto da cama. Vejo fileiras de sacolas, sapatos e roupas penduradas, tudo organizado por cores. Percebo imediatamente que esse closet só pode ser meu. O que significa que o apartamento também é. Eu moro aqui.

"Eu me mudei para Dumbo", comento em voz alta.

O homem dá risada. Em seguida abre uma gaveta perto do centro do closet, pega uma calça de moletom e uma camiseta. Meu coração dispara. São roupas de homem. Ele mora aqui também. Nós estamos... juntos.

David.

Dou alguns passos para trás e corro para o banheiro, que fica à esquerda da sala de estar. Fecho a porta e tranco. Jogo um pouco de água fria no rosto. "Pense, Dannie, pense."

Esse banheiro tem todos os produtos de que gosto. Creme corporal Abba e xampu com óleo de melaleuca. Passo um pouco de sérum MyChelle no rosto e me sinto reconfortada pelo cheiro e pela sensação familiar.

Atrás da porta está pendurado um roupão de banho com as minhas iniciais, que eu tenho desde sempre. Além disso, vejo uma calça preta de pijama e um moletom velho da Columbia. Tiro o vestido e coloco minhas roupas mais confortáveis.

Passo um pouco de óleo de rosa-mosqueta nos lábios e destranco a porta.

"Podemos comer uma massa ou... uma massa!", o homem grita da cozinha.

Vamos começar do início. Preciso descobrir o nome desse cara.

A carteira dele.

David e eu dividimos as contas da casa em um esquema de 60% e 40%, com base na discrepância de renda entre nós. Decidimos fazer assim depois que fomos morar juntos, e não mudamos desde então. Nunca mexi na carteira dele, a não ser por causa de um infeliz incidente envolvendo uma faca nova, para pegar o cartão de seu plano de saúde.

"Uma massa parece bom", respondo.

Volto para perto da cama, onde vejo a calça dele pendurada em uma poltrona, encostando no chão. De olho na cozinha, verifico os bolsos. Pego a carteira. Couro antigo, marca ilegível. Remexo lá dentro.

Ele está enchendo uma panela com água, e não desvia os olhos do que está fazendo.

Pego dois cartões de visita. Um é de uma lavanderia. O outro, um cartão de fidelidade da cafeteria Stumptown.

Então encontro sua carteira de motorista. Aaron Gregory, trinta e três anos de idade. O documento é do estado de Nova York, e ele tem um metro e oitenta de altura.

Coloco tudo de volta onde encontrei.

"Prefere molho vermelho ou pesto?", ele pergunta da cozinha.

"Aaron?", arrisco.

Ele sorri. "Sim?"

"Pesto", digo.

Vou para a cozinha. Estou em 2025, um homem que nunca vi é meu namorado e eu moro no Brooklyn.

"Eu também queria pesto."

Eu me sento ao balcão, que tem banquinhos de cerejeira com encosto de armação de arame que não reconheço e particularmente não gosto.

Aproveito para observá-lo. Tem cabelos loiros, olhos verdes e um maxilar que o deixa com cara de super-herói de Hollywood. É bonitão. Até demais para o meu gosto, sendo bem sincera, e está na cara, com base no visual e no nome, que não é judeu. Sinto meu estômago se revirar. É isso que vou ser em cinco anos? A namorada de um Adônis loiro, que mora em um loft no bairro dos artistas? Ai, meu Deus, será que a minha mãe sabe?

A água ferve, e ele despeja a massa na panela. O vapor sobe e o obriga a dar um passo para trás, limpando a testa.

"Eu ainda sou advogada?", pergunto de um jeito meio abrupto.

Aaron olha para mim e dá risada. "Claro que é", ele responde. "Quer vinho?"

Faço que sim com a cabeça, soltando um suspiro de alívio. Então algumas coisas saíram dos trilhos, mas nem todas. Consigo aceitar isso. Só preciso encontrar David, descobrir o que aconteceu entre nós, e podemos retomar a partir desse ponto. Ainda sou advogada. Aleluia.

Quando o macarrão está cozido, ele escorre a massa e põe de volta na panela com pesto e parmesão, e de repente fico até zonza de fome. Só consigo pensar na comida.

Aaron pega duas taças de vinho em um armário, movendo-se com naturalidade pela cozinha. Minha cozinha. Nossa cozinha.

Ele me serve uma taça de vinho tinto e coloca sobre o balcão. É grande e bojuda. Um brunello, talvez. Não é uma coisa que normalmente eu compraria.

"O jantar está servido."

Aaron me entrega uma tigela grande e fumegante de espaguete com molho pesto e, antes que ele se acomode ao balcão, já enfiei uma garfada na boca. Enquanto mastigo, passa pela minha cabeça que isto pode ser algum teste experimental do governo e que ele pode estar me envenenando, mas a fome é grande demais para me fazer parar de comer ou me preocupar.

A massa está uma delícia — bem quente e salgadinha —, e não levanto os olhos pelos cinco minutos seguintes. Quando faço isso, eu o pego me encarando.

Limpo a boca com o guardanapo. "Desculpa", digo. "Parece que não como nada há anos."

Ele assente com a cabeça e afasta sua tigela de comida. "Certo, temos duas opções. Podemos ficar só bebendo, ou podemos jogar Scattergories."

Adoro jogos de tabuleiros, o que ele deve saber, claro. David prefere baralho. Me ensinou a jogar bridge e Rummikub. Acha que jogos de tabuleiro são infantis e prefere passatempos que estimulem as sinapses cerebrais, como bridge e Rummikub.

"Encher a cara", respondo.

Aaron dá um apertão carinhoso no meu braço. Deixamos as louças no balcão mesmo. E agora? Eu me dou conta de que ele vai querer que eu vá para a cama. Esse meu namorado vai querer me tocar. Dá para sentir isso no ar.

Faço um desvio de rota e me sento em uma das poltronas de veludo azul. Ele me olha meio de lado. Hã.

De repente, uma coisa me passa pela cabeça. Olho para a minha mão, em pânico. Lá está, no meu dedo, uma aliança de noivado. Tem um diamante amarelo solitário. O estilo é vintage e singular. Não é o anel que David me deu hoje à noite. Não é nem um pouco parecido com o que eu escolheria. Mesmo assim, está aqui no meu dedo.

Merda. Merda. Merda. Merda.

Eu me levanto da cadeira em um pulo. Começo a andar de um lado para o outro no apartamento. Será que é melhor eu ir embora? Mas para onde iria? Para a minha antiga casa? Talvez David ainda esteja lá. Ou será que não? Provavelmente deve morar em Gramercy, com uma esposa que não seja louca. Talvez se eu contar o que está acontecendo ainda dê para consertar as coisas. Ele pode me perdoar pelo que fiz e que nos trouxe até aqui — e me fez parar neste prédio com um desconhecido do outro lado da cidade.

Tomo a direção da porta. Preciso sair daqui. Para fugir da sensação que está tomando conta do lugar. Onde eu guardo meus casacos?

"Ei", Aaron me chama. "Aonde você vai?"

Pense rápido. "Só até o café", respondo.

"O café?"

Aaron se levanta e vem até mim. Em seguida põe as mãos no meu rosto. Uma de cada lado. Estão frias, e por um momento a mudança de temperatura e a movimentação me deixam em choque. Faço menção de me afastar, mas ele me segura.

"Fica aqui. Por favor, não sai agora."

Ele me encara com os olhos sinceros e lacrimejantes. Então é isso que esse cara provoca. Esta sensação. É... uma coisa nova e familiar ao mesmo tempo. E pesa sobre mim. Paira sobre nós. E, apesar da minha vontade inicial, sinto que quero... quero ficar.

"Tudo bem", murmuro. Porque a pele dele está em contato com a minha, e seus olhos estão fixos nos meus. Apesar de não entender por que me comprometi a passar o resto da vida com esse homem, sei que na cama que dividimos a coisa pega fogo porque... essa química não é qualquer coisa. Percebo a ressonância que a sensação provoca no meu corpo, as reverberações de uma espécie de tsunami. Do lado de fora, o céu muda de cor.

Ele se encaminha para a cama, segurando minha mão, e eu me deixo levar. O vinho começou a me deixar mole. Sinto vontade de me espreguiçar.

"Cinco anos", murmuro.

Aaron se limita a me encarar, se recostando nos travesseiros. "Ei, você pode vir aqui?"

Não é uma pergunta, não exatamente, pois só permite uma resposta possível.

Ele abre os braços, e subo na cama. É como se meus membros estivessem sendo puxados, como se eu fosse uma marionete controlada por ele.

Que Deus me ajude, mas eu o deixo fazer isso. Ele me puxa para junto de si, e sinto seu hálito quente na minha bochecha.

Seu rosto se aproxima do meu. Lá vamos nós, ele vai me beijar. E eu vou deixar? Penso um pouco a respeito, e em David, e nos braços musculosos desse Aaron. Mas, antes que eu possa pesar os prós e contras da situação e chegar a uma conclusão embasada, seus lábios estão colados nos meus.

Eles me tocam levemente, e Aaron os mantém dessa forma — como se soubesse, como se estivesse esperando que eu me acostumasse com seu toque. E então usa a língua para abrir minha boca de leve.

Ai, meu Deus.

Estou me derretendo toda. Nunca senti nada parecido com isso. Nem com David, nem com Ben, o único outro cara que namorei a sério na vida, nem mesmo com Anthony, o caso que tive quando fui fazer um intercâmbio estudantil em Florença. Aqui a coisa chega a outro nível. Ele me beija e me toca como se estivesse dentro da minha mente. E, bom, como estamos no futuro, talvez isso seja possível mesmo.

"Tem certeza de que está tudo bem?", ele pergunta, e eu respondo puxando-o para mais perto.

Ele enfia a mão por baixo da minha blusa, que é arrancada sem que eu perceba; só sinto o ar frio em contato com minha pele descoberta. Estou sem sutiã? Sim, estou sem sutiã. Aaron se inclina para a frente e abocanha um mamilo.

Que loucura. Estou maluca. Pirei totalmente.

Mas é muito gostoso.

O resto das roupas vai embora. Em algum lugar — em uma estratosfera diferente —, escuto um carro buzinar, um trem passar, os barulhos da cidade.

Ele me beija com mais intensidade. Nos deitamos rapidinho. É tudo delicioso. Suas mãos percorrendo a curvatura da minha barriga, sua boca no meu pescoço. Nunca fui para a cama com alguém no primeiro encontro antes — mas é isso o que está acontecendo, não? Sequer nos conhecíamos uma hora atrás e agora estamos prestes a transar.

Mal posso esperar para contar tudo a Bella. Ela vai adorar. Vai... Mas e se eu nunca mais voltar? E se esse cara for o meu noivo agora, e não um desconhecido, e eu não puder nem compartilhar os detalhes dessa experiência maluca e...

Ele aperta a curvatura do meu quadril, e todos os meus pensamentos sobre tempo e espaço voam pela janela, que exibe uma pequena rachadura.

"Aaron", eu digo.

"Sim."

Ele sobe em cima de mim, e minhas mãos descobrem a musculatura de suas costas, os contornos de seus ossos, seu relevo — nodoso, firme e pacífico. Eu me arqueio em sua direção, para esse homem que é ao mesmo tempo um estranho e algo completamente diferente. Suas mãos seguram meu rosto, depois descem pelo meu pescoço e me seguram pelas costelas. Sua boca procura a minha, cheia de urgência. Cravo os dedos em seus ombros. Pouco a pouco, vou me esquecendo de onde estou, e então me desligo de vez. Só o que consigo sentir são os braços de Aaron me abraçando com força.

Capítulo 4

Acordo sobressaltada, levando a mão ao peito.

"Ei", uma voz familiar me diz. "Você está acordada."

Levanto os olhos e vejo David de pé ao meu lado, com uma tigela de pipoca na mão. Também está com uma garrafa de água — não exatamente o vinho que eu estava bebendo agora há pouco. Olho para meu corpo, ainda vestido com o conjuntinho vermelho que comprei na Reformation. Que diabos acabou de acontecer?

Faço um esforço para me sentar. Estou de volta ao sofá. David está vestindo sua blusa de moletom com estampa de jogo de xadrez e uma calça preta do mesmo tecido. Estamos no nosso apartamento.

"Pensei que você fosse embalar até de manhã", David comenta. "E perder a nossa grande noite. Eu sabia que aquela segunda garrafa ia derrubar a gente. Já tomei dois comprimidos de Advil, você quer um?" Ele põe a pipoca e a água de lado e se inclina para me beijar. "Vamos ligar para os nossos pais agora ou amanhã? Você sabe como eles estão ansiosos. Já deixei todo mundo avisado."

Penso a respeito do que ele está me dizendo. Estou paralisada. Deve ter sido um sonho, mas... como pode? Poucos minutos atrás, eu estava na cama com um cara chamado Aaron. A gente estava se beijando, ele estava passando a mão no meu corpo todo, e foi o sexo mais intenso da minha vida. No sonho, transei com um desconhecido. Sinto vontade de tocar meu corpo, para confirmar minha realidade física. Seguro os cotovelos com as mãos e os braços junto ao peito.

"Está tudo bem?", questiona David. O clima leve do momento se foi, e agora ele está me encarando intensamente.

"Quanto tempo eu dormi?", pergunto.

"Mais ou menos uma hora", ele diz. David parece se dar conta de alguma coisa, e chega mais perto de mim. A proximidade de seu corpo parece uma invasão. "Ei, escuta só, você vai conseguir o emprego. Dá para ver que você está estressada por isso, e talvez tenham acontecido coisas demais em um dia só, mas é claro que vai ser a escolhida. Você é a candidata perfeita, Dannie."

Minha primeira reação é perguntar: *Que emprego?*

"A comida já chegou", ele avisa, se recostando. "Está na geladeira. Vou pegar os pratos."

Faço que não com a cabeça. "Não estou com fome."

David fica me olhando, chocado. "Como isso é possível? Uma hora atrás você me disse que estava até com fraqueza de tanta fome." Ele se levanta e vai até a cozinha, ignorando o que eu disse. Depois de abrir a geladeira, começa a tirar as embalagens lá de dentro. Pad thai. Frango com curry. Arroz frito. "Todos os seus pratos favoritos", ele comenta. "Quente ou frio?"

"Frio", respondo. Puxo a coberta para junto do corpo.

David volta, equilibrando as embalagens nos pratos. Começa a abrir uma por uma, e sinto o cheiro agridoce e pungente dos temperos.

"Tive um sonho bem maluco", confesso. Talvez, se eu conversar a respeito, a coisa faça sentido. Talvez, expondo tudo, eu consiga tirar isso da cabeça. "E... não consigo esquecer. Eu falei alguma coisa durante o sono?"

David põe macarrão em um prato e pega um garfo. "Não, acho que não. Mas eu fui tomar banho uma hora, então pode ser." Ele enfia uma bela garfada do pad thai na boca e mastiga. Alguns pedaços vão parar no chão. "Foi um pesadelo?"

Eu penso em Aaron. "Não", respondo. "Quer dizer, não exatamente."

David engole a comida. "Ótimo. Sua mãe já ligou duas vezes. Não sei por quanto tempo vou conseguir continuar enrolando." Ele põe o garfo no prato e me abraça. "Mas tenho planos para nós dois esta noite."

Meus olhos se voltam para minha mão. A aliança, o anel certo, está de novo no meu dedo. Solto um suspiro.

Meu celular começa a vibrar.

"É Bella, de novo", diz David, com um tom um tanto cansado.

Eu me levanto do sofá, pego o celular e levo comigo para o quarto.

"Vou ligar no jornal um pouco", David grita para mim.

Fecho a porta atrás de mim e atendo a ligação. "Bells."

"Eu consegui esperar!" Ela está em um lugar barulhento, e o som de conversas é nítido do outro lado da linha. Bella está na balada. Ela solta uma risada musical. "Você está noiva! Parabéns! Gostou da aliança? Me conta tudo!"

"Você ainda está em Paris?", pergunto.

"Estou!", ela diz.

"Quando vai voltar para casa?"

"Não sei", ela responde. "Jacques quer passar uns dias na Sardenha."

Ah, Jacques está de volta. Se Bella acordasse cinco anos no futuro em um apartamento diferente, sequer pararia para pensar a respeito.

"Em dezembro?"

"Dizem que é bem tranquilo e romântico."

"Pensei que você fosse para a Riviera com Renaldo."

"Bom, ele deu o cano, e Jacques mandou uma mensagem dizendo que estava na cidade e *voilà*. Novos planos!"

Eu me sento na cama. Olho ao redor. As poltronas cinza que comprei com meu primeiro salário no Clarknell, a cômoda de carvalho que veio da casa dos meus pais. Os abajures de baquelite que David trouxe consigo de seu apartamento em Turtle Bay.

Penso naquele loft espaçoso no Dumbo. As poltronas de veludo azul.

"Ei", eu digo. "Preciso te contar uma coisa meio maluca."

"Me conta tudo!", ela grita ao telefone, e eu a imagino rodopiando em uma pista de dança no terraço de algum hotel parisiense, com Jacques a segurando pela cintura.

"Não sei como explicar. Eu peguei no sono e... não estava sonhando. Sou capaz de jurar que estava em um apartamento, e tinha um cara lá. Foi muito real. Como se eu estivesse mesmo naquele lugar. Esse tipo de coisa já aconteceu com você?"

"Não, querida, a gente vai para o Marais!"

"Quê?"

"Desculpa, está todo mundo morrendo de fome aqui, está bem tarde. Estamos curtindo faz um tempão. Mas espera aí, foi tipo um sonho? Ele não fez o pedido no terraço do restaurante?" Escuto uma explosão de ruído, uma porta sendo fechada e uma retirada para um local silencioso.

"Ah, é, o restaurante", digo. "Conto tudo quando você voltar."

"Eu estou ouvindo, estou ouvindo!", ela garante.

"Está nada", respondo com um sorriso. "Se cuida, tá bom?"

Tenho certeza de que ela está revirando os olhos neste momento. "Sabia que os franceses não têm nem uma palavra para cuidado?"

"Isso não tem a menor possibilidade de ser verdade", rebato. "*Beaucoup*." É praticamente a única palavra em francês que conheço.

"Enfim", ela diz. "Eu gostaria que você se divertisse mais."

"Eu me divirto", respondo.

"Me deixa adivinhar. David está vendo a CNN agora, e você está com uma máscara facial. E vocês acabaram de ficar *noivos!*" Levo a mão às bochechas. "Minha pele está bem seca."

"Como foi a entrevista de emprego?", ela quer saber. "Eu não esqueci, só tirei o assunto temporariamente da cabeça."

"Foi ótima, para ser bem sincera. Acho que vai rolar."

"Claro que vai rolar. Para não rolar, precisaria acontecer um desequilíbrio no universo que nem deve ser cientificamente possível."

Sinto um aperto no estômago.

"Vamos tomar um brunch regado a álcool quando eu voltar", ela diz. A porta se abre de novo, e o barulho volta a predominar do outro lado da linha. Ouço quando ela dá dois beijinhos em alguém.

"Você sabe que eu odeio brunch", respondo.

"Mas você me ama."

Ela desliga no meio de um burburinho.

David entra no quarto, com os cabelos desarrumados, tira os óculos e esfrega o nariz.

"Está muito cansada?", ele pergunta.

"Na verdade, não", digo.

"Pois é, eu também não." Ele sobe na cama. E vem para junto de mim. Mas eu não vou conseguir. Não agora.

"Só preciso pegar uma água", aviso. "Bebi champanhe demais. Quer também?"

"Claro." Ele boceja. "E que tal me fazer um favor e apagar a luz antes de sair?"

Eu me levanto e aperto o botão do interruptor. Vou para a sala de estar. Mas, em vez de pegar água, dou alguns passos até a janela. A TV está desligada, e o interior do apartamento está escuro, mas as ruas estão todas iluminadas. Olho para baixo. A Terceira Avenida está movimentada inclusive agora, bem depois da meia-noite. Tem gente lá fora, rindo e falando alto. A caminho dos bares da nossa juventude: Joshua Tree, Mercury Bar. Vão dançar até o amanhecer ao som de músicas dos anos 90 que são novos demais para conhecer de verdade. Fico um tempão ali. As horas passam. As ruas se acalmam, e a voz de Nova York se torna um sussurro. Quando volto para o quarto, David está dormindo profundamente.

Capítulo 5

Eu consigo o emprego; claro que sim. Eles me ligam uma semana depois e fazem a oferta, com um salário um pouquinho menor que o meu. Faço uma contraproposta, e em 8 de janeiro dou meu aviso-prévio. David e eu nos mudamos para Gramercy. Isso acontece um ano mais tarde, quase no mesmo dia. Encontramos um ótimo apartamento sem mobília disponível para sublocação num prédio que sempre achamos incrível. "Vamos ficar até aparecer um para comprar", David me diz. É isso que ocorre no ano seguinte, e nós compramos o imóvel.

David começa a trabalhar em um *hedge fund* criado por seu antigo chefe na Tishman. Sou promovida a associada sênior.

Quatro anos e meio se passam. Invernos e outonos e verões. Tudo sai de acordo com o planejado. Tudo. Com exceção do fato de que David e eu não nos casamos. Nunca marcamos a data. Dizemos que estamos muito ocupados, e é verdade. Dizemos que não precisamos casar antes de ter filhos. Dizemos que queremos viajar. Dizemos que vamos resolver isso quando for a hora certa — que nunca chega. Num ano o pai dele teve problemas cardíacos, no outro nos mudamos. Sempre existem motivos, e são boas razões, mas não explicam nada. A verdade é que, toda vez que nos aproximamos, eu penso naquela noite,

45

naquela hora, naquele sonho, naquele homem. E a lembrança me faz interromper tudo antes mesmo de começar.

Depois daquela noite, fui fazer terapia. Não conseguia parar de pensar em tudo o que aconteceu naquela hora. Era uma lembrança muito real, como se fosse algo que de fato vivi. Senti que estava enlouquecendo, e por isso não quis contar para ninguém, nem para Bella. O que eu iria dizer? Que acordei no futuro? Que transei com um desconhecido? O pior de tudo é que Bella provavelmente acreditaria em mim.

Sei que a função dos terapeutas é ajudar a descobrir que tipo de loucura está afetando seu cérebro e buscar uma cura. Então na semana seguinte fui a um consultório no Upper West Side. Altamente recomendado. Em Nova York, os melhores profissionais de saúde mental atendem no Upper West Side.

O consultório da minha terapeuta era bem iluminado e agradável, embora um pouco sem vida. Tinha só um vaso com uma planta enorme. Não consegui descobrir se era de verdade ou não. Nunca encostei. Ficava do outro lado do sofá, atrás da poltrona dela, então era impossível chegar lá.

Dra. Christine. Ela preferia ser chamada pelo primeiro nome para criar uma relação mais próxima. Não funcionou. Ela usava um monte de peças da Eileen Fisher — tantas camadas de linho, seda e algodão que nunca consegui ver direito sua silhueta. Tinha uns sessenta anos, talvez.

"O que trouxe você até aqui hoje?", ela me perguntou.

Eu havia feito terapia uma vez, depois que o meu irmão morreu. Um acidente fatal envolvendo um motorista alcoolizado quinze anos atrás que fez a polícia bater na nossa porta à 1h37 da madrugada. Ele não estava dirigindo. Estava no assento do passageiro. A primeira coisa que ouvi foram os gritos da minha mãe.

Nas sessões, eu falava sobre ele, sobre o nosso relacionamento e fazia desenhos de como achava que tinha sido o acidente, o que parecia uma forma bem condescendente de tratar uma menina de doze anos. A terapia durou um mês, mais ou menos. Não me lembro de muita coisa, mas sei que depois das consultas a minha mãe me levava para tomar sorvete, como se eu tivesse sete anos, e não quase treze. Na maioria das vezes eu não queria, mas sempre pedia duas bolas de menta com gotas de chocolate. Parecia importante entrar no jogo naquele momento, e isso continuou valendo por um bom tempo.

"Tive um sonho esquisito", falei. "Quer dizer, me aconteceu uma coisa estranha."

Ela assentiu com a cabeça. Uma camada de seda se moveu. "Gostaria de falar mais a respeito?"

Eu falei. Contei que David e eu ficamos noivos, que bebi champanhe demais, que peguei no sono e acordei em 2025, em um apartamento que não conhecia e com um homem que nunca tinha visto antes. Deixei de fora a parte da transa.

Ela me observou por um bom tempo antes de começar a falar. Isso me deixou bem desconfortável.

"Me conte mais sobre seu noivo."

Fiquei imediatamente aliviada. Sabia o que ela pretendia com isso. Diria que eu estava insegura em relação a David, e que por isso meu subconsciente estava projetando uma espécie de realidade alternativa em que eu não estava sujeita ao fardo representado pelo meu compromisso.

"Ele é ótimo", falei. "Estamos juntos há mais de dois anos. É um cara muito determinado e me trata bem. É um bom partido."

Ela sorriu, a dra. Christine. "Que bom", comentou. "O que você acha que ele diria a respeito dessa experiência que me contou?"

Eu não contei nada para David. Não tinha como, obviamente. O que ele poderia dizer? Acharia que estou maluca, e com razão.

"Ele diria que foi só um sonho e que estou estressada por causa do trabalho."

"E seria verdade?"

"Não sei", respondo. "É por isso que estou aqui."

"Ao que parece, você não está disposta a admitir que foi só um sonho, mas não sabe o que significaria se não tiver sido", ela falou.

"O que mais pode ter sido?" Eu estava realmente interessada em ouvir uma opinião a respeito.

Ela se recostou na poltrona. "Uma premonição, talvez. Uma viagem psicossomática."

"Esses são só outros termos para falar de sonhos."

Ela riu. Tinha uma risada gostosa. A camada de seda se mexeu de novo. "Às vezes acontecem coisas inexplicáveis."

"Como o quê?"

Ela me encarou. O tempo tinha acabado.

Depois dessa sessão, me senti estranhamente melhor. Como se depois disso eu conseguisse ver a coisa como o que de fato era: loucura. Eu poderia despejar a questão do sonho esquisito sobre a terapeuta. Era problema dela. Não meu. Ela que arquivasse tudo junto com os casos de divórcio, incompatibilidade sexual e desentendimentos entre mães e filhos. E, por quatro anos e meio, deixei essa questão esquecida por lá.

Capítulo 6

É um sábado de junho, e estou indo me encontrar com Bella para um brunch. Não nos vemos há quase dois meses, que é o maior tempo que ficamos longe uma da outra, incluindo na conta sua temporada em Londres em 2015, quando ela "se mudou" para Notting Hill para passar seis semanas pintando. Estou atolada de trabalho. Meu emprego é ótimo — e impossível. Não é difícil, é impossível. Encaro o equivalente a uma semana de trabalho por dia. Estou sempre atrasada. Vejo David no máximo uns cinco minutos por dia, quando um de nós acorda entre bocejos para falar com o outro. Pelo menos estamos na mesma sintonia. Estamos trabalhando pela vida que queremos (e vamos) ter. Graças a Deus nos entendemos bem.

Hoje está chovendo. A primavera de 2025 está sendo bem úmida, então não é nada que cause estranhamento, mas comprei uns vestidos novos e queria poder usar um. Bella vive dizendo que meu estilo é "conservador", porque noventa por cento do tempo estou de terninho, então pensei em surpreendê-la com um visual inesperado. Dei azar. Em vez disso, ponho uma calça jeans, uma camiseta branca da Madewell, meu sobretudo da Burberry e botas impermeáveis que vão até os tornozelos. Hoje está fazendo uns dezoito graus. O suficiente para suar se estiver de casaco, mas morrer de frio se não estiver.

Marcamos de nos encontrar no Buvette, um café francês pequenininho no West Village que frequentamos há anos. Eles fazem os melhores ovos e o melhor *croque monsieur* do planeta — e servem um café bem forte. No momento, preciso de uma caneca bem grande.

Além disso, é um dos lugares favoritos de Bella, que conhece todos os garçons pelo nome. Quando tínhamos vinte e poucos anos, ela ia até lá para desenhar.

Acabo pegando um táxi, porque não quero me atrasar, apesar de saber que Bella só vai aparecer uns quinze minutos depois da hora marcada. Bella está sempre quinze ou vinte minutos atrasada para qualquer compromisso.

Mas quando chego ela já está lá, sentada perto da janela a uma mesa para dois.

Está usando um vestido florido longo e esvoaçante, que está molhado na bainha — com seu um metro e sessenta, ela não é alta o suficiente para essa roupa — e um blazer de veludo vermelho. Seus cabelos estão soltos, caindo em cachos sobre os ombros, como tufos de lã. Ela é linda. Toda vez que nos vemos eu me lembro disso.

"Não é possível que isso esteja acontecendo", comento. "Você chegou mais cedo que eu?"

Ela encolhe os ombros, e seus brincos de argola batem no pescoço. "Estava ansiosa para ver você." Bella se levanta da cadeira e me abraça com força. Seu cheiro é o de sempre. Melaleuca e lavanda, com um toque de canela.

"Estou toda molhada", digo, mas não a solto. É um abraço gostoso. "Eu também estava com saudade."

Coloco o guarda-chuva embaixo da cadeira e penduro meu sobretudo no encosto. Está mais frio do que deveria do lado de dentro do café. Eu esfrego as mãos.

"Você está parecendo mais velha", ela comenta.

"Poxa, valeu."

"Não foi isso o que eu quis dizer. Quer café?"

Faço que sim com a cabeça.

Bella ergue a xícara de café para o garçom. Ela vem aqui muito mais vezes que eu. Mora a dois quarteirões de distância, na esquina da Bleecker com a Charles, no apartamento térreo que seu pai comprou para ela em um predinho com fachada de tijolos dois anos atrás. É um apartamento de três quartos, impecavelmente decorado com seu estilo boêmio e com um ar de nem-pensei-muito-nisso-mas-ficou-incrível.

"O que nosso querido David está fazendo esta manhã?", ela pergunta.

"Ele foi à academia", respondo, abrindo meu guardanapo.

"Academia?"

Eu dou de ombros. "Foi isso que ele falou."

Bella abre a boca para dizer alguma coisa, mas desiste. Ela gosta de David. Ou pelo menos parece que sim. Acho que preferiria que eu estivesse com alguém mais aventureiro, que me tirasse um pouco mais da minha zona de conforto. Mas o que ela não percebe, ou convenientemente se esquece, é que não somos iguais. David é o cara certo para mim e para as coisas que quero da vida.

"Então", digo. "Me conta tudo. Como estão as coisas na galeria? Como foi lá na Europa?"

Cinco anos atrás, Bella fez uma exposição de suas obras de arte numa pequena galeria em Chelsea chamada Oliander. Tudo foi vendido, então ela repetiu a dose. E dois anos atrás, Oliander, o proprietário, queria vender o negócio e a procurou. Ela usou seu fundo de herança para comprar. Está pintando menos do que antes, mas é bom saber que leva uma vida mais estável. O fato de ser dona de uma galeria significa que ela não pode mais desaparecer — pelo menos não por várias semanas seguidas.

"Vendemos quase tudo da exposição do Depreche", ela

responde. "Pena que você não pôde ir. Foi espetacular. Minha favorita, de longe." Bella fala isso sobre todos os artistas que expõe. É sempre o melhor, o maior e o mais divertido que ela já conheceu. Sua vida é como um elevador que está sempre subindo. "Os negócios estão indo tão bem que estou pensando em contratar uma nova Chloe."

Chloe é sua assistente há três anos, e cuida da logística da Oliander. Já beijou Bella duas vezes, mas isso pelo jeito não atrapalhou a relação profissional entre as duas.

"Pois deveria mesmo."

"Assim eu teria tempo para esculpir ou pintar de novo. Já faz meses que não faço nada."

"Às vezes você precisa fazer sacrifícios para realizar seus sonhos."

Ela abre um sorriso torto para mim. O café chega. Ponho um pouco de creme e tomo um gole lento e delicioso.

Quando ergo o olhar, Bella ainda está sorrindo para mim. "O que foi?", pergunto.

"Nada. Você está tão... 'sacrifícios para realizar seus sonhos'. Quem fala assim?"

"Homens de negócios. Diretores de empresas. CEOs."

Bella revira os olhos. "Quando foi que você ficou assim?"

"E por acaso eu já fui de outro jeito?"

Ela apoia o rosto na mão e olha bem para mim. "Sei lá", responde.

Entendo o que ela quer dizer, mas prefiro não falar a respeito. Eu era diferente? Antes da morte do meu irmão? Era mais espontânea, despreocupada? Comecei a planejar minha vida para que nada fosse capaz de me deixar sem chão de uma hora para outra? Só que agora não tem muito que possa ser feito. Eu sou assim e pronto.

O garçom volta para nossa mesa, e Bella ergue as sobrancelhas para mim como quem pergunta se já quero comer.

"Pode pedir", digo.

Ela fala com o garçom em francês, apontando para os itens no menu e conversando a respeito. Eu adoro vê-la falando francês. É uma coisa tão natural, tão vibrante. Ela tentou me ensinar quando éramos mais novas, mas não deu certo. Dizem que as pessoas que têm o lado direito do cérebro como dominante aprendem idiomas com mais facilidade, mas não sei, não. Acho que é preciso ter certa dose de flexibilidade e fluidez para aprender outra língua. Para pegar todas as palavras que passam pela mente e virá-las uma por uma, como pedras, e encontrar outras coisas do outro lado.

Uma vez passamos quatro dias juntas em Paris. Tínhamos vinte e quatro anos. Bella tinha ido passar o verão por lá, estava fazendo um curso de arte e apaixonada por um garçom que trabalhava no 14º Arrondissement. Fui até lá fazer uma visita. Ficamos no apartamento dos pais dela, na Rue de Rivoli, que Bella detestava. "É um lugar para turistas", foi o que ela me disse, mas para mim a cidade inteira parecia ser dos franceses, e só deles.

Passamos os quatro dias passeando. Jantando em cafés nos arredores de Montmartre. Entrando e saindo de galerias no Marais durante as tardes. Foi uma viagem mágica, ainda mais para mim, que só tinha saído do país para uma viagem a Londres com os meus pais e David e para a minha peregrinação anual para as Ilhas Turcas e Caicos com os meus sogros. Aquilo foi diferente. Uma atmosfera mais estrangeira, um lugar mais antigo, um outro mundo. E Bella se encaixava perfeitamente lá.

Talvez eu não devesse sentir uma conexão tão profunda com ela. Aquela garota, minha melhor amiga, é capaz de se encaixar como uma luva em um lugar tão distante. Eu não, mas mesmo assim ela me quis lá. Sempre me quis por perto, fazendo parte de sua vida cheia de possibilidades. Como não me considerar uma pessoa de sorte?

"Voltando ao assunto", Bella diz quando o garçom se afasta, "acho que o sacrifício é o oposto de uma manifestação verdadeira. Isso se os seus sonhos envolverem abundância, e não escassez."

Tomo um gole do meu café. Bella vive num mundo que não entendo, permeado por frases e filosofias que só se aplicam a pessoas como ela. Gente que ainda nunca viveu uma tragédia, talvez. Ninguém que perdeu um irmão aos doze anos é capaz de dizer na maior cara de pau que *tudo acontece por alguma razão.*

"Nisso nós não concordamos", digo. "Faz um tempão que a gente não se vê. Quero morrer de tédio ouvindo tudo sobre Jacques."

Ela abre um sorriso. De orelha a orelha.

"*Que foi?*"

"Eu preciso te contar uma coisa", ela avisa, estendendo a mão sobre a mesa e segurando a minha.

Imediatamente, sou invadida por uma sensação familiar, como se houvesse uma parte de mim a que só ela tivesse acesso. Bella vai me contar que conheceu alguém. Que está se apaixonando. Conheço tão bem o processo que gostaria de poder abreviar tudo e conversar sobre cada estágio aqui mesmo, enquanto tomamos café. Curiosidade. Obsessão. Desgosto. Desespero. Apatia.

"Qual é o nome dele?", pergunto.

Ela revira os olhos. "Qual é", ela reclama. "Eu sou tão óbvia assim?"

"Só para mim."

Ela toma um gole de sua água com gás. "O nome dele é Greg." Bella fala isso com bastante ênfase. "É arquiteto. A gente se conheceu no Bumble."

Quase derrubo meu café. "Você tem um perfil no Bumble?"

"Tenho. Sei que posso conhecer alguém até indo ao mercado comprar leite, mas, sei lá, ultimamente estou a fim de alguma coisa diferente, e faz tempo que não aparece ninguém interessante."

Penso na vida amorosa de Bella nos últimos meses. Teve um fotógrafo, Steven Mills, mas foi no verão passado, quase um ano atrás.

"A não ser Annabelle e Mario", comento. Os colecionadores com quem ela teve um breve caso. Um casal.

Bella pisca algumas vezes, fazendo charme. "Claro", ela diz.

"Então, qual é o lance?", pergunto.

"Está rolando há umas três semanas", ela conta. "Mas ele é maravilhoso, Dannie. De verdade. É muito legal e inteligente e... acho que você vai gostar muito dele."

"Legal e inteligente", repito. "Greg?"

Ela assente, e bem nesse momento nossa comida aparece em meio a uma nuvem de vapor. Vejo ovos e caviar sobre um pão francês, torrada com abacate e um prato com crepes delicados polvilhados com açúcar de confeiteiro. Fico com água na boca.

"Mais café?", o garçom pergunta.

Faço que sim com a cabeça.

"Humm", digo. "Está perfeito." Imediatamente corto a torrada com abacate. O ovo poché está com a gema molinha, e ponho um pedaço no meu prato. Faço um barulho quase pornográfico ao dar uma garfada.

Bella olha e dá risada. "Você é tão morta de fome", ela comenta.

Lanço um olhar de irritação para ela enquanto ataco os crepes. "Eu tenho um emprego."

"Pois é, e como estão as coisas por lá?" Ela inclina a cabeça para o lado.

"Estão ótimas", digo. Sinto vontade de acrescentar um *tem gente que precisa trabalhar para viver*, mas não digo nada. Aprendi muito tempo atrás que com Bella, e em nosso relacionamento, comentários sinceros podem ser facilmente confundidos com grosserias. Eu tento não cruzar essa linha. "Acho que em mais um ano eu viro sócia."

Bella se remexe na cadeira. Sua blusa escorrega dos ombros, e vejo o osso de sua clavícula despontando. Bella sempre foi esbelta e cheia de curvas, mas parece estar mais magra. Uma vez, durante o mês que passou com Isaac, chegou a perder mais de cinco quilos.

Greg. Já estou com um mau pressentimento.

"Acho que a gente deveria sair para jantar, todos juntos", Bella sugere.

"Com quem?"

Ela me dá uma encarada. "Greg", ela responde, mordendo o lábio inferior por um instante. Seus olhos azuis encontram os meus. "Dannie, não precisa acreditar em mim se não quiser, mas ele é diferente. A *sensação* é diferente."

"Você fala isso de todos."

Ela estreita os olhos para mim, e percebo que passei dos limites. Solto um suspiro. Nunca sei o que dizer para ela. "Tudo bem", digo. "Um jantar. Pode escolher qualquer sábado daqui a duas semanas."

Fico observando Bella enquanto ela faz seu prato — primeiro os ovos, depois um crepe — e sinto meu pescoço começar a relaxar quando ela come com gosto. O céu fechado se abre, e o sol aparece. Quando vamos embora, as ruas estão quase secas.

Capítulo 7

"O que aconteceu com a camisa azul?"

David sai do banheiro com uma camisa social preta e uma calça jeans escura. Já estamos atrasados. Precisamos chegar ao Rubirosa no SoHo em dez minutos, e o trajeto vai demorar no mínimo vinte. Bella pode estar sempre atrasada, mas prefiro chegar antes dela aos lugares. É assim que as coisas são entre nós. Aquele brunch já teve novidades demais para uma semana só.

"Não gostou?" David se abaixa e se olha no espelho em cima do sofá.

"Está ótimo. Só pensei que você fosse usar a azul."

Ele volta para o quarto, e verifico meu batom no mesmo espelho. Estou usando uma blusa de gola alta sem mangas, uma saia de seda e salto alto. Lá fora está dezenove graus, com previsão de cair para dezessete, então fico pensando se não é melhor levar uma jaqueta.

David reaparece, abotoando a camisa azul. "Está feliz?"

"Muito", respondo. "Você chama um carro?"

Enquanto ele mexe no celular, verifico se estou levando minha chave, meu celular e a pulseira de ouro de Bella que peguei emprestada seis meses atrás e nunca devolvi.

"Dois minutos."

Quando chegamos ao restaurante, Bella está a postos do lado de fora. Minha primeira reação é ficar confusa — ela chegou antes de mim de novo. A segunda é achar que ela já esqueceu Greg e que vamos jantar só nós três. Já aconteceu duas vezes antes (com Daniel da galeria e com Daniel do bar, acho). Sinto uma onda de irritação, seguida por outra de compaixão e inevitabilidade. Lá vamos nós de novo. É sempre a mesma coisa.

Saio do carro primeiro. "Sinto muito", começo, mas logo em seguida a porta do restaurante se abre e Greg sai para a calçada. Só que não é Greg. É Aaron.

Aaron.

Aaron. Esse rosto e esse nome vêm passando por minha cabeça em looping há quatro anos e meio. O tema de tantos questionamentos, devaneios e recordações acaba de se manifestar no meio da calçada.

Não foi um sonho. Claro que não. Ele está aqui agora, e não tem como ser outra pessoa. Não é alguém que vi no cinema, um associado do escritório com quem me desentendi. Não é alguém que se sentou ao meu lado no avião. É só o cara do apartamento mesmo.

Eu me sinto desorientada. Não sei se grito ou saio correndo. Em vez disso, fico paralisada. Meus pés estão cimentados no chão. A resposta: é o namorado da minha melhor amiga.

"Amor, essa é Dannie, a minha melhor amiga. Dannie, esse é o Greg!" Ela chega mais perto dele e o abraça pelos ombros.

"Oi", ele diz. "Ouvi falar muito de você."

Ele pega minha mão e me cumprimenta. Busco algum sinal de reconhecimento em seu rosto, mas, claro, não vejo nada. O que quer que tenha acontecido entre nós... ainda não aconteceu.

David estende a mão. Estou sem reação, boquiaberta, e esqueci de apresentá-lo.

"Esse é David", digo de forma apressada. David, de camisa azul, cumprimenta Aaron, de camisa branca. Bella sorri. Para mim, é como se o ar da calçada tivesse sido sugado pelo céu. Vamos morrer sufocados aqui.

"Podemos entrar?"

Subo os degraus da entrada do restaurante lotado atrás de Greg/Aaron. "Aaron Gregory", ele diz para a hostess. Aaron Gregory. Lembro de sua carteira de motorista na minha mão. Claro.

"Aaron?"

"Ah, sim. Meu sobrenome é que é Gregory. Aí começaram a me chamar de Greg e pegou." Ele abre um sorrisinho para mim. É tão familiar que fico incomodada.

Me sinto como se estivesse afundando. Como se estivesse sendo engolida pelo chão, ou talvez o chão esteja desmoronando também, só que não tem ninguém se movendo. Só eu, sendo catapultada pelo espaço.

E pelo tempo.

"Aaron."

Ele olha para mim. Uma encarada direta. Ouço David rir atrás de nós de alguma coisa que Bella falou. Sinto o perfume dela — rosas francesas. Do tipo que só é possível comprar em drogarias de Paris. "Eu não sou só mais um canalha", ele me diz. "Mas você acha que sim."

Solto um suspiro. Estou atordoada. "Ah, eu acho?"

"Acha, sim", diz ele. Começamos a seguir a hostess. Atravessamos o bar desviando das mesas para dois onde casais se debruçam sobre pizzas e taças de vinho tinto. "Dá para perceber pela maneira como você me olha. E pelo que Bella falou."

"O que ela falou?"

Chegamos a uma passagem marcada por uma arcada, e Aaron detém o passo, estendendo o braço para me deixar entrar primeiro. Meu braço roça em sua mão. Isso não pode estar acontecendo.

"Que ela namorou uns caras que não a tratavam muito bem, e que você é uma amiga incrível, que sempre estava por perto para ajudá-la a se reerguer. E me avisou que você provavelmente ia me odiar no começo."

Chegamos à nossa mesa. É no salão dos fundos, junto à parede da esquerda. David e Bella nos alcançam.

"Eu fico no canto", Bella diz. Ela me puxa para seu lado. David e Aaron se acomodam diante de nós.

"O que tem de bom aqui?", Aaron pergunta. Ele abre um sorriso para Bella e segura a mão dela por cima da mesa, acariciando seus dedos.

Não preciso ver o menu, mas faço isso mesmo assim. Sempre pedimos a pizza de rúcula e a salada Rubirosa.

"Tudo", responde Bella. Ela aperta a mão dele e a solta em seguida, ajeitando o corpo. Está usando um vestido preto curto com babados e estampa de rosas que compramos juntas na Kooples. Os sapatos de salto são de veludo verde neon, combinando com os brincos de plástico que balançam em seu rosto.

Preciso evitar o olhar de Aaron. E todo o resto do corpo dele, sentado a poucos centímetros de mim.

"Bella falou que você é arquiteto", David comenta, e meu coração se enche de carinho por ele, que sempre sabe o que perguntar, como se comportar. Ele nunca se esquece do protocolo.

"É verdade", Aaron responde.

"Pensei que os arquitetos não existissem de verdade", comento, sem tirar os olhos do menu.

Aaron dá risada. Dou uma olhada para ele, que aponta para o próprio peito. "Eu sou de verdade. Com certeza absoluta."

"Ela está citando um artigo que a Mindy Kaling escreveu mil anos atrás. Segundo ela, os arquitetos só existem em comédias românticas." Bella revira os olhos para mim.

"Segundo ela?" Aaron aponta para mim.

"Não, segundo Mindy", Bella esclarece. "Foi uma coisa que Mindy escreveu."

Acho que foi no *New York Times*. O título era algo como: "Tipos de mulheres em comédias românticas que não existem na vida real". O negócio dos arquitetos era uma piada. Aliás, Mindy afirmou que uma workaholic e uma *ethereal dream girl* não eram personagens verossímeis, e aqui estamos nós.

"Não existem arquitetos bonitos", eu digo. "Só para esclarecer."

Bella dá risada. Ela se inclina para a frente e pega na mão de Aaron. "É a coisa mais próxima de um elogio que você vai conseguir dela, então aproveita."

"Obrigado, então."

"Meu pai é arquiteto", David diz, mas ninguém responde. Estamos todos ocupados com o menu.

"Vocês querem vinho tinto ou branco?", Bella pergunta.

"Tinto", David e eu dizemos ao mesmo tempo. Nunca bebemos vinho branco. Às vezes um rosé, no verão, que ainda não chegou.

Quando o garçom se aproxima, Bella pede um barolo. Quando estávamos no colégio, enquanto todo mundo virava doses de Smirnoff, Bella despejava cabernet em um decantador.

Nunca fui muito de beber. Na época de escola, isso afetava minha capacidade de acordar cedo e estudar ou correr antes da aula, e o mesmo se aplica hoje ao trabalho — e é até pior. Depois dos trinta, até uma taça de vinho me deixa grogue. E depois do acidente todo mundo foi proibido de beber na minha casa, até mesmo um golinho de vinho. Lei seca total. Meus pais são abstêmios até hoje.

"Estou a fim de comer uma carne", David diz. Nunca pedimos nada além de pizza aqui. Carne?

"Eu topo dividir uma linguiça com você", Aaron responde.

David sorri e olha para mim. "Eu nunca tenho a chance de comer linguiça. Gostei desse cara."

Eu estava preocupada demais — possuída, na verdade — desde o momento em que vi Aaron na calçada. Pela primeira vez, paro para pensar que esse é o namorado da Bella. Não é o cara da minha premonição, e sim o que está sentado diante dela neste exato momento. Pensando assim, ele parece legal. Divertido e amigável. Geralmente é difícil estabelecer até um contato visual mínimo com os namorados dela.

Se ele fosse outra pessoa, eu estaria felicíssima por ela. Só que não é.

"Onde você mora?", pergunto para Aaron.

Lembro do apartamento. Do espaço aberto, quase sem paredes. A cama com vista para a cidade.

"Midtown Manhattan", ele responde.

"Manhattan?"

Ele encolhe os ombros. "É mais perto do meu trabalho."

"Com licença", digo.

Levanto da mesa e vou até o banheiro, que fica em um pequeno corredor.

"O que foi?" David veio atrás de mim. "Isso foi bem estranho. Está tudo certo?"

Balanço negativamente a cabeça. "Não estou me sentindo bem."

"O que aconteceu?"

Olho para ele. David está me observando com uma expressão de preocupação e... outra coisa. Surpresa? Parece quase uma irritação. Mas eu nunca me comporto assim, então não sei dizer.

"Pois é, acabei de sentir um mal-estar. A gente pode ir embora?"

Ele olha para o restaurante, à procura da mesa onde estão Bella e Aaron, que devem estar tão perplexos quanto.

"Você vai vomitar?"

"Talvez."

Isso basta para convencê-lo. Ele entra em ação, colocando a mão nas minhas costas. "Pode deixar que eu explico para eles. Me encontra lá fora. Vou chamar um carro."

Faço que sim com a cabeça e saio. A temperatura caiu bastante desde que cheguei. Eu deveria ter trazido aquela jaqueta. David sai com a minha bolsa, e Bella está em seu encalço.

"Você não gostou dele", ela diz, cruzando os braços na frente do peito.

"Quê? Não. É que eu não estou me sentindo bem."

"Foi tão espontâneo que não dá para esconder. Eu conheço você. Uma vez aguentou viajar até Tóquio no meio de uma gripe forte."

"Isso foi a trabalho", respondo. Estou com a mão na barriga. Vou vomitar mesmo. Vou esvaziar meu estômago nesses sapatos verdes de camurça.

"Eu gostei dele", David diz. Ele olha para mim. "Dannie também. Ela estava com febre mais cedo. A gente não queria cancelar o jantar, só isso."

Sinto uma onda de afeto por ele, por mentir por minha causa.

"Ligo para você amanhã", digo para ela. "Vai lá curtir seu jantar."

Ela não arreda pé da calçada, mas nosso carro chega e David abre a porta para mim. Eu entro. Ele dá a volta, se acomoda do outro lado e em pouco tempo estamos nos afastando pela Mulberry, deixando Bella para trás.

"Você acha que pode ter sido intoxicação alimentar? O que você comeu hoje?", David pergunta.

"É, talvez." Apoio a cabeça na janela, e David aperta meu ombro antes de começar a mexer no celular. Quando chegamos em casa, visto uma calça de moletom e vou para a cama.

Ele se senta ao meu lado. "Precisa de alguma coisa?", David pergunta. Ele alisa o edredom, e eu seguro sua mão antes que se levante.

"Deita aqui comigo", peço.

63

"Isso deve ser contagioso", ele responde, colocando o dorso da mão no meu rosto. "Vou fazer um chá para você."

Dou uma boa olhada nele. Os olhos castanhos. Os cabelos finos. Ele nunca usa produtos capilares, por mais que eu diga que todo mundo precisa.

"Dorme", ele me diz. "Amanhã você vai estar melhor."

Ele está errado, eu acho. Não vou estar, não. Mas durmo mesmo assim. No meu sonho, estou de volta ao apartamento. Aquele com as janelas grandes e as poltronas azuis. Aaron não está lá. Quem está é Bella. Ela encontra a calça de moletom dele em cima da cômoda e sacode a peça na minha cara. *O que isto está fazendo aqui?*, ela quer saber. Fico sem resposta. Mas ela continua exigindo uma. E se aproxima cada vez mais de mim. *O que isto está fazendo aqui? Me explica, Dannie. Me diz a verdade.* Quando vou falar, percebo que o apartamento todo está inundado, e que estou sendo sufocada por todas as coisas que não consigo dizer.

Capítulo 8

"Que bom rever você", diz a dra. Christine.

A planta ainda está lá. Então só pode ser artificial. Já passou muito tempo desde a minha última visita.

"Pois é", respondo. "Eu não sabia para quem contar."

"Contar o quê?"

A verdade sobre o que descobri. Que aquilo que vi naquele apartamento é o futuro. Vai acontecer daqui a exatamente cinco meses e dezenove dias, em 15 de dezembro. Eu fui oradora da minha turma na Harriton High, e uma graduada *magna cum laude* em Yale, e a primeira da classe na Faculdade de Direito da Universidade Columbia. Não sou influenciável, não sou idiota. O que aconteceu não foi um sonho; foi uma premonição — uma profecia de vida —, e agora preciso saber o motivo, para garantir que nunca vire realidade.

"Eu conheci o cara", digo a ela. "Aquele do sonho."

Ela engole em seco. Pode ser minha imaginação, mas tratar desse assunto sempre parece exigir esforço. Sinto vontade de pular essa parte, em que tentamos determinar o que foi que aconteceu, e como foi que aconteceu — o processo. Essa parte em que ela fica achando que talvez eu seja meio maluca. Vítima de alucinações, talvez. Um caso grave de trau-

65

ma no passado etc. No momento só estou interessada na parte da prevenção.

"Como você sabe que era ele?"

Dou uma boa olhada nela. "Uma coisa que não contei antes foi que nós dormimos juntos."

"Ah." Ela se inclina para a frente em sua poltrona de couro. Ao contrário da planta, o móvel é novinho. "Parece ser uma coisa bem importante. Por que você acha que preferiu deixar isso de fora?"

"Porque eu tenho um noivo", respondo. "É óbvio."

Ela chega um pouco mais para a frente. "Para mim não é."

"Sei lá", digo. "Só não quis falar. Mas sei que é ele, e é o namorado da minha melhor amiga."

A dra. Christine consulta suas anotações. "Bella."

Confirmo com a cabeça, apesar de não me lembrar de ter mencionado o nome dela no consultório. Mas pelo jeito falei, sim.

"Ela é muito importante para você."

"Sim."

"E agora você está se sentindo culpada."

"Bom, tecnicamente eu não fiz nada de errado."

Ela estreita os olhos para mim. Levo a mão à testa e a deixo lá.

"Você falou que tem um noivo", ela continua. "É o mesmo da última vez que conversamos?"

"Sim."

"Isso já faz quatro anos. Vocês pretendem se casar?"

"Alguns casais decidem não oficializar as coisas."

Ela assente. "Foi isso que você e David decidiram?"

"Escuta só", eu digo. "A única coisa que eu quero é que isso nunca mais aconteça. É por isso que estou aqui."

A dra. Christine se recosta na poltrona, como se quisesse criar mais espaço entre nós. Ou abrir caminho para a porta, talvez.

"Dannie", ela diz. "Acho que está acontecendo uma coisa que você não está conseguindo entender, e isso é assustador para alguém que trabalha com provas materiais que estabelecem relações de causa e efeito."

"Relações de causa e efeito", repito.

"Se eu fizer isso, o resultado é este." Ela estende as mãos como se fossem os pratos de uma balança. "Essa experiência não se encaixa na sua vida, você não se preparou para isso, mas está acontecendo mesmo assim."

"Pois é", eu digo. "É por isso que eu preciso que não aconteça."

"E como você acha que pode fazer isso?"

"Não sei", respondo. "É por isso que estou aqui."

Previsivelmente, a sessão termina bem nessa hora.

Decido ir procurar o apartamento. Preciso de alguma coisa concreta, alguma evidência inquestionável.

No domingo, David vai para o escritório, e digo que vou sair para correr. Eu sempre corria quando tinha vinte e poucos anos. Trajetos longos. Pela West Side Highway, atravessando o distrito financeiro, passando pelos prédios altos e as ruas de pedra. Já dei a volta inteira no Central Park, contornando o lago, vendo a cor das folhas mudar de verde para amarelo, o reflexo das estações na água. Já corri duas maratonas e algumas meias maratonas. Correr tem sobre mim o mesmo efeito que em todo mundo — clareia meus pensamentos, me proporciona um tempo para refletir, faz com que meu corpo se sinta bem e relaxado. Quando me mudei para Nova York só tinha como bancar um lugar em Hell's Kitchen, mas queria circular pela cidade toda. Então eu corria.

No início do nosso relacionamento, eu chamava David para vir comigo, mas ele queria parar depois de alguns poucos quarteirões para comprar bagels, então comecei a deixá-lo em casa. Correr é melhor sozinha. Assim tenho mais espaço para pensar.

Quando atravesso a Brooklyn Bridge, são nove da manhã, mas é domingo, então ainda não tem muitos turistas circulando por aí. Só ciclistas e outras pessoas correndo. Mantenho a cabeça erguida, os ombros para trás, me concentrando no movimento do abdome. Minha respiração está acelerada. Faz tempo que não corro, e sinto meus pulmões se rebelando contra tamanho esforço. Eu nunca vi a fachada do prédio. Mas pela vista da janela sei que é perto da água, talvez pelos lados da igreja Plymouth. Desço da ponte e desacelero o passo até começar a andar quando pego a Washington Street a caminho do rio. O sol está começando a dissipar a névoa da manhã e a se refletir na água. Tiro a blusa de moletom e amarro na cintura.

Dumbo, que na verdade é uma sigla para "Down Under the Manhattan Bridge Overpass", era um atracadouro de balsas, e ainda tem um ar meio industrial. Galpões enormes misturados com mercadinhos com produtos naturais superfaturados e prédios de apartamentos com fachada de vidro. Quando minha respiração se acalma, me dou conta de que devia ter feito uma pesquisa antes de vir para cá. Podia ter olhado imóveis à venda e marcado visitas. Era só ter criado uma planilha e estabelecido um roteiro — por que não fiz isso?

Paro diante do Brooklyn Bridge Park, em frente ao prédio de tijolos e vidro que ocupa todo o quarteirão. Não é o que estou procurando.

Pego meu celular. Eu comprei (ou vou comprar) esse apartamento? Estou ganhando bem, mais do que a maioria dos meus colegas, mas dois milhões de dólares por um loft de um dormitório parece meio fora do meu orçamento. Pelo menos nos próximos seis meses. Temos o nosso apartamento dos sonhos em Gramercy, com tamanho suficiente para termos um filho algum dia. Por que eu iria querer vir para cá?

Meu estômago começa a roncar, então procuro por um lugar onde possa comer uma maçã, ou um bagel, e pensar um pouco. Entro na Bridge Street e, depois de alguns quarteirões, encontro um café com um toldo preto — Bridge Coffee Shop. É um lugar pequeno, com um balcão de lanches e o menu escrito em uma lousa. Tem um policial lá dentro; é assim que a gente descobre se o lugar é bom. Uma mulher sorridente está atrás do balcão, conversando em espanhol com uma jovem mãe com um bebê adormecido no carrinho. Quando me veem, elas se despedem, e a mulher vai embora com a criança. Seguro a porta para ela sair.

Peço um bagel e uma salada de peixe branco, o de sempre. A mulher atrás do balcão assente em sinal de aprovação ao meu pedido.

Um homem entra e compra um café. Dois adolescentes pedem bagels com cream cheese. Todos aqui são frequentadores regulares do lugar. Todos se cumprimentam.

Meu pedido sai para viagem. Pego o saco branco de papel, agradeço à atendente e tomo o caminho do rio. O Brooklyn Bridge Park não é exatamente um parque, é mais um gramado espaçoso. Os bancos estão cheios, então me sento em uma pedra na beira d'água. Abro meu sanduíche e dou uma mordida. Está gostoso, bem gostoso mesmo. Surpreendentemente parecido com o da Sarge's.

Olho para o rio — sempre gostei de água. Nunca tive a chance de viver perto da água, mas quando era mais nova nós passávamos a semana do Quatro de Julho em Jersey Shore, mais especificamente em Margate, uma cidade praiana frequentada em sua imensa maioria por turistas da Filadélfia. Alugávamos uma casa em um condomínio, e por sete dias de alegria meu irmão e eu tomávamos raspadinhas e corríamos pela praia lotada no meio de centenas de outras crianças, enquanto nossos pais ficavam sentados tranquilamente em suas cadeiras, vendo tudo da areia. Tinha também a noite

69

em Ocean City, nos brinquedos de parque de diversão, nos carrinhos bate-bate. E o jantar no Mack & Manco Pizza e os sanduíches de queijo na baguete do Sack O'Subs, pingando óleo e vinagre de vinho tinto, abertos sobre a embalagem de papel na areia.

Michael, meu irmão, me deu meu primeiro cigarro lá, para fumar embaixo do calçadão de madeira, sentindo o gostinho da liberdade.

Paramos de ir para lá depois de perdê-lo. Não sei por quê, talvez porque aquele clima de família, que nos tornava tão unidos, fosse intolerável. Como se nossa alegria fosse uma traição a ele, à perda de sua vida.

"Dannie?"

Fecho os olhos e espero um pouco antes de abri-los de novo. Quando levanto a cabeça, eu o vejo de pé ao meu lado com um capacete de ciclista, já quase descendo da bicicleta. Aaron. Só pode ser brincadeira.

Capítulo 9

"Oi. Uau." Faço força para conseguir me levantar, enfiando o sanduíche de volta na sacola. "O que você está fazendo aqui?" Ele está de camiseta azul e calça cáqui, com uma bolsa lateral de couro marrom cruzada no peito. "A minha rota de entrega no fim de semana passa por aqui." Ele aponta para a bolsa, sacudindo a cabeça. "Não, na verdade foi Bella que me pediu para vir aqui hoje de manhã."

"Ah, é?"

Aaron solta o fecho do capacete. Seus cabelos estão molhados e amassados de suor. "Você parece estar melhor."

Ponho as mãos na cintura. "Estou mesmo."

Ele sorri. "Que bom. Quer vir comigo?"

"Aonde?"

Ele chega mais perto. "Vou ver um apartamento."

Claro que sim. Eu não precisava procurar nada no Google. Era só esperar Aaron aparecer, justamente agora, e me levar até lá.

"Me deixa adivinhar", digo. "Na Plymouth Street?"

"Quase", ele responde. "Na Bridge Street."

Isso é loucura. Não pode estar acontecendo. "Tá bom", digo. "Eu vou."

"Legal."

Ele pendura o capacete no guidão e começamos a andar.

"Você corre?", ele me pergunta.

"Corria", respondo. Sinto fisgadas no joelho e no quadril esquerdo quando caminhamos, um efeito de não ter me alongado direito e não ter feito agachamentos antes de começar.

"Pois é. Eu também não ando mais de bike tanto quanto antes."

"Por que Bella não veio?", questiono.

"Ela precisou ir até a galeria", ele explica. "Mas me pediu para vir ver. Você vai entender quando a gente chegar lá, acho. Espera aí." Estamos em um cruzamento, e ele estende a mão na minha frente quando dois ciclistas passam em alta velocidade. "Tenta não morrer sob a minha responsabilidade, certo?"

Olho para ele, piscando algumas vezes por causa do sol. Devia ter colocado os óculos escuros.

"Certo, agora podemos ir."

Atravessamos a rua e seguimos pela Plymouth até o ponto onde cruza com a Bridge. Foi dali que eu vim. E é então que vejo. Não notei antes, porque estava procurando um lugar para comer. É o espaço para eventos com porta de celeiro. Agora reconheço o lugar. Mas não só daquela noite. Vim a um casamento aqui há três anos. De Brianne e Andrea, amigos de David da Wharton Business School. É o antigo Galapagos Art Space, o mesmo prédio que vi naquela noite quatro anos e meio atrás. E atrás de mim, do outro lado da rua, no número 37 da Bridge Street, fica o prédio onde estou prestes a entrar com Aaron.

"Cuidado com os degraus", ele diz depois que atravessamos a rua e vamos até a porta. Eu estou certa. É um prédio de tijolos e concreto, com um aspecto menos industrial do que alguns dos arredores.

Não tem saguão, só um interfone e um cadeado, e Aaron tira um molho de chaves da bolsa e começa a testá-las. As duas primeiras não funcionam, mas a terceira sim, e a corrente se solta em suas mãos. A porta de aço se abre para revelar um elevador de carga. Aaron usa uma segunda chave para chamá-lo para nós — dessa vez na primeira tentativa.

"Alguém está sabendo que você vem aqui?", pergunto. Aaron faz que sim com a cabeça. "Um amigo meu que é corretor me deu as chaves. Falou para a gente vir ver hoje." A gente. Ele e Bella.

O elevador desce. Aaron segura a porta e eu entro. Em seguida ele coloca a bicicleta para dentro, aperta o botão do quarto andar e começamos a subir. O mecanismo range e engasga o tempo todo.

"Este prédio não parece estar de acordo com o código habitacional", comento, cruzando os braços. Aaron sorri.

"Que interessante você e Bella serem melhores amigas. É divertido."

"Quê?" Tusso duas vezes com a mão na frente da boca. "Como assim?"

"Vocês são muito diferentes."

Mas não tenho tempo de responder, porque as portas estão se abrindo, nos deixando diante daquele apartamento de quatro anos e meio atrás. Percebo de imediato, sem nem precisar entrar, que é aqui mesmo. Claro que é. Para onde mais uma manhã como a de hoje poderia me levar?

Mas o lugar de forma nenhuma está como estava — ou vai estar. É um canteiro de obras. Tem uma pilha de vigas velhas de madeira em um canto. Tem canos soltos e fios não conectados a nenhuma tomada. E uma parede num lugar em que não me lembro de ter visto uma. E está sem eletrodomésticos. Sem água corrente. É um lugar bem cru — transparente, honesto —, nem um pouco maquiado.

"Um trabalho para um arquiteto", comento. "Agora entendi."

Mas Aaron não me ouviu. Está apoiando a bicicleta em uma parede — onde me lembro que ficava a cozinha — e dando alguns passos atrás para analisar o espaço. Eu o observo enquanto percorre o apartamento, indo até as janelas. Ele se vira e examina a vista espaçosa.

"Bella quer morar aqui?", pergunto. O apartamento dela é perfeito, um verdadeiro sonho. Foi comprado antes mesmo de ser colocado à venda, totalmente reformado. Tem três quartos, janelas que vão do chão ao teto e uma cozinha enorme. Não consigo entender por que ela iria querer se mudar. Passou dois anos decorando o lugar onde vive. E ainda diz que não terminou.

Mas Bella sempre foi louca por novos projetos. Adora o potencial, as possibilidades, um território desconhecido como este. O único problema é que ela raramente, ou nunca, vai até o fim. Eu já a vi gastar quantias obscenas em projetos e reformas que nunca saíram de fato do papel. Teve o apartamento em Paris, o loft em Los Angeles, a linha de joias, o comércio de echarpes tailandesas, o espaço coletivo para artistas em Greenpoint. A lista não é curta.

"Ela quer", responde Aaron. "Ou pelo menos quer saber se é possível." Ele está falando baixo. Sua atenção não está voltada para as palavras, e sim para os arredores. Percebo que ele está fazendo planos e vendo o lugar ganhar vida em sua mente.

Eles só estão juntos há dois meses. Oito semanas. Está certo que são duas semanas a mais que o relacionamento mais longo que Bella já teve, mas mesmo assim — David e eu não sabíamos nem o nome do meio um do outro depois de dois meses. O fato de Aaron estar aqui, avaliando um lugar para Bella morar, o fato de estar batendo nas paredes e testando o piso de madeira com os pés... Isso me faz parar para refletir um pouco. Seja qual for o nível em que eles estejam, a coisa está caminhando rápido demais, o que não é bom.

"Parece um trabalho e tanto", comento.

"Não é nada muito trabalhoso", ele explica. "A estrutura é boa. E Bella me disse que adora novos projetos."

"Disso eu sei bem", respondo.

Ele se vira ao ouvir isso. Volta toda a sua atenção para mim

— uma figura solitária de pé no meio daquele espaço úmido e abafado, vestida com uma calça preta de ginástica e uma camiseta velha, enquanto o futuro paira sobre nós como as nuvens carregadas de uma tempestade.

"Eu sei que sim", ele diz. É um comentário bem mais brando do que eu imaginava que viria. "Desculpa se soou de outro jeito." Ele chega mais perto. Eu respiro fundo. "A verdade é que vi você entrar no café. Fiquei rondando por ali e segui você até a beira do rio." Ele esfrega a testa com a mão. "Não sabia se era uma boa ir falar um oi, mas, sério mesmo... quero muito que você goste de mim. Parece que nós começamos com o pé esquerdo, e preciso saber se posso fazer alguma coisa para mudar isso."

Eu dou um passo para trás. "Não", digo. "Não é que..."

"Não, não, tudo bem." Ele abre mais um sorriso torto, mas dessa vez parece hesitante, quase envergonhado. "Eu não sou do tipo que precisa ser amado por todo mundo. Mas seria legal se a melhor amiga da minha namorada pudesse conviver comigo, não?"

Este lugar. Este apartamento. Este espaço incompleto.

Faço que sim com a cabeça. "Pois é", respondo. "Eu sei."

Ele se anima um pouco. "Podemos ir devagar. Nada de refeições por enquanto. De repente uma água com gás, para começar? Ou um esforcinho a mais para tomar um café?"

Eu tento sorrir. Qualquer outra pessoa acharia graça disso. "Parece uma boa", respondo. Estou me sentindo fisicamente incapaz de dizer alguma coisa interessante.

"Legal." Ele mantém o olhar voltado para mim por um tempo. "Bella vai pirar quando eu contar que encontrei você. Qual é a chance de isso acontecer?"

"Em uma cidade de nove milhões de pessoas? Menor que zero."

Ele examina os fios soltos nas paredes. "O que você acha de colocar..."

"A cozinha aqui?", complemento.

75

Ele sorri. "Exatamente. E o quarto poderia ser lá." Ele aponta para as janelas. "Aposto que dá para construir um belo closet."

Andamos pelo apartamento por mais cinco minutos. Aaron tira algumas fotos. Quando voltamos ao elevador, meu celular toca. É Bella.

"Greg me mandou uma mensagem. Que loucura, né? O que você estava fazendo aí? Você nunca vai correr no Brooklyn. O que achou do apartamento?" Ela para de falar, e consigo ouvir sua respiração — acelerada e cheia de expectativa — ao telefone.

"É legal, eu acho", respondo. "Mas o seu é perfeito. Por que você iria querer se mudar?"

"Você odiou?"

Cogito a hipótese de mentir para ela. Dizer que não gostei. Que a vista das janelas não é legal, que o lugar fede a lixo, que é longe demais. Nunca menti para Bella, e não quero fazer isso, mas ela não pode comprar esse apartamento. Não pode se mudar para cá. Para o bem dela e para o meu também.

"Parece que precisa de muito trabalho", argumento. "E é meio longe."

Ela solta o ar com força. É possível notar sua irritação. "Longe do quê?", ela questiona. "Ninguém mais mora em Manhattan. É um lugar tão lotado, nem acredito que ainda estou aqui. Você precisa abrir um pouco mais a sua mente."

"Bom, na verdade não preciso fazer coisa nenhuma", retruco. "Não sou eu quem vai morar aqui."

Capítulo 10

"David, a gente precisa se casar."

É sexta-feira, e David e eu estamos decidindo o que pedir para jantar. São mais de dez da noite. Reservamos uma mesa em um restaurante para duas horas atrás, mas aí um de nós teve que trabalhar até mais tarde e o outro resolveu fazer o mesmo. Chegamos em casa há dez minutos e desabamos juntos no sofá.

"Agora?", David questiona. Ele tira os óculos e olha ao redor. Nunca limpa as lentes na camiseta porque acha que só espalha a sujeira. Ele faz menção de se levantar para pegar o material mais apropriado para isso, mas eu o seguro pela mão.

"Não. Estou falando sério."

"Eu também."

David se senta outra vez. "Dannie, eu já te pedi para marcarmos a data. Nós já conversamos a respeito. Você nunca acha que é a hora certa."

"Isso não é justo", protesto. "Nós dois concordamos que não era a hora."

David solta um suspiro. "Sério mesmo que você quer falar sobre isso?"

Faço que sim com a cabeça.

"A vida anda corrida mesmo. Mas não é verdade que nós dois quisemos adiar as coisas. Eu não reclamo de ter que esperar, porque é o que você quer."

David vem sendo bem paciente. Nunca conversamos a respeito, pelo menos não em termos tão claros, mas sei que ele já se perguntou: *Por que ainda não aconteceu?* Por que não conversamos sobre isso com todas as letras? A vida anda mesmo corrida, e ficou fácil para mim fingir que ele não pensa a respeito, e talvez não pense mesmo. David nunca se incomodou de me deixar encarregada das decisões sobre o nosso relacionamento. Sabe que é assim que me sinto bem, e não vê problema nenhum nisso. É um dos motivos por que nos damos tão bem.

"Você tem razão", digo, segurando as duas mãos dele. Seus óculos estão pendurados de um jeito esquisito em seu indicador, atrapalhando um pouco o clima. "Mas estou dizendo que a hora chegou. Vamos em frente."

David estreita os olhos para mim. Ele entende que estou falando sério. "Você anda bem esquisita ultimamente", é seu comentário.

"Estou te pedindo em casamento, na verdade."

"Nós já somos noivos."

"David", digo. "Qual é."

Ele faz uma pausa. "Me pedindo em casamento?", ele questiona. "Eu te levei para jantar no Rainbow Room. Esse seu pedido não está com nada."

"Tem razão."

Ainda segurando suas mãos, eu desço do sofá e me apoio sobre um dos joelhos. Ele arregala os olhos, achando graça.

"David Rosen. Desde o primeiro momento em que te vi — no Ten Bells, de blazer azul e com os fones no ouvido —, soube que você era o cara certo para mim."

A imagem dele nesse momento me vem à mente: um jovem profissional, com os cabelos curtos demais, sorrindo meio sem jeito para mim.

"Eu não estava de fone."

"Estava, sim. Disse que lá era muito barulhento."

"Lá é mesmo bem barulhento", David comenta.

"Eu sei", digo, sacudindo as mãos dele. Seus óculos caem. Eu pego do chão e coloco no sofá ao seu lado. "É barulhento *demais*. Adoro o fato de nós dois admitirmos isso e concordarmos que todos os filmes deveriam ter vinte minutos a menos. Adoro o fato de nós dois detestarmos gente que anda devagar e de você considerar ver reprises uma perda de um tempo precioso. Adoro o fato de você usar a expressão *tempo precioso!*"

"Para ser sincero, isso..."

"David", eu interrompo. Solto suas mãos e seguro seu rosto. "Casa comigo. Vamos fazer isso. De verdade, desta vez. Eu te amo." Ele me encara. Seus olhos verdes sinceros estão fixos nos meus. Eu prendo a respiração. Um, dois...

"Tá bom", ele diz.

"Tá bom?"

"Tá bom." Ele dá risada e me puxa para junto de si. Meus lábios encontram os dele, e então vamos para o chão. David se senta e bate a cabeça na mesa de centro. "Ai, merda." É um móvel de madeira com um tampo de vidro que costuma sair do lugar quando não é movimentado junto com a base.

Paramos o que estamos fazendo para arrumar a mesa.

"Cuidado com os cantos", aviso. Nós colocamos o tampo de volta. Quando terminamos, nos encaramos cada um de um lado da mesa, com a respiração ofegante.

"Dannie, por que agora?", ele quer saber.

Não falo toda a verdade para ele, claro. O que a dra. Christine diz que estou escondendo. Que a razão para os adiamentos constantes é a mesma por que o casamento precisa acontecer agora — sem perda de tempo. Que, forjando um caminho, estou garantindo que o outro nunca se abra.

Em vez disso, respondo:

"Está na hora, David. Nós nos damos bem juntos. Eu te

amo. O que mais você precisa saber? Eu estou pronta, e peço desculpas por ter demorado tanto."

Isso é verdade também. Tanto quanto todo o resto.

"Simples assim", ele diz, com uma expressão de felicidade que não vejo há anos.

Ele segura minha mão, apesar de ter uma mesa de centro no nosso caminho, e me puxa de forma lenta e deliberada para o quarto. Depois me empurra de leve até a cama.

"Eu também te amo", ele me fala. "Caso não seja uma coisa tão óbvia."

"É, sim", respondo. "Eu sei."

Ele tira minha roupa demonstrando uma vontade que não surge há muito tempo. Em geral, quando transamos, não criamos muito clima. Não somos pessoas das mais imaginativas, e estamos sempre com pressa. O sexo com David é bom — ótimo, até. Sempre foi. Nós somos uma boa dupla. A comunicação entre nós é eficiente e constante, então sabemos o que funciona um com o outro. David é atencioso e generoso e, apesar de não saber se posso afirmar que somos ambiciosos, existe uma certa competitividade entre nós que nunca deixa as coisas esfriarem ou se acomodarem.

Mas hoje é diferente.

Com a mão direita, ele começa a desabotoar minha camisa. Seus dedos estão frios, e eu estremeço. É uma peça mais velhinha, uma branca da J.Crew. Comum. Previsível. E por baixo ele vai encontrar um sutiã bege. A mesma coisa de sempre. Mas o que está acontecendo hoje não tem nada de rotineiro.

Ele continua desabotoando. Vai fazendo as coisas sem pressa, acariciando o tecido de seda até chegar à minha cintura. Remexo os ombros até fazê-la cair no chão.

David põe uma das mãos na minha barriga, e com a outra enfia o polegar na cintura da minha saia. Ele me segura no lugar enquanto abre o zíper. Dessa vez seus gestos não são tão lentos. O fecho se abre em um único puxão, e a saia vai parar nos meus pés. Eu me levanto e me desvencilho das roupas. Minha calcinha e meu sutiã não combinam. São ambos da Natori, mas o sutiã é de algodão bege e a calcinha é de seda preta. Tiro os dois e o puxo para a cama. Eu me inclino em sua direção, e meu peito roça a lateral de seu rosto. Ele se move para junto de mim e dá uma mordida.

"Ai!", reclamo.

"Ai?" Ele coloca as duas mãos nas minhas costas e vai descendo de levinho. "Isso doeu?"

"Doeu. Desde quando você morde?"

"Nunca fui disso", ele diz. "Desculpa."

Ele chega mais perto e me beija. É um beijo lento e profundo, para nos conectar de novo. E funciona.

David está tirando a camisa, abrindo os botões. Coloco a minha mão sobre a dele e o faço parar.

"Que foi?", ele pergunta. Está ofegante, com o peito subindo e descendo.

Eu não falo nada. Quando ele tenta se levantar, eu coloco as mãos em seus ombros e o faço sentar de novo.

"Dannie?", ele pergunta num sussurro.

Respondo guiando sua mão pela minha barriga e então mais para baixo, até senti-lo naquele ponto côncavo que me faz respirar fundo. Seguro sua mão bem ali. Ele me encara — a princípio confuso, mas depois entendendo tudo quando começo a mover sua mão para a frente e para trás, para a frente e para trás. Afasto a minha mão da dele e o seguro pelos ombros. Ele está respirando em sincronia comigo — e fecho os olhos para sentir o ritmo, sua mão, e o desmoronamento iminente que vai ser meu, só meu.

Mais tarde, estamos deitados juntos na cama. Cada um com seu celular, procurando lugares para o casamento.

"Vamos contar para as pessoas?", David pergunta.

Faço uma pausa antes de responder: "Claro. A gente vai se casar".

Ele me encara. "Certo. E quando você quer fazer isso?"

"O quanto antes", digo. "Já esperamos demais. Que tal no mês que vem?"

David dá risada. É um riso sincero e gutural — do tipo que adoro arrancar dele. "Você é engraçada."

Deixo o celular de lado e rolo na direção dele. "Como assim?"

"O quê, isso é sério mesmo? Dannie, você não pode estar falando sério."

"Claro que estou."

Ele balança a cabeça. "Nem mesmo *você* conseguiria planejar e organizar uma festa de casamento em um mês."

"Quem disse que a gente precisa dar uma festa?"

Ele ergue as sobrancelhas para mim, e em seguida franze a testa. "A sua mãe, a minha. Qual é, Dannie?! Isso é ridículo. Esperamos quatro anos e meio, não podemos casar escondidos agora. Está falando sério mesmo? Porque eu sinceramente não sei."

"Eu só quero resolver isso logo."

"Que romântico", ele comenta, desanimado.

"Você entendeu o que eu quis dizer."

David larga o celular e olha bem para mim. "Na verdade, não. Você adora planejar as coisas. Esse é... o seu lance. Uma vez você planejou um jantar de Ação de Graças calculando até o tempo que as pessoas iam passar no banheiro."

"Bom, é que..."

"Dannie, eu quero me casar também. Mas vamos fazer as coisas direito. Do *nosso* jeito. Certo?"

Ele me encara, esperando por uma resposta. Só que não tenho como oferecer uma, pelo menos não a que ele quer. Não tenho tempo para fazer as coisas do nosso jeito. Não tenho tempo para planejar nada. Nós temos cinco meses. Faltam cinco meses para eu acabar no apartamento que minha melhor amiga quer comprar junto com o namorado. Não posso deixar isso acontecer. Preciso fazer o que for possível para que nunca aconteça. "Planejar as coisas é minha especialidade", respondo. "Vou me dedicar de corpo e alma a isso. Que tal dezembro? Podemos nos casar na época das festas de fim de ano, para combinar com o pedido, que foi feito nessa época. Uma coisa natalina."

"Nós somos judeus", David responde, de novo mexendo no celular.

"Pode estar nevando", continuo, ignorando seu comentário. "David? Pode ser em dezembro? Eu não quero esperar."

Isso o faz parar o que está fazendo. Ele balança negativamente a cabeça, se inclina para perto de mim e me dá um beijo no ombro. Sei que saí vencedora nessa. "Dezembro?"

Eu confirmo com um gesto.

"Tá bom", ele diz. "Então vai ser em dezembro."

Capítulo 11

Um caso gigantesco cai no meu colo na quinta-feira. Um dos nossos maiores clientes — digamos apenas que eles revolucionaram o ramo de alimentos saudáveis — quer anunciar a aquisição de uma empresa de entregas na segunda-feira, antes da abertura dos pregões da bolsa. David e eu combinamos de ir para Filadélfia contar pessoalmente para os meus pais sobre o casamento em dezembro, mas neste fim de semana não vai dar.

Ligo para ele às oito, debruçada sobre uma pilha de documentos na sala de reuniões. Estou cercada por doze outros associados e mais quatro sócios que dão ordens aos gritos, além de embalagens vazias de comida chinesa sobre a mesa. É uma zona de guerra. Eu adoro isso.

"Não vou poder sair daqui no fim de semana", aviso. "Nem para ir dormir. Pode esquecer o lance de Philly."

Escuto o som da televisão ligada do outro lado. "O que aconteceu?"

"Não posso falar, mas é importante."

"Não brinca", ele diz. "A Whole..."

Eu pigarreio. "Vou dormir aqui pelos próximos três dias. Pode ser no fim de semana que vem?"

"Tem a despedida de solteiro do Pat."

"Verdade. No Arizona." Eles vão beber cerveja e praticar tiro ao alvo — duas coisas de que David não gosta. Não sei nem se ele vai. Ele quase nunca fala com Pat.

"Tudo bem", ele diz. "Vamos ligar e contar por telefone. Eles vão ficar empolgados mesmo assim. Acho que sua mãe já está começando a me aceitar." Meus pais adoram David. Não tinha como ser diferente. Ele é bem parecido com o meu irmão, ou pelo menos com o que acho que ele se tornaria. Inteligente, tranquilo, cabeça fria. Michael nunca se metia em confusão. Era ele que fazia as planilhas com a divisão das tarefas de casa quando éramos crianças, e começou a participar de debates acadêmicos antes mesmo de aprender a dirigir. Ele e David seriam amigos. Eu sei que sim. E ainda me dói o fato de ele não estar aqui. Porque nunca mais vai estar. Ele não viu minha formatura, nem ficou sabendo quando arrumei meu primeiro emprego, nunca esteve no nosso apartamento e não vai comparecer ao meu casamento.

Meus pais atormentaram David sem parar durante dois anos depois do noivado para marcarmos uma data, mas agora sossegaram. Sei quanto querem isso para mim, e para eles. David está errado — nesse quesito, eles provavelmente ficariam contentes só com a cerimônia no departamento de registros civis.

"Certo. Meu pai deve vir para cá na semana que vem."

"Na quinta", David diz. "Já marquei um almoço com ele."

"Você é demais."

Ele solta um ruído neutro do outro lado da linha. Aldridge entra na sala. Desligo o telefone sem me despedir. David vai entender. Ele fazia a mesma coisa comigo quando trabalhava na Tishman.

"Como estão as coisas?", Aldridge pergunta.

Em geral um sócio diretor não perguntaria a uma associada sênior como estão "as coisas". Ele se dirigiria ao sócio sênior presente. Mas, desde que Aldridge me contratou, nós desenvolvemos uma proximidade genuína. De tempos em tempos, ele me chama em sua sala para discutirmos casos ou para me dar conselhos. Sei que os outros associados percebem isso, e que não gostam nem um pouco, o que é ótimo. Não existem muitas maneiras de subir na hierarquia de um escritório de direito corporativo, e ser favorecida por um dos sócios principais com certeza é uma delas.

Advogados corporativos são como tubarões. Mas nunca vi Aldridge sequer elevar o tom de voz. E de alguma forma ele consegue ter uma vida pessoal. Está junto com Josh, seu marido, há doze anos. Eles têm uma filha de oito anos, Sonja. O escritório dele é cheio de retratos da família. Férias, fotos escolares, cartões de Natal. Uma vida de verdade fora daquelas quatro paredes.

"Ainda estamos preparando tudo, mas a documentação vai estar pronta para ser assinada no domingo", digo.

"Sábado", retruca Aldridge. Ele me encara, com as sobrancelhas levantadas.

"Foi isso o que eu quis dizer."

"Todo mundo já comeu?", Aldridge pergunta para o restante da sala. Além das caixas de comida chinesa espalhadas pela mesa, há papéis de embrulho de hambúrgueres do Palm e potes de salada da Quality Italian, mas, no meio de um negócio como esse, a necessidade de se alimentar é *constante*.

Imediatamente, todos os quinze advogados presentes levantam a cabeça, piscando os olhos. Sherry, a sócia sênior que está conduzindo o caso, responde por todos. "Está tudo sob controle, Miles", ela diz.

"Mitch!", grita Aldridge para seu assistente, que nunca está a mais de dez passos de distância. "Vamos pedir umas coisas na Levain. Esse pessoal precisa de um pouco de cafeína e doces."

"Está tudo sob controle, de verdade...", Sherry insiste.

"Esse pessoal parece estar com fome", ele interrompe.

Aldridge percorre a sala de reuniões. Vejo Sherry estreitar os olhos antes de voltar sua atenção para o documento à sua frente. Às vezes é difícil manter a cortesia em momentos de pressão, e não culpo Sherry por reagir dessa maneira. Ela não tem tempo para pensar em pedir cookies para nos agradar — isso é um privilégio restrito ao topo da hierarquia.

O que muita gente não sabe sobre os advogados corporativos é que eles não são nem um pouco parecidos com a maneira como são retratados nos seriados de tv. Sherry, Aldridge e eu nunca colocamos os pés em um tribunal. Nunca vamos fazer a argumentação de um caso. Nós fechamos negócios; não cuidamos de litígios. Preparamos documentos e revisamos cada linha da papelada necessária para uma fusão ou aquisição. Ou para a abertura do capital de uma companhia. Em *Suits*, Harvey cuida da documentação e vai para o fórum. Na vida real, os advogados do nosso escritório que comparecem diante dos juízes não têm ideia do que nós fazemos em salas de reuniões como esta. A maioria não redige um contrato há décadas.

As pessoas acham que a nossa forma de atuação é a menos ambiciosa das duas, mas, apesar de ser de fato menos glamourosa — sem argumentações no tribunal, sem entrevistas para a mídia —, nada se compara ao poder de colocar as coisas no papel. Afinal, segundo a lei vale o que está escrito, e quem escreve tudo somos nós.

Adoro o processo ordenado do fechamento de um acordo, a clareza da linguagem — o fato de haver pouca margem para interpretações, e nenhuma para erros. Adoro a terminologia usada para deixar tudo bem claro. Adoro os estágios finais da consolidação de uma transação de negócios — principalmente na escala com que o Wachtell costuma trabalhar —, os obstáculos a princípio insolúveis que aparecem. Cenários apocalípticos, desentendimentos e detalhes que ameaçam pôr tudo a perder. Parece impossível agradar a ambas as partes, mas de alguma forma conseguimos. De alguma forma, os contratos são aceitos e assinados. De alguma forma, os tratos são feitos. E quando enfim isso acontece é emocionante. Melhor que qualquer dia num tribunal. Está tudo por escrito. As obrigações estão definidas. Qualquer um pode dobrar um juiz ou um júri na lábia, mas fazer isso no papel — preto no branco — exige uma forma especial de habilidade. É a verdade em forma de poesia.

Vou para casa no sábado só para tomar banho e me trocar, e no domingo me arrasto de volta bem depois da meia-noite. Quando chego, David está dormindo, mas encontro um bilhete no balcão e uma massa na geladeira: *cacio e pepe* do L'Artusi, meu prato favorito. David é sempre atencioso assim — deixa a minha comida predileta na geladeira, um chocolate de que gosto no balcão. Ele também trabalhou o fim de semana todo, mas desde que passou a fazer parte do *hedge fund* tem mais autonomia sobre seus horários do que eu. Ainda estou à mercê do cronograma dos sócios, do cliente e dos caprichos do mercado. Para David, a questão se resume ao mercado e, como o dinheiro da empresa dele está em sua maior parte em investimentos de longo prazo, a pressão de curto prazo do dia a dia não faz parte da equação. Como David costuma dizer: "Ninguém nunca entra correndo na minha sala".

Perdi duas ligações e deixei sem resposta três mensagens de texto de Bella, que ignorei o fim de semana inteiro — e, na verdade, a semana passada toda. Ela não sabe que David e eu reafirmamos nosso compromisso no chão da sala de estar e que estamos oficialmente planejando o casamento para dezembro — quer dizer, vamos começar a planejar quando enfim tivermos um tempinho livre.

Respondo com uma mensagem: *Acabei de chegar de um fim de semana inteiro de trabalho. Ligo para você amanhã.*

Apesar de não dormir há quase setenta e duas horas, não estou cansada. As assinaturas foram colocadas no papel. Amanhã — ou melhor, hoje — nossos clientes vão anunciar a aquisição de uma empresa de um bilhão de dólares. Eles estão expandindo o alcance global de sua marca e vão revolucionar a forma como as pessoas compram produtos de supermercado. Estou me sentindo como sempre fico depois de concluir um caso importante: nas alturas. Eu não uso cocaína, com exceção de uma noite de deslizes na faculdade, mas a sensação é a mesma. Meu coração está disparado, e as pupilas, dilatadas. Parece que corri uma maratona. Nós ganhamos. Tem uma garrafa de chianti aberta no balcão, e sirvo uma taça para mim. A janela da cozinha do nosso apartamento é bem grande, com vista para o Gramercy Park. Eu me sento à mesa da cozinha e fico olhando lá para fora. Está escuro, mas as luzes da cidade iluminam as árvores e a calçada. Quando me mudei para Nova York, gostava de caminhar ao redor desse parque e de imaginar que algum dia moraria nas redondezas. Agora, David e eu temos a chave de lá. Podemos ir ao parque quando quisermos. Mas não fazemos isso, claro. Somos ocupados. Fomos até lá no dia em que recebemos a chave, com uma garrafa de champanhe. Ficamos pelo tempo suficiente para fazer um brinde, e nunca mais voltamos. Mas é uma bela vista para admirar. E a localização é conveniente. Bastante central. Prometo a mim mesma que David e eu vamos tomar um café lá e fazer os preparativos para o casamento o quanto antes.

Temos um belo apartamento. Dois dormitórios, pé-direito alto, cozinha completa, copa, uma sala com espaço para o sofá e a TV. Fizemos a decoração em tons de cinza e branco. É um ambiente relaxante, sereno. O tipo de apartamento que aparece em fotografias de revistas. É tudo o que eu sempre quis.

Olho para minha mão, onde ainda está a aliança de noivado. Em pouco tempo vai ser uma argola de ouro. Termino meu vinho, escovo os dentes, lavo o rosto e vou para a cama. Tiro a aliança e coloco na tigelinha que deixo na mesa de cabeceira. As pedras reluzem para mim, como uma promessa. Eu me comprometo a contratar alguém para organizar o evento assim que acordar amanhã.

Capítulo 12

Saio do trabalho às sete da noite na segunda, uma hora antes do que deveria, para encontrar Bella na Snack Taverna, no West Village. É um bistrô pequenininho, que serve a melhor comida grega da cidade e que frequentamos desde que nos mudamos para Nova York — bem antes de eu ter grana suficiente para isso.

Bella já voltou a chegar quinze minutos atrasada para tudo. Peço favas preparadas com azeite de oliva e alho — o prato favorito dela. Está na mesa quando ela chega.

Ela me respondeu de manhã e exigiu que jantássemos juntas hoje. *Já faz um século. Parece que você está me evitando.*

Raramente saio mais cedo do trabalho — na verdade nunca. Quando David e eu marcamos de jantar em algum lugar, é sempre às oito e meia ou às nove. Mas agora são sete e pouquinho, ainda está claro lá fora, e aqui estou eu. Na minha vida, Bella é sempre a pessoa que me faz sair da rotina.

"Está tão quente lá fora", ela comenta quando chega. Está usando um vestido branco de renda da Zimmermann e uma sandália dourada. Os cabelos estão presos em um coque, com algumas mechas soltas caindo pelo pescoço.

"Está um forno. O verão sempre chega tão de repente." Eu

90

me inclino sobre a mesa e dou um beijo em seu rosto. Estou suando sob minha camisa de seda e minha saia justa. Praticamente não tenho roupas adequadas para o calor. Por sorte o ar-condicionado está ligado no máximo aqui dentro.

"Como foi o fim de semana?", ela quer saber. "Você pelo menos dormiu um pouco?"

Abro um sorriso. "Não."

Ela balança negativamente a cabeça. "Você adorou."

"Talvez." Coloco algumas favas em seu prato. Não tenho como não perguntar: "Vocês tiveram alguma notícia do apartamento?".

Ela me olha e franze a testa, mas logo em seguida se dá conta do que estou falando. "Ah, verdade! Tem um outro que acho que prefiro. É um lugar totalmente esquecido no Meatpacking District. Sinceramente não sabia que tinha sobrado alguma coisa daquele tipo por lá. Hoje em dia é tudo tão genérico."

"Você não gostou do loft no Dumbo?"

Ela dá de ombros. "Não sei se quero morar lá. Só tem um mercado na região, e deve ser um gelo no inverno. Um monte de ruas largas tão perto do rio? Parece um lugar meio isolado."

"Fica bem perto das linhas de metrô", argumento. "E a vista é espetacular. Tem muita luz natural, Bella. Até consigo ver você pintando lá."

Bella estreita os olhos para mim. "O que está acontecendo? Você detestou aquele lugar. Me falou para nem pensar a respeito."

Faço um sinal como quem diz que não é bem assim. Mas ela está certa. O que é que eu estou fazendo? As palavras saem da minha boca como se eu não tivesse nenhum controle sobre elas. "Sei lá", digo. "Quem sou eu para falar? Moro na mesma região da cidade há uma década."

Bella se inclina para a frente. Ela abre um sorriso maroto. "Você adorou aquele lugar."

É um espaço bem cru, mas sou obrigada a admitir que é muito bonito. Com um ar meio industrial, e ao mesmo tempo pacífico e cheio de energia.

"Não", respondo. Com firmeza. De forma definitiva. "É uma pilha de madeira velha. Só estou fazendo o papel de advogada do diabo."

Bella cruza os braços. "Você adorou", ela repete.

Não sei por que não consigo condenar o lugar, dizer que ela tem razão — que é um lugar congelante, distante de tudo e absurdo — e não tocar mais no assunto. Eu deveria ficar feliz por ela ter esquecido. Quero que ela esqueça mesmo. Quero que aquele apartamento se desfaça no ar. Por enquanto estou fazendo um bom trabalho na minha tentativa de impedir aquele fatídico momento. Se o apartamento não existir, o mesmo vale para o que aconteceu lá dentro.

"Não, é verdade", insisto. "Dumbo é longe. E Aaron falou que vai exigir muito trabalho." A última parte é meio mentirosa.

Bella abre a boca para retrucar, mas desiste.

"Então, como estão as coisas entre vocês?", arrisco.

Bella solta um suspiro. "Ele disse que vocês tiveram uma conversa legal no apartamento. Como se tivesse passado a gostar um pouco mais dele. Disse que você foi simpática, o que não é nem um pouco comum."

"Ei!"

"Você é muitas coisas", Bella diz, "mas simpática realmente não é uma delas."

Eu me lembro de Bella e eu, recém-chegadas a Nova York, na fila de uma casa noturna caríssima no Meatpacking District. Bella me emprestou um vestido, meio curto e brilhante demais, e eu estava com frio, não me lembro de qual era a época do ano — fim do outono, começo do inverno? Tínhamos saído sem casaco, como sempre fazíamos aos vinte e poucos anos.

Nesse fragmento de lembrança, Bella está conversando com o cara da porta, um promoter chamado Scoot ou Hinds

— alguma coisa que fosse mais uma onomatopeia do que uma palavra —, um cara que gostava quando garotas bonitas apareciam, como Bella. Ela está dizendo que tem mais algumas pessoas que queria pôr para dentro.

"Elas são que nem você?", ele questiona.

"Ninguém é como eu", Bella responde, mexendo nos cabelos.

"Ela?" Scoot aponta para mim. Não está muito impressionado, isso posso afirmar. Ser amiga de Bella sempre significou ficar relegada ao segundo plano. Isso costumava me deixar insegura, e ainda deixa, mas com o tempo fomos descobrindo nossos pontos fortes, nossos pontos em comum, nosso ponto de equilíbrio. Mas, na frente daquela casa noturna, talvez isso ainda não tivesse acontecido.

Bella se inclina para a frente e murmura alguma coisa no ouvido de Scoot. Eu não escuto, mas imagino que seja algo do tipo: *Ela é uma princesa, sabia. É da realeza. A quinta na linha de sucessão do trono da Holanda. Uma Vanderbilt.*

Eu sentia muita vergonha quando Bella fazia isso. Nessa noite no Meatpacking District não foi diferente. Mas nunca contei isso para ela. A proximidade dela é uma bênção para mim; e o meu silêncio, uma bênção para ela. Eu torno sua vida mais tranquila e estável. Ela torna a minha mais luminosa e exótica. Parece justo. Uma boa troca.

"Entrem, meninas", diz Scoot. Nós entramos. Entramos na Twitch, ou Slice, ou Markd. Fosse qual fosse o nome, não existe mais. Nós dançamos. Alguns caras pagam bebidas para nós. Me sinto bonita com aquele vestido, apesar de ficar um pouco curto em mim, um pouco largo no peito. Destaca os lugares errados.

Em determinado momento, dois caras vêm dar em cima de nós. Não estou interessada. Tenho namorado. Ele estuda direito em Yale. Estamos juntos há oito meses. Sou fiel. Acho que posso me casar com ele, mas essa ideia não dura muito.

Em todos os lugares a que vamos, Bella flerta um pouquinho. E fica incomodada por eu não gostar disso. Acha que eu sou muito travada, que não sei me divertir. E tem razão, mas isso não se aplica a tudo. A paquera não rola naturalmente para mim, portanto não consigo ver muita graça nisso. Sempre que tento entender quais são as regras, percebo que não existe nenhuma.

Um dos caras faz um comentário. Todo mundo dá risada. Eu reviro os olhos.

"Como você é simpática", ele comenta. E a fama ficou.

No restaurante, ponho uma colher de favas em um pedaço de pão fresco. Estão quentinhas, e o alho provoca uma explosão na minha boca.

"Morgan e Ariel conheceram Greg no sábado", Bella conta. "E se deram *muito* bem com ele."

Morgan e Ariel são um casal que Bella conheceu na cena dos frequentadores de galerias há mais ou menos quatro anos. Desde então, elas viraram mais amigas minhas e de David do que de Bella — em boa parte porque somos melhores em comparecer aos jantares e permanecer no país. Morgan é uma fotógrafa que faz imagens de paisagens urbanas e no ano passado publicou um livro chamado *Nas alturas*, que fez bastante barulho. Ariel é do mercado financeiro, trabalha com *private equity*.

"Ah, é?"

"É", Bella confirma. "E sinceramente pensei que você fosse gostar dele também." Ela continua falando enquanto mastigo. "Não estou brava, é que... você vive falando que quer que eu seja mais séria, e que fique com alguém que se importe comigo. Tipo, você nunca para de falar sobre isso. Ele é assim. E isso não parece fazer a menor diferença para você."

"Faz, sim", eu afirmo. Não quero continuar falando nesse assunto.

"Você tem uma maneira bem estranha de demonstrar isso."

Ela está irritada, com um tom seco na voz, e os braços estendidos. Eu me recosto na cadeira.

"Pois é", eu digo, engolindo a comida. "Enfim, deu para perceber que ele se importa com você. E estou contente por isso."

"Está?", ela questiona.

"Estou", respondo. "Ele parece ser um cara legal."

"Um cara legal? Fala sério, Dannie, que conversa patética."

A petulância e a irritação dela vêm à tona de vez. E eu entendo. Não estou ajudando em nada. "Eu sou louca por ele", Bella me diz. "Nunca me senti assim antes, e sei que já falei isso um monte de vezes, e sei que você não acredita em mim..."

"Eu acredito", interrompo.

Bella apoia os cotovelos na mesa e se inclina para a frente. Para bem perto de mim. "O que foi?", ela pergunta. "Sou eu aqui, Dannie. Você pode me falar qualquer coisa. E sabe disso. O que foi que você não gostou nele?"

De repente meus olhos se enchem de lágrimas. É uma reação bastante incomum para mim, e pisco algumas vezes, mais por me sentir confusa do que para impedir que as lágrimas caiam. Bella parece tão esperançosa do outro lado da mesa. Ingênua, até. Tão envolvida pelas possibilidades que tem diante de si. E eu tenho um segredo enorme que não posso revelar. Uma coisa profunda, terrível e estranha aconteceu na minha vida, e ela não pode saber.

"Acho que me acostumei a ter você só para mim", digo. "Não é justo, mas a ideia de você estar num relacionamento sério com alguém me deixa, sei lá." Eu engulo em seco. "Com ciúmes, talvez?"

Ela se recosta outra vez, satisfeita. Ainda bem que consegui inventar alguma coisa. Sorte minha ser advogada. Bella caiu nessa conversa. Para ela, isso faz sentido. Ela sempre soube que eu queria ser próxima dela, ser considerada uma prioridade, e me concedeu essa posição.

"Mas você tem David, e nada mudou", ela argumenta.

"Pois é. É que sempre foi assim, mas agora está tudo diferente."

Ela assente com a cabeça.

"Mas você tem razão", complemento. "É bobeira minha. Acho que os sentimentos nem sempre são racionais."

Bella dá risada. "Eu sinceramente nunca imaginei que fosse ouvir você dizer essas palavras." Ela estende o braço por cima da mesa e segura minha mão. "Nada vai mudar, eu prometo. Ou, se mudar, vai ser para melhor. A gente vai se ver ainda mais. A gente vai se ver até você cansar de mim."

"Bom, um brinde, então... E eu jamais me cansaria de você."

Bella sorri. Nós batemos de leve nossas taças. Em seguida ela começa a gesticular com as mãos diante do rosto. "Então você gosta dele, pelo menos um pouco. Talvez. E está com ciúmes. Vamos esquecer esse assunto, então. Certo?"

Eu assinto com a cabeça. "Claro."

"Mas, de verdade, ele é...", ela começa a falar, mas sua voz fica embargada, e seu olhar se perde. "Não sei como descrever. Acho que finalmente entendi como é, sabe? Isso que todo mundo fala."

"Bella", eu digo. "Isso é incrível."

Ela franze o nariz. "E você, quais são as novidades?"

Eu respiro fundo e solto uma parte do ar pela boca. "David e eu estamos comprometidos", conto.

Bella pega a taça com água. "Dannie. Isso seria novidade uma década atrás."

"Quatro anos e meio."

"Pois é."

"Não. O que estou dizendo é que agora vamos casar. Para valer. Em dezembro."

Bella arregala os olhos, que se voltam para minha mão e depois para o meu rosto. "Puta merda. Sério mesmo?"

"Sério. Está na hora. Nós dois vivemos ocupados, e sempre surge um motivo para adiar, mas percebi que o motivo para não adiar é mais forte. Então vamos casar."

O garçom se aproxima, e Bella se vira de forma abrupta para ele. "Preciso de uma garrafa de champanhe para daqui a dez minutos", ela diz. Ele se afasta.

"Faz tempo que ele me pede para marcar a data."

"Eu sei", Bella responde. "Mas você sempre se recusa."

"Não é que eu me recuse", argumento. "Só nunca marquei."

"O que foi que mudou?"

Dou uma boa olhada nela. Bella. Minha Bella. Toda radiante, toda apaixonada. Como posso dizer que é por causa dela? Que ela é o motivo?

"Acho que finalmente descobri o futuro que quero para mim", respondo.

Ela assente. "Já contou para Meryl e Alan?"

Meus pais. "Nós ligamos para eles. Ficaram empolgadíssimos. Perguntaram se a gente queria que fosse na Rittenhouse."

"Vocês querem? Em Philly? Que coisa genérica." Bella torce o nariz. "Sempre imaginei você dando uma festa bem Manhattan."

"Mas eu sou genérica. Você vive se esquecendo disso."

Ela sorri.

"Mas não vai ser em Philly", garanto. "Não é nada conveniente. Vamos ver o que arrumamos aqui na cidade."

A champanhe chega, e nossas taças são servidas. Bella ergue a dela. "Aos caras legais", ela propõe. "Que a gente descubra onde eles estão, que a gente se apaixone por eles, que esse amor seja correspondido."

Eu tomo um gole da bebida.

"Estou morrendo de fome", digo. "Vamos pedir."

Bella deixa que eu faça o pedido. Escolho uma salada grega, souvlaki de cordeiro, spanakopita e berinjela assada com tahine.

Mergulhamos na comida como se fosse uma piscina.
"Lembra da primeira vez que viemos aqui?", Bella pergunta. Raramente fazemos uma refeição sem evocar alguma lembrança do passado. Ela é bem sentimental. Às vezes penso em como vai ser quando ficarmos velhas, quando tivermos ainda mais histórias para contar. Nos conhecemos há vinte e cinco anos e já temos material de sobra para fazê-la chorar. Nossa velhice vai ser brutal.

"Não", respondo. "É um restaurante. Já viemos aqui um monte de vezes."

Bella revira os olhos. "Você tinha acabado de sair da Columbia, e a gente estava comemorando seu emprego no Clarknell."

Faço que não com a cabeça. "A comemoração pelo Clarknell foi no Daddy-O." O bar na rua 70 a que recorríamos a qualquer hora da noite nos primeiros três anos em Nova York.

"Não", insiste Bella. "Nós encontramos Carl e Berg lá e depois viemos para cá, só nós duas."

Ela tem razão. Eu me lembro das mesas e das velas, e tinha uma tigela de amêndoas confeitadas perto da porta. Enfiei dois punhados na minha bolsa quando saímos. Hoje eles não oferecem mais os doces assim, provavelmente por causa de clientes como eu.

"Acho que foi mesmo", digo.

Bella sacode a cabeça. "Você nunca aceita que está errada."

"Eu trabalho com isso, né?", comento. "Mas estou começando a me lembrar de uma noite no final de 2014."

"Bem antes de David", Bella comenta.

"Pois é."

"Você continua apaixonada por ele?", ela pergunta. É uma coisa estranha para se perguntar, e nós duas sabemos disso, ainda mais vindo dela.

"Sim", respondo. "Nós gostamos praticamente das mesmas coisas, temos os mesmos planos. A coisa se encaixa, sabe?"

Bella corta uma fatia de queijo feta e põe um tomate em cima. "Então você sabe como é?"

"O quê?"

"Sentir que você está com a pessoa certa."

Bella olha bem para mim. Sinto uma pontada no estômago. É como se ela tivesse cravado uma agulha na minha barriga. "Desculpa", eu digo. "Me desculpa por não ter sido legal com Aaron. Eu gostei dele, de verdade, e vou continuar gostando enquanto vocês estiverem juntos. Só vai com calma", aconselho.

Ela põe a comida na boca e começa a mastigar. "Impossível", responde.

"Eu sei", digo. "Mas sou sua melhor amiga. Preciso dizer isso mesmo assim."

Capítulo 13

O calor de julho chega, pesado e lamentavelmente inevitável: o tempo ainda vai piorar antes de melhorar. Ainda precisamos sobreviver a agosto. David marca de se encontrar comigo para um almoço no Bryant Park em uma quarta-feira perto do fim do mês.

No verão, o pessoal do Bryant Park monta mesas do lado de fora, onde os engravatados almoçam ao ar livre. O trabalho de David fica mais ao sul, o meu, mais ao norte, e a esquina da rua 42 com a Sexta Avenida fica à mesma distância para os dois. Quase nunca almoçamos juntos, mas, quando fazemos isso, geralmente é no parque.

David está à minha espera com duas saladas niçoise do Pret e meu sanduíche favorito, do Le Pain Quotidien. Os dois estabelecimentos ficam bem perto daqui e têm mesas do lado de dentro, então podemos comer lá nos meses mais frios também. Não somos adeptos de almoços chiques. Eu me contentaria com uma bela salada em duas das três refeições do dia. Na verdade, um dos nossos primeiros encontros foi neste parque, comendo umas saladas dessas. Ficamos sentados ao ar livre apesar do frio e, quando David percebeu que eu estava tremendo, tirou o cachecol e colocou em mim antes de sair correndo para comprar um café quente no carrinho da esquina. Foi um gesto singelo, mas bastante indicativo de quem ele era — de quem ele é. David está sempre disposto a colocar a minha felicidade acima do seu conforto.

Chamo um carro para ir encontrá-lo, mas chego encharcada de suor mesmo assim.

"Está uns trinta e sete graus", eu comento, me acomodando no assento diante dele. Meus sapatos de salto estão fazendo bolhas nos meus calcanhares. Preciso de talco e de uma pedicure imediatamente. Nem me lembro de quando foi a última vez que fiz as unhas.

"Na verdade, trinta e cinco, mas com sensação térmica de trinta e oito", David comenta, olhando no celular.

Pisco para ele algumas vezes, perplexa.

"Desculpa", ele diz. "Mas eu entendi o que você quis dizer."

"Por que a gente está aqui fora neste calor?" Pego a minha bebida. Milagrosamente ainda não está quente, apesar de quase todo o gelo já ter derretido.

"Porque a gente quase nunca sai para tomar um ar fresco."

"Este ar não está nada fresco", respondo. "Os verões estão cada vez piores, né?"

"É."

"Estou com calor demais até para comer."

"Que bom", ele diz. "Porque a comida era só um chamariz."

Ele coloca uma agenda na mesa entre nós.

"O que é isso?"

"É para o planejamento", ele responde. "Para colocar datas, horários, números. Precisamos começar a organizar a coisa."

"O casamento?"

"É", ele responde. "O casamento. Antes de começarmos a ligar para as pessoas, precisa estar tudo reservado. Aliás, já deve estar. Estamos sempre cansados demais à noite para falar sobre isso, e foi assim que quatro anos se passaram."

"Quatro anos e meio", eu lembro.

"Pois é", ele diz. "Quatro anos e meio."

David morde o lábio e sacode a cabeça para mim.

"Precisamos contratar alguém para organizar tudo", aviso.

"Sim, mas antes precisamos saber o que queremos. Tem gente que começa a providenciar tudo com dois anos de antecedência."

"Eu sei", respondo. "Eu sei."

"Não estou dizendo, tipo, para você se virar sozinha", David esclarece. "Acho que seria legal fazer isso juntos. Eu iria gostar. Se você topar."

"Claro", digo. "Eu adoraria."

Isso mostra o quanto David está disposto a se casar comigo. Ele vai abrir mão de seu horário de almoço para ficar lendo uma revista de noivas.

"Sem breguices", ele avisa.

"Estou ofendida com esse comentário", rebato.

"E acho que a gente não precisa dar uma festa", ele acrescenta. "Dá muito trabalho, e também não quero uma despedida de solteiro."

A de Pat, no Arizona, não saiu bem como o planejado. Eles fizeram as reservas no hotel errado e acabaram presos no aeroporto por nove horas e meia. Todo mundo encheu a cara de cerveja e bloody mary, e David ficou o fim de semana inteiro de ressaca.

"Concordo. Bella pode levar as alianças, ou coisa do tipo."

"Certo."

"E só vai ter flores brancas."

"Por mim tudo bem."

"Vamos dar só um coquetel, quem se importa com o jantar?"

"Exatamente."

"Com open bar."

"Mas sem sessão de fotos."

David sorri. "Sem fotos especiais do dia do casamento? Tudo bem, então." Ele olha para o relógio. "Avançamos bem. Preciso ir."

"Ah, é assim?", pergunto. "Você entrega a agenda e se manda?"

"Você vai querer almoçar agora?"

Olho para o meu celular. Sete ligações perdidas e 32 novos e-mails. "Não. Eu já cheguei atrasada aqui."

David fica de pé e me entrega uma salada. Eu aceito.

"A gente vai conseguir."

"Eu sei que sim."

Imagino David de blusa de lã com uma aliança de ouro no dedo, abrindo um vinho na nossa cozinha em uma noite aconchegante de inverno. Isso me conforta. É disso que preciso para ter uma vida feliz.

"Estou feliz", digo.

"Que bom", ele responde. "Porque, mesmo se não estivesse, não ia ter como se livrar de mim."

Capítulo 14

Estamos no final de agosto. Ainda em janeiro, David e eu marcamos uma viagem para Amagansett com Bella e nossas amigas Morgan e Ariel no feriado do Dia do Trabalho.

Bella e Aaron ainda estão juntos e, de forma nada surpreendente, ele também vai, então agora seremos três casais. Por mim, tudo bem. Bella e eu sempre nos desencontramos quando vamos à praia. Ela dorme até tarde e curte a noite. Eu acordo assim que amanhece para correr, preparo o café da manhã e ainda trabalho algumas horinhas antes de cair na água.

David alugou um carro de aplicativo, mas não está fácil acomodar nós dois, nossa bagagem e Morgan, que vai ser a motorista. Ariel vai de ônibus depois que sair do trabalho.

"Esta coisa parece um carrinho de brinquedo", Morgan comenta. Ela tem quarenta e poucos anos, mas não mostra nenhum sinal disso, a não ser pelos cabelos grisalhos. Tem uma pele de bebê, sem nenhuma ruga, nem mesmo pés de galinha em torno dos olhos. É uma loucura. Eu injeto botox desde os vinte e nove, mas David me mata se ficar sabendo disso.

"Eles disseram que cabiam quatro pessoas." David joga minha bolsa por cima da nossa mala, tentando forçar a tampa do porta-malas com o ombro.

"Quatro anões com suas bolsinhas minúsculas."

Eu dou risada. Nem tentamos guardar a bagagem de Morgan ainda.

Duas horas depois, pegamos a estrada com o suv que David conseguiu de última hora na Hertz. Deixamos o outro estacionado num lugar proibido na nossa rua, com a promessa de um gerente de que mandaria alguém buscá-lo imediatamente. David está sentado na frente com Morgan, enquanto eu equilibro meu computador nos joelhos no banco traseiro. É quinta-feira e, apesar de estar de folga esta semana, ainda tenho trabalho a fazer.

Eles estão cantando uma música do Lionel Richie que está tocando no rádio. "Endless Love."

"*And I, I want to share all my love with you. No one else will do.*"*

"Acabei de me lembrar de uma coisa", grito lá para a frente. "Precisamos fazer uma lista de músicas para não tocar no casamento."

Morgan abaixa o som. "Como estão os preparativos?"

David encolhe os ombros. "Estamos cautelosamente otimistas."

"Mentira", eu digo. "Estamos totalmente atrasados."

"Como foi que vocês conseguiram?", David pergunta.

Morgan e Ariel se casaram três anos atrás num fim de semana épico nas Catskills. Elas reservaram uma pousada temática chamada The Roxbury, e o casamento e todo o resto foram realizados em várias estruturas montadas em uma fazenda ali perto, com direito a tudo: mesas, cadeiras, lustres. Tinha pilhas de feno decoradas separando o lounge da pista de dança. O bar servia queijos e uísque, e em cada mesa havia o mais lindo arranjo de flores-do-campo que já vi. Saíram

---

* E eu, eu quero compartilhar todo o meu amor com você. Não pode ser mais ninguém. (N. T.)

fotos do casamento delas no site The Cut e na edição on-line da *Vogue*.

"Foi moleza", Morgan diz.

"A gente não está no nível delas, amor", digo. "Nosso apartamento é todo pintado de branco."

Morgan dá risada. "Qual é. Você sabe que é isso que eu adoro fazer. A gente se divertiu." Ela mexe no botão de sintonia do rádio. "Então o Greg também vai."

"Acho que sim. Vai?"

David olha para mim.

"Vai."

"Ele parece ser legal, né?", Morgan comenta.

"Bem legal", David confirma. "A gente só se viu... sei lá, uma vez? O verão foi uma loucura. Nem acredito que já acabou." Ele olha para mim no retrovisor.

"Quase acabou", Morgan corrige.

Solto um ruído não muito expressivo no banco traseiro.

"Ele parece estável, tipo, tem um trabalho de verdade e não fica chamando Bella para viajar para o exterior o tempo todo na conta do cartão de crédito dos pais dela", David continua.

"Não é um artista doidão tipo eu", Morgan provoca.

"Ei", protesta David. "Você é mais bem-sucedida que qualquer um aqui."

É verdade. Morgan é um sucesso absoluto em todas as exposições que faz. Vende suas fotos por 50 mil dólares. Ganha mais por um trabalho editorial que faz em vinte e quatro horas do que eu em um mês.

"A gente se divertiu bastante com ele num jantar umas semanas atrás", Morgan conta. "Ela parece estar diferente. Passei na galeria na semana passada e fiquei com essa mesma impressão. Parece mais pé no chão, sei lá."

"Verdade", concordo. "Parece mesmo."

A verdade é que, desde aquele dia no parque, quando David e eu começamos a falar a sério sobre o casamento, venho pensando cada vez menos sobre a visão que eu tive. Estamos construindo o futuro certo agora, aquele pelo qual trabalhamos. Todas as evidências apontam que é isso que vai acontecer em dezembro. Não estou preocupada.

"O relacionamento mais longo dela, de longe", Morgan continua. "Você acha que desta vez engrena?"

Envio o e-mail que estava escrevendo. "Parece que sim."

Saímos da rodovia principal, e fecho meu computador. Estamos quase chegando.

A casa que alugamos é a mesma dos últimos cinco verões seguidos. Fica em Amagansett, na Beach Road. É antiga. O revestimento de madeira está meio solto, e a mobília, meio mofada, mas é perfeita porque fica bem perto da água. Não tem nada separando a gente do mar a não ser uma duna de areia. Eu adoro. Assim que passamos pela Stargazer e entramos na estrada 27, abaixo o vidro para sentir o ar denso e salgado. Imediatamente começo a relaxar. Adoro as árvores antigas que ladeiam os dois lados da pista e que chegam até a praia — um céu vasto, o grande oceano, o ar. Espaço.

Chegamos só no fim da tarde, e Bella e Aaron já estão lá. Ela alugou um conversível amarelo, que está parado bem na frente da casa, proporcionando uma recepção bem inusitada. A porta está escancarada, como se eles tivessem acabado de chegar, mas não é o caso. Bella me mandou uma mensagem avisando que eles estavam lá horas atrás.

Meu primeiro instinto é de irritação — em quantas viagens, quantas vezes, já não disse para ela deixar as portas fechadas por causa dos insetos? Mas eu me seguro. Afinal, a casa é *nossa*. Não é só minha. E quero que todo mundo tenha um fim de semana agradável.

Ajudo David a descarregar o porta-malas, e estou entregando a bagagem de Morgan quando Bella sai. Está usando um vestido de linho azul-claro, com manchas de tinta perto da bainha. Isso me provoca uma alegria de um tipo muito especial. Eu sabia que ela não havia pintado o ano todo, e vê-la assim — com os cabelos soltos ao vento, a criatividade pairando no ar ao seu redor como uma névoa — é maravilhoso.

"Você veio!" Ela dá um abraço em Morgan e um beijo estalado na lateral da minha cabeça.

"Falei para Ariel que ia pegá-la na rodoviária daqui a vinte minutos. David, você pode ir? Eu não consigo subir a capota do carro." Ela aponta para o conversível chamativo.

"Eu posso ir", Morgan se oferece.

"Não esquenta com isso." Quem diz isso é David, apesar do trânsito horroroso e de termos passado quase cinco horas fechados dentro de um carro. "Só me deixa levar nossas coisas lá para dentro."

Bella me dá um beijo de cada lado do rosto. "Vamos entrar", ela diz para Morgan. "Já escolhi os quartos de vocês."

David ergue as sobrancelhas para mim enquanto seguimos as duas lá para dentro.

O ambiente é decorado em parte como uma velha casa de fazenda e em parte como o primeiro apartamento de uma universitária riquinha que gosta de coisas antigas. Velhos caixotes de madeira dividem o espaço com sofás enormes e almofadas Laura Ashley.

"Vocês vão ficar no andar de baixo de novo", Bella diz para David e para mim. O quarto do térreo é nosso, desde a primeira vez que alugamos a casa, no verão em que Francesco veio e Bella brigou com ele na cozinha durante trinta e seis horas antes de o cara resolver ir embora no meio da noite — no único carro que alugamos para o fim de semana.

"Morgan e Ariel ficam lá em cima com a gente."

"Você sabe que a gente não faz swing com héteros", Morgan comenta, já subindo a escada.

"Eu não sou hétero", Bella protesta.

"Não, mas o seu namorado é."

David e eu colocamos nossas malas no quarto. Eu me sento na cama, que é de vime, assim como a cômoda e a cadeira de balanço, e me sinto invadida por uma nostalgia incomum.

"Colocaram lençóis novos este ano", David comenta. Olho para baixo e vejo que ele tem razão. São brancos, sendo que em geral costumavam ser estampados.

David se agacha e me dá um beijo na testa. "Já estou indo. Precisa de alguma coisa?"

Faço que não com a cabeça. "Vou desfazendo as malas para a gente."

Ele se alonga, puxando os cotovelos com a mão do outro braço. Eu me levanto e massageio o lugar em sua lombar que sei ser dolorido. Ele faz uma careta.

"Quer que eu dirija?", pergunto. "Eu posso ir. Você acabou de ficar cinco horas no carro."

"Não", David responde, ainda se alongando. "Esqueci de colocar você no contrato de locação do carro."

Ele fica de pé, e escuto suas vértebras estalarem.

"Tchau." Ele me dá um beijo e sai, tirando a chave do bolso.

Abro o armário e vejo o varão, mas nenhum cabide — como sempre, Bella pegou todos e levou lá para cima.

Saio para o corredor à procura do closet do hall de entrada e encontro Aaron na cozinha.

"Oi", ele diz. "Vocês já chegaram. Desculpa, fui dar um mergulho."

Ele está usando uma bermuda de nylon e tem uma toalha enrolada nos ombros como se fosse uma capa.

"David foi até a cidade buscar Ariel", explico.

Aaron assente. "É muita gentileza dele. Mas eu iria sem problemas."

"David adora dirigir, não é problema nenhum", digo.

Ele sorri.

"Morgan está lá em cima com Bella." Aponto para o teto com o indicador. Escuto os passos dela no assoalho acima de nós.

109

"Está com fome?", ele me pergunta.

Em seguida vai até a geladeira e pega três abacates. Fico impressionada com sua naturalidade, como se ele estivesse em casa.

"É verdade, você cozinha", comento.

Ele me encara, inclinando a cabeça.

"Quer dizer, foi o que Bella me disse."

Ele assente.

O que Bella me disse foi que ele fez um risoto de abobrinha com sálvia, mas que antes que ela pudesse experimentar os dois já estavam transando no balcão da cozinha. Pisco os olhos para afastar essa imagem da mente e passo as mãos no rosto, sacudindo a cabeça.

"Então você não vai querer guacamole?"

"Quê? Não, vou querer, sim. Estou morrendo de fome", digo.

"Você tem um jeito interessante de se expressar, srta. Kohan."

Ele começa a colocar os ingredientes no balcão: cebola, coentro, pimenta jalapeño e vários legumes.

"Posso ajudar?", pergunto.

"Você pode abrir aquela tequila", ele diz.

Ele aponta para baixo da pia, onde a bebida para o fim de semana está estocada. Eu encontro a tequila.

"Quer gelo?", pergunto. "Eu sirvo."

"Obrigado."

Pego dois copos no armário e ponho um dedinho de tequila em cada um. Depois apanho a fôrma de gelo, tomando o cuidado de segurar a gaveta abaixo do freezer ao fazer isso — outro truquezinho da casa.

"Fica esperta." Aaron me joga um limão. Não consigo pegar, e ele sai rolando pela cozinha. Quando Bella aparece na cozinha, estou engatinhando atrás da fruta. Ela está com o mesmo vestido azul, mas com os cabelos presos agora.

"Limão fujão", explico, pegando-o antes que vá parar embaixo do sofá.

"Estou morrendo de fome", ela diz. "O que temos aqui?"

"Aaron está fazendo guacamole."

"Quem?"

Eu balanço a cabeça. "Greg. Desculpa."

"O que vocês vão querer fazer no jantar?", Bella quer saber. Eu a sigo pela cozinha enquanto ela abraça Aaron pela cintura, dando um beijo em sua nuca. Ele oferece a tequila. Ela faz que não com a cabeça.

Sei que eles estão mais íntimos, claro. Que, enquanto eu me matava de trabalhar no verão, Bella se apaixonava cada vez mais por esse homem. Que eles foram juntos a museus, concertos ao ar livre e bares descolados. Que eles caminharam pela West Side Highway ao anoitecer e pelo High Line ao amanhecer e transaram em cima de cada móvel da casa dela. Ou quase. Ela me contou tudo isso. Mas, vendo os dois juntos agora, sinto uma pontada no peito que não sei exatamente como definir.

Eu me sento ao balcão e pego uma tortilla no saco que Aaron deixou aberto. Ele equilibra as cebolas picadas no dorso da faca e despeja na tigela de guacamole.

"Onde foi que você aprendeu a cozinhar?", pergunto. Esse tipo de habilidade com a faca me impressiona. Gosto de acreditar que é isso que me impede de ser uma boa cozinheira.

"Meio que aprendi sozinho", ele diz, empurrando Bella para o lado e abrindo o forno, onde coloca uma assadeira com pimentas, cebolas e batatas fatiadas. "Mas praticamente cresci na cozinha. Minha mãe era cozinheira."

Entendo o que ele quer dizer. Não pelas palavras em si, mas pela maneira de falar — com um toque de perplexidade. Como se não fosse capaz de acreditar.

"Sinto muito", digo.

Ele me encara. "Tudo bem. Já faz muitos anos."

"E o jantar?", Bella questiona. Ela está com as mãos na cintura, e Aaron a abraça, puxando-a para mais perto e a beijando no rosto. "O que você quiser", ele diz. "Os tira-gostos já estão providenciados."

"Hoje temos uma reserva no Grill, ou podemos ir até o Hampton Chutney se ninguém estiver a fim de nada formal", eu digo.

Eu sempre me encarrego das reservas nos restaurantes. E Bella de escolher a qual nós vamos.

"Pensei que o Grill tivesse ficado para amanhã à noite."

Pego meu celular e abro o arquivo com as reservas. Hã.

"Tem razão", digo. "É amanhã à noite."

"Ótimo", Bella responde. "Eu queria ficar em casa mesmo." Ela chega mais perto de Aaron, que a enlaça com um dos braços.

"Quer que eu ligue para o David e peça para ele passar no mercado?"

"Não precisa", avisa Aaron. "Nós trouxemos bastante coisa. Tem vários pratos que posso preparar." Ele vai até a geladeira e abre a porta. Espio por cima do balcão e vejo um arranjo colorido de frutas e legumes, queijos embalados, salsinha e hortelã frescas, vidros de azeite, limões e um pedação de parmesão. Estamos abastecidíssimos.

"Vocês trouxeram tudo isso?", pergunto.

Nos anos anteriores, eu teria sorte se encontrasse um tablete de manteiga. Na geladeira de Bella nunca tem nada além de limões mofados e vodca.

"O que você achou?", ela me pergunta.

"Ainda não consigo acreditar que você fez compras."

Ela sorri.

Saio para o pátio, que tem vista para o mar. Hoje o céu está nublado, e estremeço um pouco, vestida só de short e camiseta. Preciso pegar uma blusa. Inspiro o ar fresco, salgado e pungente, e expiro a viagem cansativa, a semana, o momento com Aaron na cozinha.

112

Abro os olhos ao ouvir a voz lenta e melódica de Frank Sinatra. Está tocando "All the Way" em algum lugar. Imediatamente me lembro do Rainbow Room, de rodopiar lentamente sob aquele teto circular. Eu me viro. Pela janela vejo Aaron com Bella nos braços, se movendo ao som da música. Ela está com a cabeça apoiada no ombro dele, com um sorrisinho no rosto. Queria poder fotografar aquele momento. Eu a conheço há vinte e cinco anos e nunca a vi tão relaxada com alguém, tão à vontade. E nunca a vi de olhos fechados quando está abraçada a um homem.

Espero mais um pouco para voltar para dentro, e só vou quando escuto o carro de David embicando na entrada de cascalho. A essa altura, o sol quase se pôs. Só sobrou um restinho de luz, uma faixa de azul brilhante desaparecendo no horizonte.

Capítulo 15

Quando Bella e eu estávamos no colégio, fazíamos uma brincadeira chamada "Para!". Nós ficávamos descrevendo a coisa mais nojenta e repulsiva em que conseguíamos pensar até que a outra ficasse tão enojada que não aguentasse mais e pedisse para parar. Começou com pedaço de carne esquecido no congelador e a partir daí foi ladeira abaixo. Teve formigueiros, urtigas, tripas de vaca e o microecossistema que vivia no fundo da piscina pública.

Essa brincadeira me vem à mente de manhã, quando encontro uma gaivota morta ao sair para correr. O pescoço dela está dobrado em um ângulo impossível, as asas estão despedaçadas, e a carne — o que sobrou dela — está sendo devorada pelas moscas. Um pedaço da espinha avermelhada do bicho está desconectado do corpo.

Eu me lembro de ler em algum lugar que, quando uma gaivota morre, despenca lá do céu na mesma hora. Você pode estar numa boa na praia, chupando um picolé de laranja, e — bam! — uma gaivota cai na sua cabeça.

A neblina está espessa, uma névoa opaca que paira sobre a areia como um cobertor. Se eu pudesse enxergar um quilômetro adiante, talvez visse outra pessoa correndo, treinando para a maratona que acontece no outono. Mas, pelo que consigo notar, estou sozinha aqui.

Eu me inclino para mais perto da gaivota. Acho que não morreu há muito tempo, não. Mas na natureza as coisas acontecem depressa.

Tiro uma foto para mostrar a Bella.

Ninguém estava acordado quando me levantei. David estava dormindo como uma pedra ao meu lado, e no andar de cima tudo permanecia em silêncio, mas eram menos de seis da manhã. Às vezes Ariel acorda cedo para cuidar de coisas do trabalho. No verão passado tentei convencê-la a me acompanhar na corrida, mas ouvi tantas desculpas e isso me tomou tanto tempo que este ano me comprometi a não convidar ninguém.

Nunca fui de dormir até tarde, mas ultimamente quando me levanto depois das sete parece que já perdi metade do dia. Preciso sentir o ar da manhã. Ser a primeira a acordar é uma coisa preciosa para mim. Sinto que já realizei alguma coisa antes mesmo de tomar a primeira xícara de café. O dia inteiro transcorre melhor desse jeito.

O caminho de volta é curto, pouco mais de três quilômetros, e quando chego todos ainda estão dormindo. Subo os degraus da entrada da cozinha e abro a porta deslizante. Minha camiseta está encharcada por causa da corrida — uma combinação de suor e umidade do mar. Eu a arranco, jogo no encosto de uma cadeira e vou até a cafeteira apenas de top.

Abro a tampa, coloco o filtro e acrescento cinco colheradas enormes de pó de café. Estou fazendo o suficiente para todo mundo. Me inclino para a frente e apoio os cotovelos na bancada, esperando as primeiras gotas de cafeína pingarem na jarrinha. Nesse momento, escuto os passos de Bella na escada. Sempre sei quando é ela. Conheço os barulhos de seu corpo. Depois de décadas dormindo na casa uma da outra, aprendi como é seu jeito de andar, a maneira como seus pés se deslocam pela cozinha para fazer um lanchinho no meio da noite.

Mesmo que eu fosse cega, acho que saberia reconhecê-la toda vez que entrasse em um recinto.

"Você acordou cedo", comento.

"Eu não bebi ontem à noite." Escuto quando ela se senta em um banquinho, e pego uma segunda caneca no armário.

"Dormiu bem?"

David tem um sono tranquilo. Não ronca, não se mexe. Passar a noite com ele é como dormir sozinha. "Adoro acordar com o som do mar", digo.

"É tipo aquele lugar que os seus pais alugavam na praia, lembra?"

O café começa a descer ruidosamente. Eu me viro para Bella. Seus cabelos estão soltos, e ela está usando uma camisola de seda e um roupão atoalhado aberto por cima.

"Você foi para lá com a gente?", pergunto.

Ela me olha como se eu fosse louca. "Claro. A sua família continuou indo até a gente fazer uns catorze anos."

Balanço negativamente a cabeça. "A gente parou de ir depois que Michael..." Eu me interrompo. Mesmo tantos anos depois, ainda não consigo usar essa palavra.

"Não pararam, não", ela diz. "Vocês continuaram indo por mais quatro anos. A casa de Margate. Aquela com um toldo azul."

Eu tiro a jarra da cafeteira. Está sibilando furiosamente, porque foi tirada antes do tempo. Encho meia xícara e coloco diante dela no balcão. "Não era essa, não."

"Era, sim", Bella insiste. "Ficava no quarteirão da praia. Uma casinha com toldo azul. O toldo azul!"

"Não tinha toldo nenhum", respondo. Vou até a geladeira e pego o leite de amêndoa e o creme sabor avelã. Bella se lembrou de comprar para mim.

"Tinha, sim", ela diz. "Ficava a dois quarteirões daquela loja de conveniência, e vocês tinham bicicletas lá, que a gente trancava com corrente e cadeado no condomínio das casinhas com toldos azuis."

Entrego o leite de amêndoa para Bella, que agita a caixa e despeja sobre o café.

"Tinha uma gaivota morta na praia hoje", conto.

"Que nojo. Uma carcaça apodrecendo? Com a espinha arrebentada em vários pedaços? Com os olhos devorados pelas moscas?"

"Para com isso." Entrego o meu celular para ela dar uma olhada.

"Já vi piores."

"Sabia que elas despencam do céu quando morrem?", comento.

"Ah, é? E o que mais elas poderiam fazer?"

O restante do café fica pronto, e encho uma caneca inteira para mim, acrescentando uma bela porção de creme.

Sento ao lado de Bella no balcão.

"Hoje não parece um bom dia para ir à praia", ela comenta, se virando no banquinho e olhando para fora.

"Ainda vai esquentar."

Ela dá de ombros, toma um gole e faz uma careta.

"Não sei como você consegue beber essa água rala de amêndoa", digo. "Por que sofrer desse jeito? Você tem ideia de como isso é bom?" Ofereço minha caneca para ela.

"É leite", Bella retruca.

"Não é não."

"O problema sou eu", ela explica. "Estou me sentindo meio esquisita esta semana."

"Você está doente?"

Ela toma mais um gole. Sinto um nó na garganta.

"Estou grávida", ela responde. "Quer dizer, tenho quase certeza."

Olho bem para ela. Seu rosto está radiante. É como olhar para o sol.

"Você tem certeza ou acha?"

"Eu acho", ela diz. "Quase certeza."

"Bella."

"Eu sei. Parece loucura. Mas estou me sentindo estranha desde a semana passada."

"Você fez algum teste de farmácia?"

Ela balança a cabeça.

Bella já engravidou antes. De um cara chamado Marcus, por quem ela era apaixonada, mas que só queria saber de cocaína. Ele nem ficou sabendo. Tínhamos vinte e dois anos, talvez vinte e três. Era nosso primeiro ano em Nova York, torto e deslumbrante.

"Minha menstruação está atrasada", ela conta. "Achei que ainda fosse descer, mas não desceu. Minha barriga está esquisita, meus peitos também. Estou tentando não pensar nisso, mas acho que..." Ela se interrompe.

"Você contou para o Aaron?"

Ela faz que não com a cabeça. "Não sabia se tinha mesmo alguma coisa para contar."

"Há quanto tempo sua menstruação está atrasada?"

Ela toma mais um gole de café e olha para mim. "Onze dias."

Vamos até a farmácia na mesma hora, do jeito que estamos — ela com um moletom por cima da camisola, eu com minhas roupas de corrida. Não tem ninguém na pequena drogaria além da balconista, que sorri quando nos entrega o teste de gravidez. Sempre fico surpresa ao me dar conta de que já temos idade para receber notícias assim com sorrisos — com felicitações, e não julgamentos.

Quando voltamos, a casa ainda está em silêncio, com todos dormindo. Entramos no banheiro do andar de baixo, só nós duas. Estamos sentadas na borda da banheira, ansiosas, lançando olhares para a pia.

O timer apita.

"Olha você", ela diz. "E me conta. Eu não consigo."

Duas linhas cor-de-rosa.

"Deu positivo", revelo.

Seu rosto demonstra um alívio tão grande que fico sem reação. Meus olhos se enchem de lágrimas.

"Bella", eu digo, atordoada.

"Um bebê", ela murmura.

Nós nos aproximamos e nos abraçamos — a minha Bella. Tem cheiro de talco e lavanda e tudo o que existe de precioso e cheio de vida. O instinto de proteção que toma conta de mim com essas duas vidas nos meus braços é tão intenso que mal consigo respirar.

Nós nos afastamos, com os olhos marejados, e caímos na risada, incrédulas.

"Você acha que ele vai ficar bravo?", ela pergunta de repente.

De repente me sinto como se estivesse no Range Rover prateado dela, ouvindo "Anna Begins" com as janelas abaixadas. É verão, tarde da noite. Não era para estarmos na rua a essa hora, mas não tem ninguém na casa de Bella. A mãe dela está em Nova York para a inauguração de um restaurante, e o pai, viajando a trabalho.

Estamos vindo da casa de Joshua — ou será de Trey? Os dois tinham piscina. Ainda estamos de roupas de banho, mas já nos secamos. O ar está quente e úmido, e tenho a sensação — provocada pela juventude e pela vodca e pelo som dos Counting Crows — de que somos invencíveis. Olho para Bella atrás do volante, cantando, e decido que nunca vou querer ficar sem ela — nem a dividir com ninguém. Ela é minha. E eu sou dela.

"Não sei", respondo. "Mas não importa. Esse bebê é nosso."

Ela dá uma risadinha. "Estou apaixonada por ele. Sei que parece loucura e que você me acha maluca. Mas é sério, estou mesmo." Bella coloca minha mão em sua barriga, por cima da camisola.

"Não acho você maluca", respondo. "Eu confio em você."

"Está aí uma coisa que eu nunca ouvi antes." A mão dela ainda está na barriga. Consigo até vê-la crescer, inflar como um balão e se projetar na frente do corpo.

"Bom", eu digo. "Já estava na hora."

Capítulo 16

Bella avisa que não quer contar para ninguém. Não neste fim de semana, não antes de voltar para a cidade com Aaron. "Vamos curtir a praia", ela diz. E é isso que fazemos.

Levamos os coolers, as cadeiras e os cobertores para a praia e ficamos por lá, tomando banho de mar, comendo batatinhas fritas e melancia, bebendo cerveja e limonada até o sol desaparecer no horizonte.

Ariel e Morgan fazem uma caminhada entre um mergulho e outro. Eu as vejo à distância, de mãos dadas, com shorts iguais. David e Aaron jogam frisbee por um tempo. Bella e eu ficamos sentadas sob o guarda-sol. É um cenário idílico, e penso no futuro — em nós todos aqui juntos, e no bebê dela, dando seus passinhos vacilantes pela areia.

"Quer andar um pouco?", pergunto para David quando ele volta. Ele se senta no cobertor ao meu lado. Sua camiseta está suada no peito, e os óculos escuros, pendurados no nariz. Tiro as lentes do rosto dele e percebo que a pele ao redor de seus olhos está queimada — marcada pelos óculos. Nós adoramos vir para cá, mas nenhum de nós foi feito para ficar debaixo de sol.

"Eu pensei em tirar um cochilo", David diz, dando um beijo no meu rosto. Seu rosto está suado, e sinto a umidade contra minha pele. Entrego o protetor solar para ele.

"Eu topo."

Olho para cima e vejo Aaron pingando ao meu lado, com uma toalha de praia sobre o ombro direito.

"Ah." Me viro para a direita, onde Bella está dormindo sobre um cobertor, com a boca entreaberta e os pés imóveis sobre a areia.

Depois me viro para David. "Problema resolvido", ele diz.

"Tudo bem", respondo para Aaron.

Eu me levanto e limpo a areia do corpo. Estou usando um short de nylon, a parte de cima do biquíni e um chapéu de abas largas que comprei em um resort na nossa viagem anual para as ilhas Turcas e Caicos três anos atrás. Aperto o cordão do chapéu.

"Para leste ou para oeste?", ele pergunta.

"Na verdade é norte ou sul."

Ele não está usando óculos de sol, e estreita os olhos para mim, franzindo o rosto todo contra o sol.

"Para a esquerda", eu digo.

A praia de Amagansett é larga e comprida, e essa é uma das razões por que gosto tanto daqui. Dá para continuar andando por quilômetros sem nenhuma interrupção, e vários trechos são quase desertos, mesmo no verão.

Começamos a caminhar. Aaron joga a toalha sobre o pescoço e segura as pontas com as mãos. Por um tempo, nenhum dos dois diz nada. Fico atordoada, e não pelo silêncio, mas pelo som das ondas quebrando, pela sensação de paz que experimento quando estou na natureza, quando estou aqui. Acho que não percebo como a poluição visual e sonora de Nova York afetam meu dia a dia. Comento isso com ele.

"É verdade", ele responde. "Sinto muita saudade do Colorado."

"Você é de lá?"

Ele faz que não com a cabeça. "Fui morar lá depois da faculdade. Mudei para Nova York só há dez meses."

"Sério?"

Ele dá risada. "Eu já estou tão estragado assim?"

Faço um aceno negativo. "Não, eu só fico surpresa quando encontro alguém que passou boa parte da vida adulta em outro lugar. É estranho, eu sei."

"Não é estranho", ele diz. "Eu entendo. Nova York é o tipo de cidade que faz a gente pensar que não existe outro lugar no mundo."

Eu chuto uma conchinha. "E não existe mesmo. Segundo seus nada imparciais habitantes."

Aaron junta os dedos e estende os braços para a frente. Eu mantenho os olhos fixos na areia.

"David é um cara bem legal", ele comenta. "Que bom que vou ter a companhia dele este fim de semana."

Olho para a minha mão esquerda. O sol bate nos brilhantes, que refletem a luz intensamente. Eu devia ter tirado a aliança hoje. Podia ter perdido no mar.

"É mesmo", respondo. "Ele é bem legal."

"Eu invejo essa relação que você tem com Bella. Não tenho mais contato com quase ninguém da época de colégio."

"Nós somos amigas desde os sete anos de idade", conto. "Ela faz parte de quase todas as minhas lembranças da infância."

"Você é bem protetora com ela", ele diz. Em tom de afirmação, não de pergunta.

"Sim. Para mim ela é como alguém da família."

"Ainda bem que ela tem alguém para cuidar sempre dela. Quer dizer, além de mim." Ele esboça um sorriso.

"Sei que você cuida bem dela", respondo. "O problema não é você. É que ela namorou uns caras bem egoístas. E se apaixona com muita facilidade."

"Eu não", ele diz. Em seguida, limpa a garganta. O silêncio ainda perdura um pouco. "Quer dizer, isso antes, no passado."

Entendo o que ele quer dizer. Parece hesitante em admitir até mesmo para mim. Está apaixonado por ela. Minha melhor amiga. Eu me viro para ele, e vejo que seus olhos estão voltados para o mar.

"Você surfa?", ele me pergunta.

"Está falando sério?"

Ele se vira para mim com uma expressão meio sem jeito no rosto. "Fiquei com medo de deixar você com vergonha alheia com esse meu papo de amor."

"Não deixou, não", garanto. "E fui eu que toquei no assunto." Eu me aproximo da beira da água. Aaron me acompanha. "Não, eu não surfo." Não tem ninguém com pranchas na água no momento, mas já está tarde. Quem é surfista mesmo sai do ar antes das nove da manhã. "E você?"

"Não, mas sempre quis aprender. Nunca morei perto do mar. Só fui conhecer uma praia aos dezesseis anos."

"Sério? De onde você é?"

"Wisconsin", ele responde. "Meus pais não eram muito de viajar, mas quando a gente saía de férias era sempre para a beira de um lago. Tinha uma casa no lago Michigan que eles alugavam todo verão. A gente passava a semana lá, o tempo todo na água."

"Parece divertido", comento.

"Estou tentando convencer Bella a ir comigo no outono. Ainda é um dos meus lugares favoritos no mundo."

"Ela não é do tipo que passa férias no interior", aviso.

"Acho que ela iria gostar." Ele limpa a garganta. "E obrigado por ter me perguntado aquilo ontem. Eu quase nunca tenho a chance de falar sobre a minha mãe."

Eu olho para baixo. "Tudo bem. Eu entendo."

A água alcança os nossos pés.

Aaron dá um pulo para trás. "Puta merda, está gelada", ele diz.

"Não está tão ruim. Ainda é agosto. Você nem imagina como fica em maio."

Ele dá mais uns pulinhos, mas depois para e fica me olhando. Do nada, dá um chute na água, que cai em cima de mim com uma cascata. As gotas se espalham pelo meu corpo como manchas de catapora.

"Isso não foi legal", digo.

Jogo água nele, que se protege com a toalha. Mas pouco tempo depois estamos correndo para o mar, lançando cada vez mais água em nossos ataques, ficando encharcados. A toalha logo se torna um peso morto. Mergulho a cabeça na água, sentindo o choque do frio na cabeça. Nem me dei ao trabalho de tirar o chapéu. Quando volto à tona, Aaron está a um passo de mim. Seu olhar é tão intenso que meu primeiro instinto é me virar para trás para ver se tem alguma coisa atrás de mim, mas não faço isso.

"Que foi?"

"Nada", ele diz. "É que..." Ele encolhe os ombros. "É que eu gosto de você."

Neste momento, não estamos mais no oceano Atlântico; não estamos na casa de praia, mas naquele apartamento, naquela cama. Suas mãos, já sem a toalha, estão sobre mim. Sua boca está no meu pescoço, seu corpo se move de forma lenta e deliberada sobre o meu — me explorando, me conhecendo, me pressionando. O sangue nas minhas veias pulsa ao ritmo de um *sim*.

Eu fecho os olhos. *Para. Para. Para.*

"Vamos voltar apostando uma corrida", proponho.

Chuto mais um pouco de água e saio em disparada. Sei que sou mais rápida que ele — sou mais veloz que a maioria das pessoas, e aquela toalha deve estar pesando uns cinco quilos. Não preciso nem me esforçar muito. Quando volto ao guarda-sol, Bella já está acordada. Ela rola para o lado, sonolenta, protegendo os olhos do sol.

"Aonde você foi?", ela pergunta.

Minha respiração está acelerada demais para eu conseguir responder.

Capítulo 17

Setembro é uma época de correria no trabalho. Quando todo mundo concorda em tirar uma semana de folga coletiva no fim de agosto, o mês seguinte vira uma loucura. Volto da praia e encontro uma pilha de documentos que vai me ocupar até sexta-feira. Bella me liga na quarta, toda feliz e risonha.

"Eu contei para ele!", ela revela. Escuto uma risadinha, e percebo que Aaron está por perto. Imagino os braços dele em torno dela, de seu peito, tomando todo o cuidado com a nova vida que cresce entre eles.

"E então?"

"Dannie perguntou 'e então?'", escuto Bella dizer.

Ouço um ruído de estática, e então a voz de Aaron do outro lado da linha. "Dannie. Oi."

"Oi. Meus parabéns."

"Pois é. Obrigado."

"Está feliz?"

Ele faz uma pausa. Sinto um aperto no estômago. Mas então, quando o ouço falar, percebo a mais pura ressonância da alegria, que reverbera pelo telefone. "Quer saber?", ele diz. "Estou muito, muito feliz."

No sábado, Bella e eu nos encontramos para um café no

Le Pain Quotidien na Broadway, porque ela quer fazer compras. Vou mentalmente preparada para passar por várias lojas na região da Quinta Avenida — Anthropologie, J.Crew, ou Zara. Mas em vez disso me vejo, com meu copo de café na mão, diante da Jacadi, a loja francesa para bebês na Broadway.

"A gente precisa entrar", ela diz. "Aqui é tudo lindo." Eu a acompanho.

Há fileiras e fileiras de macacõezinhos minúsculos com touquinhas de algodão combinando, blusas de lã, casaquinhos. É uma loja de departamentos em miniatura — cheia de sapatinhos e pantufinhas de couro, tudo em tamanho míni. Bella está usando um vestido rosa de alcinhas com uma blusa branca enorme de malha amarrada na cintura. Seu cabelo está bagunçado. Ela é puro brilho. Está linda, radiante. Como uma deusa.

Não é que eu não queira filhos, mas nunca me senti muito atraída pela ideia da maternidade. Os bebês não me deixam toda melosa, e nunca tive a sensação de que meu relógio biológico estava chamando, pedindo que eu aproveitasse minha janela de fertilidade. Acho que David seria um bom pai, e que eu provavelmente vou acabar sendo mãe algum dia, mas, quando penso nisso, nós com crianças, nenhuma imagem me vem à mente.

"Quando é a sua primeira consulta médica?", pergunto.

Bella me mostra um macacão de bolinhas branco e amarelo. "Você acha que isso é unissex?"

Eu encolho os ombros.

"O bebê vai nascer na primavera, então vamos precisar de roupas de mangas compridas." Ela me entrega o macacão e pega dois casaquinhos de tricô de diferentes tamanhos.

"E Aaron, como está?", pergunto.

Ela abre um sorriso sonhador. "Ele é o máximo; está superempolgado. Aconteceu de repente, claro, mas ele parece bem feliz mesmo. A gente não tem mais vinte e cinco anos."

"Pois é", digo. "E vocês vão se casar?"

Bella revira os olhos e me entrega um par de meias com estampa de pequenas âncoras. "Não seja tão óbvia", ela responde. "Vocês vão ter um bebê; é uma pergunta que faz todo o sentido."

Bella se vira na minha direção. Seu corpo todo se volta para mim. "A gente nem falou sobre isso. O que está acontecendo entre nós já é suficiente por agora."

"E a consulta, quando é?", pergunto, mudando de assunto. "Quero ver uma imagem de ultrassom."

Bella sorri. "Na semana que vem. Dizem que não é preciso ter pressa. Assim tão no começo não tem muita coisa a fazer."

"Tem sim: compras!", comento. Meus braços estão cheios de pequenos itens. Tomo o caminho do caixa.

"Acho que é uma menina", Bella diz.

Consigo imaginá-la sentada em uma cadeira de balanço, segurando uma criancinha embrulhada em um cobertor cor-de-rosa bem macio.

"Uma menina seria incrível", digo.

Ela me puxa para perto de si e me abraça. "Agora é a sua vez", ela me fala.

Eu me imagino grávida. Fazendo compras nesta loja para a minha própria cria. Sinto vontade de beber.

No domingo, vou até o apartamento dela. Toco a campainha duas vezes. Quando a porta enfim se abre, Aaron aparece. Ou pelo menos a cabeça dele. Ele abre passagem, e me vejo diante de no mínimo uma dúzia de pacotes — caixas e cestos e todos os tipos de coisas embrulhadas — atulhando a entrada.

"Vocês assaltaram uma loja de departamentos?", pergunto.

Aaron encolhe os ombros. "Ela está empolgada. Então está... comprando coisas?" Observo seu rosto com atenção, em busca de sinais de julgamento e hesitação, mas não encontro nenhum, apenas um leve divertimento. Está de calça jeans e camiseta, sem meias. Me pergunto se ele já trouxe algumas coisas suas para cá. Se vai trazer. Eles vão ter que morar juntos, não?

Ele chuta uma caixa para o lado, e a porta se abre por completo. Eu entro e a fecho atrás de mim. "Meus parabéns", digo.

"Ah, sim, obrigado." Ele está colocando uma bolsa em cima de uma caixa da Amazon que chegou pelo correio. Mas então para, se levanta e enfia as mãos nos bolsos. "Sei que aconteceu de repente."

"Bella sempre foi impaciente", digo. "Então não chega a ser uma surpresa para mim."

Ele dá risada, mas ao que parece é só para me agradar. "Quero que você saiba que estou muito, muito feliz. Ela é a melhor coisa que aconteceu na minha vida."

Aaron olha fixamente para mim quando diz isso, como fez na praia. Pisco algumas vezes e viro a cabeça para o outro lado.

"Que bom", respondo. "Fico feliz."

Nesse momento a voz de Bella chega até nós. "Dannie? É você?"

Aaron sorri e abre passagem, estendendo o braço para eu entrar.

Sigo o som de sua voz pelo corredor, passo pela cozinha e pelo seu quarto e entro no quarto de hóspedes. A cama está arrastada para o lado, a cômoda está no centro do cômodo e Bella, de macacão e com um lenço na cabeça, está pintando nuvens brancas nas paredes.

"Bells", eu digo. "O que está acontecendo?"

Ela olha para mim. "É o quarto do bebê. O que você acha?"

Bella dá um passo para trás, põe as mãos na cintura e analisa seu trabalho.

"Acho que você está adiantada em alguma coisa pela primeira vez na vida", comento. "Estou um pouco assustada. O quarto não é um projeto para o sétimo mês?"

Ela dá risada, de costas para mim. "É divertido", justifica. "Fazia um tempão que eu não pintava."

"Pois é." Vou até ela e passo o braço sobre seus ombros. Ela se apoia em mim. As nuvens são branquinhas, e o céu tem um tom claro de salmão com toques de azul bebê e lilás. É uma obra-prima.

"Você quer mesmo muito isso", digo, mas não exatamente para ela. É mais para a paisagem na parede. Para o que quer que tenha criado esta realidade. Por um instante, esqueço do futuro que vi. Prefiro me deixar levar por este presente sólido e inquestionável.

Capítulo 18

David e eu marcamos um encontro com a pessoa que vai organizar nosso casamento no sábado de manhã. Estamos no meio de setembro, e ouvi com todas as letras que se não escolhesse logo as flores teria que usar folhas mortas nos arranjos de mesa.

A semana está uma loucura no trabalho — recebemos uma tonelada de providências a tomar em dois casos urgentes na segunda-feira, e quase não fui para casa nos dias seguintes, a não ser para dormir. Na sexta-feira, enquanto caminho até os elevadores, pego meu celular para avisar que vamos precisar adiar a reunião — preciso desesperadamente dormir — e vejo quatro chamadas perdidas de um número desconhecido.

As ligações de telemarketing andam me atormentando bastante, mas não costumam vir com o número identificado. Verifico a caixa de mensagens de voz enquanto o elevador desce, mas sou obrigada a desligar e tentar de novo quando chego ao saguão. Estou passando pelas portas de vidros quando escuto o recado.

"Dannie, é Aaron. A gente foi ao médico hoje e... Você pode me ligar? Acho que seria bom você vir para cá."

Meu coração vai parar na boca, e imediatamente aperto o

131

botão para retornar a ligação, com as mãos trêmulas. Tem alguma coisa errada. Alguma coisa errada com o bebê. Bella tinha uma consulta hoje. Eles ouviriam o coraçãozinho do bebê pela primeira vez. Eu devia tê-la protegido. Devia tê-la impedido de comprar todas aquelas roupas, fazer todos aqueles planos. Era cedo demais.

"Dannie?" A voz de Aaron está carregada de tensão ao telefone.

"Ei. Oi. Desculpa. Eu estava... Cadê ela?"

"Está aqui", ele responde. "Dannie, as notícias não são boas."

"Algum problema com o bebê?"

Aaron faz uma pausa. Quando responde, é com a voz embargada. "Não tem bebê nenhum."

Jogo meus sapatos de salto alto na bolsa, calço minhas sandálias rasteirinhas e pego o metrô para Tribeca. Sempre me perguntei como as pessoas que recebiam notícias trágicas e depois precisavam pegar um avião se sentiam. Todo voo deve levar algum passageiro que está indo para o leito de morte da mãe, ou para o local do acidente de carro de um amigo, ou de volta para uma casa incendiada. Esses minutos no metrô são os mais longos da minha vida.

Aaron atende à porta. Está de calça jeans e uma camisa social com os primeiros botões abertos. Parece atordoado, com os olhos vermelhos. Meu coração dispara de novo. Eu olho para o chão.

"Onde ela está?", pergunto.

Ele não responde, só aponta. Sigo seu dedo até o quarto e encontro Bella deitada em posição fetal na cama, no meio dos travesseiros, de calça de moletom e escondida sob o capuz da blusa. Tiro as sandálias e me deito ao seu lado.

"Bells", digo. "Ei. Eu estou aqui." Dou um beijo em sua cabeça escondida pelo capuz. Ela não se mexe. Olho para Aaron, parado na porta. Ele fica lá, com as mãos imóveis junto ao corpo.

"Bells", tento de novo, passando a mão nas costas dela. "Vamos. Senta um pouco."

Ela se mexe. Olha para mim. Parece confusa, assustada. Com o mesmo jeitinho de quando acordava de um pesadelo na bicama do meu quarto décadas atrás.

"Ele contou para você?", ela pergunta.

Confirmo com a cabeça. "Ele disse que você perdeu o bebê", digo. Essas palavras me deixam mal. Penso nela na semana passada, pintando, fazendo preparativos. "Bells, eu sinto muito. Eu..."

Ela se senta na cama. Leva a mão à boca. Como se fosse passar mal.

"Não", ela responde. "Foi um engano. Eu não estava nem grávida."

Eu observo seu rosto. Depois olho para Aaron, que ainda está parado na porta. "Do que você está falando?"

"Dannie", ela responde, olhando bem para mim. Seus olhos estão arregalados e úmidos. Vejo neles algo que só vi uma vez antes, muito tempo atrás, na Filadélfia. "Me disseram que eu posso ter câncer no ovário."

Capítulo 19

Em seguida ela me conta um monte de coisas. Que o câncer no ovário, em alguns casos bem raros, pode causar um falso positivo em testes de gravidez. Que os sintomas podem ser os mesmos de uma gestação. Menstruação atrasada, abdome inchado, náuseas, letargia. Mas só o que escuto é um zumbido nos ouvidos que fica cada vez mais alto, até tornar impossível ouvi-la. Seus lábios estão se mexendo, ela continua falando, mas não escuto nada. Sua boca está soltando mil abelhas, que picam meu rosto até me obrigar a fechar os olhos.

"Quem foi que falou isso?"

"O médico", ela responde. "A gente teve uma consulta hoje."

"Eles fizeram uma tomografia." Quem explica é Aaron, parado na porta. "E um exame de sangue."

"Precisamos de uma segunda opinião", digo.

"Foi o que eu falei", avisa Aaron. "Existe uma grande chance de..."

Eu o interrompo com um gesto de mão. "Onde estão os seus pais?"

Bella olha para Aaron, e depois para mim. "Meu pai está na França. Minha mãe, em casa."

134

"Você ligou para eles?"

Ela faz que não com a cabeça.

"Certo. Vou ligar para Frederick e pedir para ele acionar o pessoal do Mount Sinai. Ele faz parte do conselho de cardiologia do hospital, né?"

Bella assente.

"Certo. Vamos marcar uma consulta com o melhor oncologista de lá." Eu engulo em seco depois de dizer essa palavra. Tem gosto de trevas. Mas isso é o que sei fazer; é nisso que sou boa. Quanto mais eu falo, mais o zumbido vai diminuindo. Fatos. Documentos. Vai saber que médico eles consultaram. Um obstetra não é especialista em câncer. Nós ainda não sabemos de nada. Ele provavelmente estava enganado. Só pode estar.

"Bella", eu digo, segurando suas mãos. "Vai ficar tudo bem, certo? O que quer que seja, nós vamos dar um jeito. Você vai ficar bem."

Na segunda-feira de manhã, estamos no consultório do dr. Finky, o melhor oncologista de Nova York. Encontro Bella na entrada do Mount Sinai, na rua 98. Ela desce do carro acompanhada de Aaron. Fico surpresa ao vê-lo. Pensei que não fosse vir. Agora que ela não está grávida, que estamos encarando isto, a pior das notícias, não imaginei que ele fosse continuar por perto. Eles passaram apenas um verão juntos.

O consultório do dr. Finky é no quarto andar. No elevador, encontramos uma mulher grávida. Sinto Bella se mexer atrás de mim, chegar mais perto de Aaron. Aperto o botão do painel com mais força.

A sala de espera é agradável. Alegre. Papel de parede listrado em amarelo, vasos de girassóis, uma grande variedade de revistas. As melhores: *Vanity Fair*, *The New Yorker*, *Vogue*. Há apenas duas pessoas esperando, um casal de idosos que parece estar conversando no FaceTime com os netos. Eles acenam para a câmera, dizendo coisas como "Ooh" e "Aah". Bella faz uma careta.

"Temos uma consulta às nove. Bella Gold."

A recepcionista assente e me entrega uma prancheta cheia de papéis. "Você é a paciente?"

Olho para trás, para onde Bella está. "Não", ela diz. "Sou eu."

A mulher sorri para ela. Está com o cabelo preso em duas tranças, e o nome em seu crachá é Brenda.

"Oi, Bella", ela diz. "Você pode preencher esses formulários para mim?"

Ela fala em um tom tranquilo e maternal, e entendo o motivo para sua presença aqui. Sua função é amenizar o golpe que os pacientes sofrem atrás daquelas portas.

"Sim", responde Bella. "Obrigada."

"E posso tirar uma cópia da carteirinha do seu plano de saúde?"

Bella remexe na bolsa, pega a carteira e entrega o cartão da Blue Cross. Eu não sabia se Bella tinha plano de saúde, nem se andava com a carteirinha. Fico impressionada com o número de providências que ela precisou tomar para chegar até aqui. Ela fez o plano pela galeria? Quem cuidou de tudo para ela?

"Blue Cross?", pergunto quando estamos indo até as cadeiras da sala de espera.

"Eles têm uma boa rede de credenciados", ela explica.

Levanto as sobrancelhas para ela, que sorri. É meu primeiro momento de leveza desde sexta-feira.

Liguei para o pai dela na sexta. Ele não atendeu. No sábado, deixei um recado na caixa de mensagens: *É sobre a saúde da Bella. Você precisa me ligar imediatamente.*

Bella sempre dizia que seus pais eram jovens demais quando a tiveram, e entendo o que ela quer dizer com isso, mas não acho que seja verdade — pelo menos não totalmente. A questão é que eles nunca quiseram ser pais. Tiveram Bella por achar que era sua obrigação como casal, mas não queriam ter o trabalho de criá-la.

Os meus pais eram muito presentes — para Michael e para mim. Colocaram a gente na aula de futebol e iam a todos os jogos, providenciavam lanche para o time, levavam os uniformes para lavar em casa. Eram superprotetores e rígidos. Exigiam coisas de mim: boas notas, excelente desempenho, educação impecável. E eu correspondi às expectativas, principalmente depois do que aconteceu com Michael, porque era isso que ele teria feito. Eu não queria que os dois sofressem ainda mais. Mas eles me apoiaram nos momentos difíceis também — o B em matemática, a carta de rejeição da Universidade Brown. Eles deixaram claro que sabiam que eu era mais do que um currículo acadêmico.

Bella era uma aluna inteligente, mas desinteressada. Arrasava nas provas de inglês e história com a facilidade de alguém que sabe que aquilo não faz a menor diferença. E não fez mesmo. Ela escrevia muito bem — ainda escreve. Mas sua atenção sempre foi voltada para as artes. Nós estudamos em uma escola pública com uma disponibilidade de verba bem restrita, mas os pais dos alunos eram bastante participativos, então tínhamos um ateliê com tinta a óleo, telas e um professor dedicado ao nosso desenvolvimento criativo.

Bella estava sempre desenhando quando éramos crianças, e seus desenhos eram bons — sobrenaturalmente bons. Mas no ateliê ela começou a produzir coisas extraordinárias. Alunos e professores de outra sala apareciam só para vê-la em ação. Uma paisagem, um autorretrato, uma tigela com frutas apodrecendo no balcão. Uma vez ela fez uma pintura de Irving, um estudante nerd do segundo ano que morava em Cherry Hill. Depois disso, a reputação dele na escola mudou. Ele era misterioso, interessante. As pessoas passaram a vê-lo como ela o desenhou. Era como se Bella tivesse a habilidade de descobrir o que havia dentro da pessoa e expor de forma vívida, excessiva, ruidosa.

Seu pai, Frederick, me ligou de Paris no sábado à tarde. Eu contei o que sabíamos: Bella achou que estivesse grávida, foi fazer um ultrassom para confirmar, fez alguns exames e saiu com um diagnóstico de câncer no ovário.

Houve um silêncio atordoado do outro lado da linha. E então resolveu entrar em ação.

"Vou ligar para o dr. Finky", ele disse. "E avisar que precisamos de uma consulta na segunda de manhã. Eu volto a falar com você."

"Obrigada", respondi, o que me pareceu natural, mas não deveria.

"Você liga para a mãe dela?", ele me pediu.

"Sim."

A mãe de Bella começou a soluçar ao telefone, como eu sabia que aconteceria. Jill sempre gostou de ser dramática.

"Vou pegar o primeiro avião até aí", ela falou, apesar de estar na Filadélfia, uma viagem de carro que leva apenas o dobro do tempo que demoraria para chegar até o aeroporto.

"Vamos marcar uma consulta para segunda de manhã", contei. "Quer que eu passe o endereço e o horário?"

"Vou ligar para Bella", ela falou, e desligou o celular.

Na última vez que tive notícias de Jill, ela estava namorando um cara da nossa idade. Depois de se separar do pai de Bella, chegou a se casar com um herdeiro grego que a traía escandalosamente em público. Ela nunca soube fazer boas escolhas. Sendo bem sincera, o histórico de romances de Bella tem muita influência dela — mas tomara que com Aaron isso tenha chegado ao fim.

Na segunda de manhã, enquanto os papéis são preenchidos, não pergunto sobre Jill porque não é necessário. Eu sei o que aconteceu. Ela perdeu o papel com o horário, ou tinha uma sessão de massagem não reembolsável, ou esqueceu de comprar a passagem e resolveu vir no dia seguinte. Sempre existem um milhão de motivos.

Enquanto Bella encara a papelada, Aaron e eu ficamos sentados ao seu lado, impassíveis. Eu percebo quando ele balança nervosamente o pé que apoiou sobre a outra perna. Quando esfrega a testa com a mão. Bella está de calça jeans e um blusão laranja, apesar do calor. O verão não quer saber de dar trégua, apesar de estarmos na segunda quinzena de setembro.

"Srta. Gold?"

Um jovem enfermeiro ou assistente usando óculos de armação branca aparece diante de uma porta de vidro.

Bella mexe nervosamente nos papéis sobre o colo. "Ainda não terminei", ela avisa.

Brenda sorri de sua mesa. "Tudo bem. Podemos ver isso depois." Ela olha para mim e para Aaron. "Vocês dois são os acompanhantes?"

"Sim", Aaron responde.

Benji, o enfermeiro, é todo simpático, e puxa assunto conosco enquanto atravessamos o corredor. Mais uma vez a alegria. Parece que estamos indo a uma sorveteria ou que estamos na fila de uma roda-gigante.

"É por aqui."

Ele estende o braço para dentro de um cômodo pintado de branco, e nós três entramos na mesma formação de antes: eu, depois Bella, depois Aaron. Em um canto há duas cadeiras e uma poltrona para exames. Eu fico de pé.

"Só vamos fazer uma triagem rápida enquanto esperamos o dr. Finky."

Benji mede os sinais vitais de Bella — sua pulsação, sua temperatura — e examina sua garganta e seus ouvidos. Em seguida a coloca na balança para verificar seu peso e sua altura. Aaron também não se senta e, com as duas cadeiras e nós dois de pé, a sala parece pequena, quase claustrofóbica. Não sei como vai caber mais uma pessoa aqui.

Finalmente, a porta se abre.

"Bella, não vejo você desde que tinha dez anos de idade. Olá."

O dr. Finky é um homem baixinho — atarracado e roliço — que se desloca com movimentos precisos e uma velocidade impressionante.

"Oi", Bella responde. Ela estende a mão, e os dois se cumprimentam.

"E eles, quem são?"

"Esse é Greg, meu namorado." Aaron estende a mão. Finky o cumprimenta. "E essa é Dannie, minha melhor amiga." Nós trocamos um aperto de mãos também.

"Você tem uma boa rede de apoio. Que bom", ele comenta. Sinto meu estômago se contrair. Ele não deveria ter dito isso. Não gostei nem um pouco.

"Então você foi ao médico por achar que estava grávida? Que tal explicar por que está no meu consultório hoje?"

Finky põe os óculos, pega o caderno e começa a anotar. Bella explica tudo de novo: a menstruação atrasada. O inchaço. O falso positivo no teste de gravidez. A ida ao médico. A tomografia. O resultado dos exames de sangue.

"Precisamos fazer mais exames", ele avisa. "Prefiro não falar nada antes disso."

"Pode ser hoje?", pergunto. Estou fazendo minhas anotações, escrevendo tudo o que ele fala na minha agenda, a que deveria usar para planejar meu casamento.

"Sim", ele responde. "Vou pedir para o enfermeiro voltar e cuidar dessa parte."

"Qual é a sua opinião?", eu quero saber.

Ele tira os óculos. E olha somente para Bella. "Acho que precisamos fazer mais alguns exames."

Ele não precisa dizer mais nada. Eu sou advogada. Sei o que as palavras significam, o que os silêncios significam, o que as repetições significam. E sei muito bem o que ele acha. Quais são suas suspeitas. Talvez ele até já saiba. O outro médico tinha razão.

140

Capítulo 20

Tem uma coisa que os profissionais fazem quando um paciente tem câncer: eles pegam leve com você. Depois do choque inicial, depois do diagnóstico e do pavor que ele desperta, eles oferecem todo o conforto. Tratam você com toda a consideração. Quer uma limonada junto com a quimioterapia? A radiação? Isso não é nada, todo mundo faz, é tipo maconha. Eles servem as drogas com um sorriso no rosto. Você vai adorar essas pessoas, pode ter certeza.

Bella de fato tem um câncer no ovário. A suspeita é que está no estágio três, o que significa que se espalhou para os linfonodos da área, mas não para os outros órgãos. É tratável, de acordo com o que nos dizem. Existem possibilidades. Muitas vezes, em casos de câncer no ovário, isso não acontece. A pessoa só descobre quando já é tarde. Mas ainda não é.

Pesquiso as estatísticas sobre a doença, mas Bella se recusa a ouvir. "Essas informações ficam na cabeça", ela justifica. "E podem acabar afetando o tratamento. Eu não quero saber."

"São números", digo. "E dizem muito sobre como vai ser o tratamento. Os dados não vão mudar só porque você não sabe quais são. Precisamos saber com o que estamos lidando."

"Quem determina com o que estamos lidando somos nós."

Ela impõe uma proibição ao Google, mas faço a pesquisa mesmo assim: 47%. É a taxa de sobrevivência de pacientes de câncer no ovário em cinco anos. Menos que meio a meio.

David me encontra sentada no chão de ladrilhos do box.

"Cinquenta por cento é uma boa chance", ele me diz, se agachando. E segura minha mão do outro lado da porta de vidro. "É metade." Mas ele mente muito mal. Sei que ele jamais apostaria em uma probabilidade como essa, nem mesmo se estivesse bêbado em uma mesa de jogo em Las Vegas.

Cinco dias depois, volto com Bella para a consulta seguinte. Fomos instruídas a procurar um oncologista ginecológico, que vai analisar o caso e determinar o tratamento. Dessa vez, somos só nós duas. Bella pediu para Aaron não ir. Eu não estava lá quando eles tiveram essa conversa. Não sei como foi. Se ele insistiu. Se ficou aliviado.

Somos apresentadas ao dr. Shaw em seu consultório na Park Avenue, entre as ruas 62 e 63. É um lugar tão chique que, quando paramos o carro, chego a pensar que pegamos o endereço errado — vamos fazer o que aqui, tomar um chá da tarde?

A sala em si é mais discreta, menos ostensiva — é um lugar para receber pessoas que estão sofrendo. Dá para perceber. O dr. Finky é a primeira parada — o trem novo em folha e limpinho, rodando a todo vapor. O dr. Shaw é quem assume o resto da jornada.

Depois que a enfermeira nos leva até sua sala, o dr. Shaw logo aparece para nos cumprimentar. Imediatamente simpatizo com sua expressão amigável — é bem franco, sincero. Ele sorri bastante. Sei que Bella também gostou dele.

"De onde você é?", ela pergunta.

"Da Flórida", ele responde. "Do estado ensolarado."

"Não consigo me acostumar com a ideia de que a Flórida é o estado ensolarado", Bella comenta. "Deveria ser a Califórnia."

"Quer saber?", diz o dr. Shaw. "Eu concordo."

Ele é alto. Quando se acomoda em seu banco com rodinhas, os joelhos ficam quase na altura dos cotovelos. "Muito bem", ele continua. "Vamos fazer o seguinte."

O dr. Shaw apresenta seu plano. Uma cirurgia para "desinflar" o tumor, seguida por quatro ciclos de quimioterapia em dois meses. Ele avisa que vai ser um tratamento brutal. Ainda mais de uma vez aqui no consultório do dr. Shaw sinto vontade de poder trocar de lugar com Bella. A paciente devia ser eu. Sou forte. Aguento o tranco. Mas não sei se Bella consegue.

A cirurgia é marcada para terça-feira, no hospital Mount Sinai. Uma histerectomia completa, incluindo a remoção dos ovários e das trompas de falópio. Um procedimento chamado salpingo-ooforectomia bilateral. Eu me pego pesquisando termos médicos no Google enquanto estou no carro, no metrô, no banheiro do trabalho. Ela não vai mais produzir óvulos. Nem ter um lugar para eles algum dia se desenvolverem.

Ao ouvir isso, Bella começa a chorar.

"Posso congelar meus óvulos primeiro?", ela pergunta.

"Existem opções para estimular a fertilidade", o dr. Shaw diz com toda a gentileza. "Mas eu não recomendaria nem o procedimento nem a espera. Os hormônios podem agravar o câncer. Acho fundamental fazer a cirurgia o quanto antes."

"Como isso foi acontecer?", Bella questiona. Ela esconde o rosto entre as mãos. Sinto uma náusea me dominar. A bile sobe pela minha garganta e ameaça se espalhar no chão deste consultório na Park Avenue.

O dr. Shaw chega mais para a frente com seu banquinho e coloca a mão no joelho dela. "Sei que é difícil", ele diz. "Mas você está em boas mãos. E vamos fazer tudo o que estiver ao nosso alcance por você."

"Não é justo", ela fala.

O dr. Shaw olha para mim, e pela primeira vez me vejo

sem palavras. Câncer. Infertilidade. Preciso me esforçar até para respirar.

"Não mesmo", ele responde. "Você tem razão. Mas a sua postura faz toda a diferença. Vou lutar por você, mas preciso da sua ajuda também."

Ela o encara, com o rosto coberto de lágrimas. "Você vai estar lá?", ela pergunta. "Na cirurgia?"

"Pode ter certeza", ele diz. "Eu é que vou fazer a operação."

Bella olha para mim. "O que você acha?", ela me pergunta.

Penso na praia de Amagansett. Como é possível que três semanas atrás ela estivesse toda corada aguardando o resultado de um teste de gravidez — reluzindo de expectativa?

"Acho que a cirurgia precisa ser feita agora", respondo.

Bella assente. "Certo", ela diz.

"É a decisão certa", o dr. Shaw garante, e desliza até o computador. "E, se tiver alguma pergunta, aqui está o número do meu celular." Ele entrega um cartão de visita para nós. Anoto o número no meu caderno.

"Agora vamos falar sobre o que vem a seguir", ele avisa.

A conversa continua. Linfonodos, células cancerosas, incisões abdominais. Em geral sou boa com anotações, mas é difícil — impossível — registrar tudo. Parece que o dr. Shaw está falando em outra língua. Palavras ásperas; russo, talvez tcheco. Fico com a sensação de que prefiro não entender; só quero que ele pare de falar. Se ele parar, tudo isso deixa de ser verdade.

Saímos do consultório e paramos na esquina da rua 63 com a Park Avenue. De forma inexplicável e absurda, o dia está perfeito. Setembro é um mês glorioso em Nova York, principalmente porque todos sabem que o outono ainda demora um pouco para chegar — e hoje é o exemplo perfeito disso. Um vento suave, um sol bem brilhante. Para todo lugar que me viro, vejo pessoas sorrindo e conversando e se cumprimentando.

Olho para Bella. Não tenho a menor ideia do que dizer.

Não consigo acreditar que neste exato momento tem uma coisa mortal crescendo dentro dela. Parece impossível. Olhe para ela. Veja. Ela é a imagem da saúde. Tem as bochechas coradas e cheias, é iluminada. Uma pintora impressionista. Uma encarnação da vida.

O que acontece se fingirmos que não ouvimos nada disso? O câncer vai se agravar? Ou vai entender o recado e cair fora? É uma coisa senciente? Está ouvindo? Nós temos poder para mudar isso?

"Preciso ligar para o Greg", ela avisa.

"Certo."

Mais uma vez nesta manhã, sinto meu celular vibrar furiosamente dentro da minha bolsa. Já passa das dez da manhã, e eu deveria ter chegado ao trabalho duas horas atrás. Com certeza recebi uns cem e-mails.

"Quer que eu chame um carro para você?", pergunto.

Ela balança a cabeça. "Não, quero caminhar um pouco."

"Tudo bem", digo. "Vamos andando."

Ela pega o celular. E não ergue os olhos. "Prefiro ir sozinha."

Quando estávamos no ensino médio, Bella dormia mais na minha casa do que na dela. Detestava ficar sozinha, e seus pais estavam sempre viajando. Passavam pelo menos dois terços do mês fora. Então ela ficava conosco. Eu tinha uma bicama de rodinhas no quarto, e ficávamos acordada até tarde, passando da minha cama para a dela, contando os adesivos de estrelas colados do teto. Era impossível, claro, porque não dava para distinguir uma da outra. Nós pegávamos no sono com um monte de números na cabeça.

"Bells..."

"Por favor", ela diz. "Prometo que ligo mais tarde."

Essas palavras me corroem por dentro. Como se as coisas já não estivessem ruins o bastante, por que encarar tudo isso sozinha? Precisamos parar para respirar. Precisamos tomar um café. Precisamos falar sobre isso.

Ela sai andando, e instintivamente vou atrás, mas Bella percebe e se vira para mim, fazendo um gesto com as mãos para que eu me afaste.

Meu celular vibra de novo. Desta vez eu atendo.

"Dannie falando."

"Onde diabos você está?", pergunta a voz de Sanji, minha colega de caso, ao telefone. Ela tem vinte e nove anos, e se formou no MIT aos dezesseis. Exerce atividades profissionais remuneradas há dez anos. Nunca a ouvi dizer nenhuma palavra além do absolutamente necessário. O fato de ter acrescentado esse "diabos" não significa pouca coisa.

"Desculpa, acabei me enrolando. Estou indo."

"Não desliga", ela pede. "Estamos com um problema com a CIT. As finanças deles não estão batendo."

Nós precisamos concluir nosso relatório sobre a CIT, uma empresa que nossa cliente, a Epson, uma gigante do setor de tecnologia, está comprando. Se não apresentarmos um balanço financeiro completo, vamos ser engolidas vivas pela chefia.

"Estou indo para o escritório deles", aviso. "Aguenta firme aí."

Sanji desliga sem se despedir, e eu tomo o caminho do Financial District, onde fica a sede da CIT. É uma empresa especializada em programação de websites. Ultimamente tenho passado mais tempo lá do que gostaria.

Estamos em contato frequente com o conselho de administração há mais de seis meses, e já sei muito bem como eles trabalham a esta altura. Fico torcendo para que seja apenas uma desatenção. Estão faltando oito meses de pagamentos de impostos nos balanços.

Quando chego, sou recebida imediatamente, e Darlene, a recepcionista, me leva até o escritório do setor jurídico.

Beth está sentada atrás de sua mesa e parece surpresa ao me ver. É uma mulher de cinquenta e tantos anos que trabalha na empresa desde a fundação, doze anos atrás. Seu escritório é uma boa representação de seu estoicismo: não há nenhum porta-retratos sobre a mesa e ela não usa nenhum acessório, nem sequer um anel. Nós temos uma relação cordial, quase amigável, mas nunca falamos de assuntos pessoais, e não faço ideia do que ela encontra ao chegar em casa depois de sair do trabalho.

"Dannie", ela diz. "A que devo esse desprazer?"

Eu estive aqui ontem mesmo.

"Ainda estão faltando dados financeiros", aviso.

Ela não se levanta, nem pede para eu me sentar. "Vou pedir para a minha equipe ver isso", ela responde.

Sua equipe se resume a ela e outro advogado, Davis Brewster, que estudou comigo na Columbia. Ele é inteligente. Não sei como foi acabar no jurídico de uma empresa de porte médio.

"Hoje à tarde", digo.

Ela balança negativamente a cabeça. "Você deve adorar seu trabalho", ela comenta.

"Tanto quanto qualquer um de nós", respondo.

Ela dá risada e volta sua atenção para o computador. "Não é bem assim."

Às cinco da tarde, chegam mais documentos da CIT. Vou ter que ficar aqui no mínimo até as nove para ler tudo. Sanji anda de um lado para o outro na sala de reuniões, como se estivesse elaborando uma estratégia de ataque. Mando uma mensagem para Bella: *Me dá notícias*. Ela não responde.

Só saio às dez horas. Ainda nenhuma notícia de Bella. Meu corpo todo dói, como se eu tivesse passado o dia todo tensa e encolhida. Enquanto caminho, sinto meus membros se alongando de novo. Estou sem meus tênis, e depois de cinco quarteirões meus pés começam a doer dentro dos sapatos de bico fino, mas continuo andando. À medida que os quarteirões se sucedem — e eu vou percorrendo a Quinta Avenida como uma composição do metrô — começo a ganhar ritmo. Quando chego à rua 38 Leste, já estou correndo.

Chego ao nosso apartamento ofegante e suada. Minha camisa está quase ensopada, e meus pés estão latejando e formigando. Estou até com medo de olhar. Acho que, se fizer isso, vou ver poças de sangue escorrendo pelas solas dos sapatos.

Eu abro a porta. David está sentado à mesa, com o laptop aberto e com uma taça de vinho ao seu lado. Ele pula da cadeira quando me vê.

"Ei", ele diz. Seus olhos se estreitam quando ele observa meu rosto. "O que aconteceu?"

Eu me abaixo para tirar os sapatos. Mas não consigo. O calçado parece estar costurado no meu pé. Solto um grito de dor.

"Ei", David fala. "Calma. Espera aí. Senta um pouco." Eu despenco sobre o banquinho no corredor, e ele se abaixa diante de mim. "Minha nossa, Dannie, o que foi que você fez? Veio correndo para casa?"

Ele levanta os olhos e, nesse momento, eu desmorono. Não sei se vou desmaiar ou entrar em combustão espontânea. O calor dos meus pés sobe pelo corpo, ameaçando me consumir inteira.

"Ela está muito doente", digo. "Vai precisar ser operada na semana que vem. Estágio três. Quatro ciclos de quimioterapia."

David me abraça. Quero me sentir reconfortada nos seus braços. Quero me perder nele. Mas não dá. É uma situação difícil demais. Nada é capaz de ajudar, de me fazer esquecer.

"Eles falaram mais alguma coisa?", David pergunta. "E o novo médico? O que ele disse?" Ele me solta e apoia a mão de leve no meu joelho.

Balanço negativamente a cabeça. "Ela nunca vai poder ter filhos. Vão tirar o útero, os ovários..."

David faz uma careta. "Que coisa", ele diz. "Que coisa, Dannie, eu sinto muito."

Fecho os olhos ao sentir a onda de dor que sobe dos meus pés, como se houvesse facas encravadas nos meus calcanhares.

"Tira os meus sapatos", peço para ele. Estou praticamente arfando.

"Certo", ele diz. "Espera um pouco."

David vai até o banheiro e volta trazendo talco. Ele sacode o frasco, e uma nuvem branca cai sobre os meus pés. Em seguida, movimenta a parte de trás do sapato. Fico atordoada de dor.

O sapato sai. Olho para o meu pé — está vermelho e sangrando, mas não tanto quanto eu imaginava. Ele joga um pouco mais de talco.

"Me deixa ver o outro", ele pede.

Eu estendo o outro pé. Ele sacode o frasco de talco e move a parte de trás do sapato, fazendo o mesmo ritual.

"Você precisa se lavar", David diz. "Vamos lá."

Ele me abraça e me leva até o banheiro. Vou fazendo careta e gemendo o caminho todo. Nós temos uma banheira, mas não é daquelas antigas, com pés de metal. Sempre foi um sonho meu ter uma, mas quando compramos o apartamento o banheiro já estava pronto. É uma idiotice, um absurdo até, que meu cérebro esteja me lembrando dessa informação neste momento, que ainda pense nisso — nos pés que a banheira de porcelana não tem. Como se isso fizesse diferença.

David abre a torneira para mim. "Vou jogar um pouco de sal de Epsom na água", ele avisa. "Logo você vai estar melhor."

Seguro seu braço quando ele se vira para sair. Eu me agarro nele, como se fosse uma criancinha com seu bichinho de pelúcia.

"Vai dar tudo certo", ele me diz. Mas, obviamente, essas palavras não significam nada. Ninguém tem como saber disso. Nem ele. Nem o dr. Shaw. Nem eu.

Capítulo 21

Bella não me ligou de volta nem respondeu às minhas mensagens, então, no sábado à noite, eu telefono para Aaron.

Ele atende no segundo toque. "Dannie", ele diz em um sussurro. "Oi."

"Pois é, oi."

Estou no banheiro do nosso apartamento, passando os pés com curativos no tapete. "Bella está por aí?"

Ele fica em silêncio do outro lado da linha.

"Qual é, Aaron. Ela não está atendendo quando eu ligo."

"Na verdade, ela está dormindo", ele diz.

"Ah." Não são nem oito da noite.

"O que você está fazendo?"

Olha para a minha calça de moletom. "Nada", respondo. "Enfim, é melhor eu voltar a trabalhar. Avisa para ela que eu liguei?"

"Sim, claro", ele responde.

De repente, me sinto dominada por uma raiva irracional. Aaron, esse desconhecido. Esse homem, que ela conhece há menos de quatro meses, é quem está em seu apartamento agora. É com ele que ela está contando. Ele nem a conhece. E eu, sua melhor amiga, sua família...

150

"Ela precisa me ligar", digo. Meu tom de voz mudou, acompanhando meus pensamentos.

"Eu sei", Aaron responde, falando baixinho. "É que as coisas estão..."

"Não me interessa como as coisas estão. Com todo o respeito, eu não te conheço. Minha melhor amiga vai ter que ser operada na terça-feira. Ela precisa me ligar."

Aaron limpa a garganta. "Você quer dar uma volta?", ele pergunta.

"O quê?"

"Dar uma volta", ele repete. "Me faria bem tomar um ar. E acho que para você também."

Fico sem saber o que dizer. Sinto vontade de falar que estou atolada de trabalho, e é verdade — passei a semana inteira tentando preparar a documentação de que precisamos para a assinatura. Ainda não recebemos tudo da CIT, e a Epson está começando a perder a paciência; eles querem fazer o anúncio na semana que vem. Mas eu não nego. Preciso conversar com Aaron. Explicar que eu posso cuidar disso, que ele pode voltar para a vida que levava no começo do ano.

"Tudo bem", respondo. "Nos encontramos na esquina da Perry com a Washington. Em vinte minutos."

Ele está à espera no meio-fio quando meu táxi encosta. Ainda está claro, mas logo vai anoitecer. Outubro chega com um sussurro — a promessa de mais escuridão. Aaron está de calça jeans e blusa verde, como eu, e por um instante, enquanto pago o motorista e desço do carro, essa visão — duas pessoas se encontrando com as mesmas roupas — quase me faz rir.

"E pensar que eu também quase trouxe a minha bolsa laranja", ele comenta, apontando para a tiracolo de couro da Tod's que Bella me deu no meu aniversário de vinte e cinco anos.

Começamos a andar. Devagar. Meus pés ainda estão doloridos e machucados. Pegamos a Perry Street na direção da West Side Highway. "Eu morava aqui perto", ele diz, quebrando o silêncio. "Antes de mudar para Midtown. Por uns seis meses. Foi meu primeiro apartamento. Meu prédio ficava a um quarteirão daqui, na Hudson. Eu gostava do West Village, mas era meio impossível chegar a qualquer lugar usando o transporte público."

"Tem a estação da West Fourth", eu digo.

Ele se vira para mim com uma expressão de reconhecimento no rosto. "A gente morava em cima de uma pizzaria que fechou", ele continua. "Lembro que todas as minhas coisas ficavam cheirando a comida italiana. As roupas, os lençóis, tudo."

Eu dou risada, o que me surpreende. "Quando me mudei para cá, fui morar em Hell's Kitchen. Meu apartamento tinha cheiro de curry. Não suporto nem olhar para esse tipo de comida até hoje."

"Ah, sim", ele diz. "Já eu sempre fico morrendo de vontade de comer pizza."

"Desde quando você trabalha como arquiteto?", pergunto.

"Desde sempre", ele responde. "Acho que já nasci arquiteto. E fui estudar para isso. Por um tempo pensei em ser engenheiro, mas não sou tão inteligente."

"Duvido."

"Pois não deveria. É a verdade."

Caminhamos em silêncio por um tempo.

"Você já pensou em mudar de área?", ele questiona de uma forma tão repentina que me pega desprevenida.

"Como assim?"

"Eu sei que você trabalha com acordos e contratos. Só fiquei curioso para saber se nunca pensou em ser uma advogada que vai ao tribunal. Aposto que você iria arrasar." Ele abre um sorrisinho para mim. "Você parece muito boa em vencer discussões."

"Não", respondo. "Essa não é a minha praia."

"Por que não?"

Eu contorno uma poça de algum líquido na calçada. Em Nova York, nunca dá para saber quando é água e quando é urina.

"Argumentar no tribunal é distorcer a lei a seu bel-prazer, é uma questão de saber enganar, de afetar percepções. Você é capaz de convencer um júri? É capaz de fazer as pessoas se sentirem como você quer? Quando firmamos acordo, nada está acima da lei. Vale o que está escrito. É tudo preto no branco."

"Fascinante", ele comenta.

"Eu acho mesmo."

Aaron esfrega um pouco as mãos. "Então", ele começa. "Como é que você está?"

Essa pergunta me faz deter o passo.

Ele também para.

Eu me viro um pouco para o lado, e ele faz o mesmo. "Nada bem", digo com toda sinceridade.

"Pois é", ele responde. "Foi o que eu achei. Nem imagino como isto tudo deve estar sendo difícil para você."

Dou uma encarada nele. Seus olhos encontram os meus.

"Ela...", tento dizer, mas não consigo. O vento fica mais forte, fazendo as folhas e o lixo iniciarem uma espécie de balé. Eu começo a chorar.

"Está tudo bem", ele diz, chegando mais perto, mas dou um passo para trás e ficamos assim, parados no meio da rua sem encostar um no outro até o clima na beira do rio se acalmar.

"Não está, não", retruco.

"Pois é", ele diz. "Eu sei."

Seguro o restante das lágrimas. Olho para ele. Sinto a raiva se espalhar pela minha corrente sanguínea como uma dose de álcool. "Não sabe, não", respondo. "Você não faz ideia."

"Dannie..."

"Você não precisa fazer parte disso, sabia? Ninguém vai te julgar."

Aaron me olha torto. "Como assim?" Ele parece não ter entendido mesmo.

"Não era disso que você estava atrás. Só conheceu uma garota bonita, que era saudável, mas agora não é mais."

"Dannie", Aaron diz, e percebo que está escolhendo as palavras com muito cuidado. "Eu preciso que você saiba que eu não vou me afastar."

"Por quê?", pergunto.

Uma pessoa que está dando sua corridinha se aproxima e, sentindo a tensão no ar, atravessa a rua. Um carro toca a buzina. Uma sirene ressoa em algum lugar da Hudson Street.

"Porque eu sou apaixonado por ela", ele responde.

Eu ignoro a confissão. Já ouvi isso antes. "Você nem a conhece."

Começo a andar de novo. Um garoto passa voando por nós com uma bola de basquete, com a mãe em seu encalço. A cidade. Lotada e barulhenta, sem saber que em algum lugar, uns quinze quarteirões ao sul, pequenas células estão se multiplicando em um complô para destruir o mundo inteiro.

"Dannie. Para."

Eu não paro. Então sinto a mão de Aaron no meu braço. Ele me puxa e me obriga a me virar.

"Ai!", reclamo. "O que é isso?" Eu esfrego meu braço. Sinto uma vontade de dar um tapa na cara dele, um soco no olho e deixá-lo sangrando e caído na esquina da Perry Street.

"Desculpa", ele diz, franzindo a testa. Vejo uma covinha surgir logo acima de seu nariz. "Mas você precisa me ouvir. Eu sou apaixonado por ela. Isso resume tudo. Não conseguiria me olhar no espelho se caísse fora agora, mas isso não importa porque, como falei antes, eu a amo. É diferente de tudo o que já vivi antes. É amor de verdade. Estou aqui para o que der e vier."

Seu peito se move para cima e para baixo, como se ele precisasse fazer um esforço físico só para se manter de pé. Disso eu entendo.

"Vai ser muito mais doloroso se você for embora mais tarde", aviso. Sinto meu lábio começar a tremer de novo. Faço força para me controlar.

Aaron estende as mãos para mim e me segura pelos cotovelos. Seu peito está tão perto de mim que sinto seu cheiro.

"Eu prometo", ele diz.

Precisamos voltar. Eu tenho que chamar um carro. Precisamos nos despedir. Eu tenho que ir para casa e falar com David. Em algum momento, tenho que dormir. Mas não me lembro de nada disso. Só me lembro dessa promessa. Eu a aceito. E a guardo no coração como a prova de que preciso.

Capítulo 22

Na terça-feira, 4 de outubro, chego à entrada do Mount Sinai na rua 101 Leste uma hora antes do horário marcado para a cirurgia. Ainda não falei com Bella, e quando entro na sala do pré-operatório encontro o pai e a mãe dela por lá. Acho que os dois não ficam juntos no mesmo cômodo há mais de uma década.

É um lugar barulhento, tumultuado até. Jill, impecável com um terno Saint Laurent e escova nos cabelos, bate papo com as enfermeiras como se estivesse se preparando para uma festa, e não para a remoção dos órgãos reprodutores da filha.

Frederick conversa com o dr. Shaw. Eles estão ao pé da cama de Bella, com os braços cruzados, gesticulando suavemente.

Isso não pode estar acontecendo.

"Olá", digo, dando batidinhas em uma porta obviamente já aberta.

"Oi", Bella responde. "Olha só quem apareceu." Ela aponta para o pai, que se vira e me faz um aceno distraído.

"Eu vi", comento. Ponho a bolsa em uma cadeira e vou até a beira da cama. "Como você está?"

"Bem", ela diz, e nesse momento aparece a teimosia indignada que a fez me evitar durante toda a semana passada. Seus

156

cabelos já estão presos dentro da touca, e ela está usando um avental de hospital. Faz quanto tempo que ela chegou?

"O que o dr. Shaw falou?"

Bella dá de ombros. "Pergunta para ele."

Dou alguns passos para trás. "Dr. Shaw", eu chamo. "Sou eu, Dannie."

"Claro", ele responde. "A moça do caderno."

"Certo. Então, como estão as coisas?"

O dr. Shaw abre um sorrisinho. "Tudo certo", ele diz. "Só estava explicando para Bella e os pais dela que a cirurgia vai demorar cinco ou seis horas."

"Pensei que fossem três", comento. Fiz uma pesquisa bem abrangente. Passei um bom tempo no Google. Coletei estatísticas. Li sobre procedimentos, sobre o tempo de recuperação, sobre os benefícios de remover os dois ovários em vez de um.

"Pode ser", ele diz. "Depende do que encontrarmos quando estivermos lá. Uma histerectomia completa costuma demorar três, mas como também vamos remover as trompas de falópio pode ser necessário mais tempo."

"Você vai fazer uma omentectomia hoje também?", questiono.

O dr. Shaw me encara com uma mistura de respeito e surpresa. "Vamos fazer uma biópsia do omento para determinar o estágio do câncer. Mas não vamos removê-lo hoje."

"Eu li que a remoção completa aumenta a chance de sobrevivência."

O dr. Shaw nem pisca. Não pigarreia nem procura Jill ou Bella com os olhos. "Na verdade isso varia de caso a caso."

Meu estômago se revira. Olho para Jill, que está ao lado de Bella, acariciando seus cabelos cobertos pela touca.

Uma lembrança. Bella, aos onze anos. Subindo na minha cama porque teve um pesadelo. *Estava nevando e eu não conseguia encontrar você.*

"Onde você estava?"

157

"No Alasca, talvez."

"Por que no Alasca?"

"Não sei."

Mas eu sabia. Sua mãe estava lá fazia um mês. Em uma espécie de cruzeiro de duas semanas e meia seguido de uns dias de spa.

"Bom, eu estou aqui", falei. "Você sempre vai conseguir me encontrar, mesmo na neve."

Como Jill tem a cara de pau de aparecer? Como ousa oferecer conforto para ela agora? É tarde demais. Ela está vinte anos atrasada. Sei que detestaria ainda mais os pais de Bella se eles não viessem hoje, mas mesmo assim os quero longe daqui. Eles não merecem um lugar ao lado dela, principalmente agora.

Nesse momento, Aaron aparece na porta. Ele está com uma bandeja cheia de copos da Starbucks, que começa a distribuir.

"Para você não", o dr. Shaw avisa, apontando para Bella.

Ela dá risada. "Essa é a pior parte de tudo. Não tomar café."

O dr. Shaw sorri. "Nos vemos lá dentro. Você está em boas mãos."

"Eu sei", ela responde.

Frederick aperta a mão do dr. Shaw. "Obrigado por tudo. Finky só falou bem de você."

"Ele me ensinou muito do que sei hoje. Com licença." Ele toma o caminho da porta, mas então para quando passa por mim. "Posso conversar com você no corredor?"

"Claro."

A sala se transformou em um caos movido a cafeína, e ninguém percebe quando o dr. Shaw me chama.

"Vamos fazer de tudo para remover todo o tumor. Categorizamos o câncer de Bella como de estágio três, mas só vamos ter certeza quando retirarmos amostras de tecido dos órgãos ao redor. E eu sei que você está preocupada com a questão da omentectomia. Só não temos certeza de quanto o câncer se espalhou."

"Entendo", digo. Sinto um frio subir pelo meu corpo a partir do chão do hospital, percorrendo minhas pernas e se instalando na minha barriga.

"É possível que seja necessário remover uma parte do cólon de Bella também." O dr. Shaw olha para a porta e depois para mim. "Você sabe que foi listada como parente mais próxima de Bella?"

"Eu?"

"Sim, você", ele confirma. "Sei que os pais delas estão aqui, mas queria que você soubesse disso."

"Obrigada."

O dr. Shaw faz um aceno de cabeça e se vira para ir embora.

"Qual é chance que ela tem?", pergunto. "Sei que você não pode me dizer. Mas se pudesse... que chance daria para ela?"

O dr. Shaw me encara. Parece que realmente gostaria de responder. "Vamos fazer tudo o que for possível", ele diz. Em seguida segue na direção da porta da sala de cirurgia.

Bella é levada de cadeira de rodas para a cirurgia sem grande comoção. Ela é estoica. Dá um beijo em Jill, Frederick e Aaron, de quem sua mãe claramente gostou. Até demais. Não desperdiça uma chance de pegar no braço dele. Bella olha para mim e revira os olhos. Parece uma vela acesa na escuridão.

"Você vai ficar bem", digo, me inclinando sobre ela e beijando sua testa. Ela estende o braço e segura minha mão. Mas então me solta de maneira abrupta.

Quando ela sai, somos levados para uma sala de espera maior, cheia de gente. Tem sanduíches e jogos de tabuleiros espalhados pelo ambiente. Algumas pessoas estão no celular. Outras trouxeram cobertores. Ouço risadas. Mas toda vez que as portas duplas se abrem a sala inteira se volta para lá, cheia de ansiedade.

"Desculpa não ter trazido um café para você", Aaron diz. Escolhemos uns assentos perto da janela. Jill e Frederick se afastam, falando ao celular.

"Tudo bem", digo. "Posso descer até a cantina daqui ou coisa do tipo."

"Pois é. Vai demorar um bom tempo."

"Você já conhecia os pais dela?", pergunto a Aaron. Bella não me contou nada, mas a esta altura não tenho mais certeza.

"Conheci hoje de manhã", ele diz. "Jill foi buscar a gente. Eles parecem ser meio complicados."

Solto um risinho de deboche.

"É tão ruim assim?", ele pergunta.

"Você não faz ideia."

Jill se aproxima. Vejo que ela está de salto alto.

"Vou fazer um pedido no Scarpetta", ela avisa. "Acho que uma boa comida faria bem para todo mundo. O que vocês vão querer?"

Não são nem nove da manhã.

"Acho que vou descer na cantina do hospital mesmo", digo. "Mas obrigada."

"Que absurdo", ela responde. "Vou pedir uma massa e uma salada. Greg, você gosta de massa?"

Ele olha para mim em busca de uma resposta. "Hã, sim?"

Meu celular toca. É David.

"Com licença", digo ao grupo, inclusive a Frederick, que se juntou a nós e está espiando o celular de Jill por cima do ombro dela.

"Oi", atendo. "Meu Deus, David, está um pesadelo aqui."

"Eu imagino. Como é que ela estava hoje de manhã?"

"Os pais dela estão aqui."

"Jill e Maurice?"

"Frederick, sim."

"Uau", ele diz. "Que bom para eles, acho. É melhor comparecer do que não estar presente, né?"

Eu não respondo, e David faz uma nova tentativa. "Quer que eu vá até aí ficar com você?"

"Não", eu digo. "Como eu falei, pelo menos um de nós precisa manter o emprego."

"O pessoal da sua firma vai entender", David responde, apesar de nós dois sabermos que não é verdade. Não falei com ninguém sobre a doença de Bella e, mesmo que tivesse contado, eles só dariam seu apoio enquanto eu continuasse aparecendo para trabalhar. O Wachtell não é uma instituição de caridade.

"Trouxe um monte de trabalho para cá. Acabei de avisar que vou trabalhar de casa hoje."

"Eu apareço aí na hora do almoço."

"Me liga antes", eu peço antes de desligar.

Eu volto a me sentar na cadeira. "Você acabou de ganhar um latte", Aaron avisa, me entregando um copo da Starbucks.

"Esqueci de pedir leite desnatado para o da Jill."

"Como é que você faz uma coisa dessas?", digo, me fingindo de horrorizada. Aaron dá uma risadinha. Parece errado fazer isso aqui, demonstrar alegria.

"Acho que eu estava mais concentrado no câncer da minha namorada." Ele sacode a cabeça em um gesto exagerado. "Como pude fazer isso?"

Agora sou em quem dou risada.

"Você acha que isso conta como uma bola fora com os pais dela?"

"Qualquer coisa, ainda tem a quimioterapia", respondo. E agora estamos os dois gargalhando. Uma mulher que faz tricô a algumas cadeiras de distância levanta a cabeça, irritada. Mas é impossível. Estamos rindo tanto que mal consigo respirar.

"E a radioterapia", ele complementa, ofegante.

"A terceira vez nunca falha."

O olhar severo de Frederick nos faz levantar das cadeiras e correr até a porta.

Quando chegamos no corredor, eu respiro fundo. Parece que faz uma semana que não mando ar para os meus pulmões.

"Vamos lá para fora", ele diz. "Está com seu celular?"

Assinto com a cabeça.

"Ótimo. O seu número é que vai receber as notícias. Fui eu que coloquei na ficha."

Descemos pelos elevadores e saímos para a rua pelas portas duplas. Tem um parque do outro lado. Criancinhas brincam nos balanços, cercadas pelas árvores plantadas ali. Babás e pais e mães conversam ao celular.

Estamos na calçada, com a Quinta Avenida diante de nós. Os carros pressionam uns aos outros a andar. A cidade respira e respira e respira.

"Aonde a gente vai?", pergunto. Meus ossos estão cansados. Levanto uma perna, testando minha resistência.

"É uma surpresa", ele avisa.

"Eu não gosto disso."

Aaron dá risada. "Você vai ficar bem", ele garante.

Ele segura minha mão, e entramos na Quinta Avenida.

Capítulo 23

"Não podemos ir tão longe", aviso. Estou praticamente correndo para acompanhá-lo.

"Não vamos", ele diz. "Chegamos. É aqui."

Estamos nos fundos de um prédio com porteiro na rua 101. Ele tira um crachá do bolso e passa na fechadura. A porta se abre.

"Estamos entrando aqui sem permissão?"

Ele dá risada. "Só entrando."

Estamos no que parece ser um depósito no porão. Passo com Aaron pelas fileiras de bicicletas e pelo contêiner de plástico que guarda coisas que só são usadas no inverno, e chegamos ao elevador.

Confiro meu celular para ver se ainda está com sinal. Quatro barrinhas.

É um elevador de carga, velho e lento, e subimos até a cobertura. Quando saímos, encontramos um pequeno gramado cercado por um beiral de cimento e, mais além, a cidade espraiada diante de nós. Logo atrás, há um domo de vidro, uma espécie de salão de festas.

"Eu achei que você fosse precisar de um pouco de espaço", ele comenta.

Dou alguns passos cautelosos na direção do beiral, passando a mão pela superfície lisa do cimento. "Como foi que você conseguiu acesso a este lugar?"

"Eu estou fazendo um trabalho aqui no prédio", ele explica, vindo ficar ao meu lado. "Eu gosto porque é bem alto. Normalmente os prédios do East Side são bem baixinhos."

Olho para o hospital lá embaixo, imaginando Bella em algum lugar lá dentro deitada em uma mesa de operação, com seu corpo aberto. Aperto o beiral com mais força.

"Eu já gritei aqui antes", Aaron me diz. "Não vou te julgar se você também quiser."

Eu hesito. "Tudo bem", respondo.

Em seguida, me viro para ele. Seus olhos estão concentrados em um ponto mais abaixo. Me pergunto no que Aaron está pensando. Se vê Bella da mesma maneira que eu.

"O que você mais ama nela?", pergunto. "Pode me contar."

Ele abre um sorriso imediatamente. E continua olhando para o mesmo ponto. "Ela é calorosa", ele diz. "Muito, muito calorosa. Você sabe do que estou falando, né?"

"Sei, sim", respondo.

"E ela é linda, claro."

"Que clichê", comento.

Ele sorri. "E teimosa também. Acho que vocês duas têm isso em comum."

Eu dou risada. "Acho que você pode ter razão nessa."

"E ela é espontânea de um jeito que ninguém mais é. Vive o aqui e o agora."

Sinto uma pontada de reconhecimento no peito. Olho para Aaron. Ele está com as sobrancelhas franzidas. É como se, de repente, tivesse acabado de se dar conta do que isso significa. Das implicações disso mais para a frente. *Ding ding ding.* E eu me dou conta de que meu celular está tocando. Na minha mão, vibrando e apitando.

"Alô?"

"Srta. Kohan, aqui é o dr. Jeffries. Eu trabalho com o dr. Shaw. Ele me pediu para ligar e passar algumas informações."

Eu prendo a respiração. O ar fica imóvel. De algum lugar à distância, Aaron segura minha mão.

"Vamos fazer uma biópsia do cólon e do tecido abdominal. Mas está tudo indo conforme o planejado. Ainda faltam algumas horas, mas ele quis avisar que por enquanto está tudo bem."

"Obrigada", consigo dizer. "Obrigada."

"Vou voltar para lá agora", ele avisa e desliga.

Olho para Aaron. Consigo ver o amor nos olhos dele. É o mesmo que está nos meus.

"Ele disse que está saindo tudo conforme o planejado."

Ele solta o ar com força e larga minha mão. "É melhor a gente voltar", Aaron sugere.

"Pois é."

Fazemos o processo inverso. Elevador, porta, rua. Quando chegamos ao saguão do hospital, alguém chama meu nome: "Dannie!".

Eu me viro e vejo David correndo na nossa direção.

"Ei", ele diz. "Eu estava tentando me registrar como visitante. Como as coisas estão indo? E aí, cara?" Ele estende a mão para Aaron, que o cumprimenta.

"Vou voltar lá para cima", Aaron avisa. Ele põe a mão no meu braço e se afasta.

"Tudo certo com você?" David me abraça. Eu retribuo o gesto.

"Eles disseram que está tudo andando bem", respondo, apesar de não ser totalmente verdade. Eles disseram que está tudo andando, só isso. "Acho que não vão precisar mexer na barriga dela."

David franze a testa. "Que bom", ele diz. "Isso é bom, não? E você, como está?"

"Aguentando firme."

"Você comeu?"

Faço que não com a cabeça.

David me mostra um saco de papel com o logo da Sarge's.

É meu bagel com salada de peixe branco.

"É o meu café da manhã da vitória", comento, tristonha.

"Ela vai sair dessa, Dannie."

"Vou voltar lá para cima", aviso. "Você não deveria estar no trabalho?"

"Eu deveria estar aqui", ele diz.

David põe a mão nas minhas costas e subimos juntos. Quando chegamos à sala de espera, Jill e Frederick ainda estão no celular. Tem uma pilha de comida do Scarpetta na cadeira ao lado deles. Não sei nem como eles conseguiram convencer o restaurante a fazer uma entrega tão cedo — não sei nem se eles abrem para o almoço.

Eu trouxe meu computador, e decido ligá-lo. Uma coisa boa sobre o hospital: um wi-fi grátis e potente.

Bella contou para pouquíssima gente: Morgan e Ariel, para quem escrevo um e-mail agora, e as meninas da galeria, por razões logísticas. Mando informações para elas também. Imagino como aquelas mocinhas com cara de criança estão lidando com o fato de que sua chefe tem câncer. Será que acham que alguém de trinta e três anos é velha? Elas nem chegaram aos vinte e cinco.

Trabalho por duas horas. Respondo e-mails, faço telefonemas e pesquiso algumas coisas. Meu cérebro está envolvido por uma névoa de concentração e paranoia e medo e ruído. Em algum momento, David me força a comer um sanduíche. Fico surpresa com meu apetite, e como tudo. David vai embora, prometendo voltar mais tarde. Frederick sai à procura de um carregador de celular. Aaron se senta — às vezes lendo, às vezes só olhando para o relógio e para o painel que informa onde estão as pessoas. Paciente 478B, ainda em cirurgia.

É quase fim de tarde quando vejo o dr. Shaw passando

pelas portas duplas. Meu coração vai parar na garganta. Escuto os batimentos reverberando nos meus ouvidos como gongos. Eu me levanto, mas não saio correndo pela sala na direção dele. É estranho como nos agarramos às convenções sociais mesmo em meio às mais extraordinárias das circunstâncias. As regras que não estamos dispostas a quebrar.

O dr. Shaw parece cansado, como se fosse bem mais velho do que sua verdadeira idade, que imagino estar na casa dos quarenta.

"Foi tudo bem", ele diz. Sinto o alívio percorrer meu corpo junto com o sangue. "Ela já saiu da sala de cirurgia e está se recuperando. Conseguimos tirar todo o tumor e as células cancerígenas que conseguimos encontrar."

"Graças a Deus", comemora Jill.

"Ela ainda tem um longo caminho pela frente, mas hoje foi tudo bem."

"Nós podemos vê-la?", Jill quer saber.

"Ela passou por muita coisa hoje. Só um visitante por enquanto. Alguém da minha equipe vai vir até aqui para trazer a pessoa de volta e responder a outras perguntas."

"Obrigada", digo. Eu aperto sua mão. Frederick e Jill fazem o mesmo. Aaron ainda está sentado. Quando olho para ele, vejo que está chorando. Engolindo os soluços com o dorso da mão sobre o rosto.

"Ei", eu falo. "Você deveria entrar."

Jill me olha, mas não diz nada. Eu conheço os pais de Bella. Sei que ver a filha na sala do pós-operatório, sem ninguém por perto, é uma situação assustadora para eles. Esses dois não querem tomar decisões sobre a vida da filha, não se puderem evitar. Então eu vou fazer isso. Como sempre fiz.

"Não", ele responde, passando as mãos na frente do rosto para disfarçar. "Você deveria ir."

"Ela vai querer ver você", argumento.

Imagino Bella acordando na cama. Com dor, confusa. Que rosto vai querer ao seu lado? Que mão vai querer segurar? De alguma forma, sei que é a dele.

Uma enfermeira aparece com um uniforme rosa e um coala de pelúcia no bolso da camisa. "Vocês são da família de Bella Gold?"

Faço que sim com a cabeça. "Este é o marido dela", minto. Não sei qual é a regra para os namorados. "Ele quer ir vê-la."

"Eu levo você", ela se oferece.

Vejo os dois desaparecerem no corredor. Só depois que eles desaparecem e Jill e Frederick me encurralam em um canto, me enchendo de perguntas e querendo chamar a enfermeira de volta, eu me sinto contente por Bella pela primeira vez. Isso é o que ela sempre quis. Exatamente o que está acontecendo aqui. Isso é amor.

Capítulo 24

Bella deveria ficar internada por sete dias, mas, como é jovem e tem boa saúde, recebe alta depois de cinco. No sábado de manhã, vou visitá-la em seu apartamento. Jill voltou para a Filadélfia para "resolver alguma coisa" no fim de semana, mas contratou uma enfermeira que cuida de tudo como se estivesse em um quartel. O apartamento está impecável quando chego, mais arrumado do que nunca.

"Ela não me deixa nem levantar", Bella me conta.

Ela parece melhor a cada dia. É impossível entender como poderia estar doente, como poderia haver células cancerígenas dentro dela. Suas bochechas estão quase rosadas, e seu corpo recuperou um pouco da cor. Está sentada na cama quando chego, comendo ovos mexidos, abacate e uma torrada, junto com uma xícara de café em uma bandeja.

"Parece serviço de quarto", comento. "Você sempre quis morar num hotel."

Coloco os girassóis que trouxe — suas flores favoritas — na mesa de cabeceira.

"Onde está Aaron?"

"Falei para ele ir para casa", ela conta. "O coitado não dormiu a semana toda. Está pior que eu."

Aaron ficou de vigília ao lado da cama dela. Eu fui trabalhar, retomei meu dia a dia, fazendo visitas de manhã e à noite, mas ele se recusou a ir embora. Ficou de olho nas enfermeiras, nos sinais vitais — garantindo que nenhum erro seria cometido.

"E seu pai?"

"Voltou a Paris", ela diz. "O que todo mundo precisa entender é que já estou bem. Obviamente. Olha só para mim."

Ela levanta as mãos acima da cabeça para provar o que está dizendo.

A quimioterapia só começa em três semanas. É tempo suficiente para ela se recuperar, mas não para as células cancerígenas se espalharem a ponto de causar estrago — pelo menos é o que esperamos. Nós não sabemos. Estamos só torcendo. Fingindo que o pior já passou. Sentada neste quarto ensolarado, sentindo o cheiro de café fresco, é fácil ignorar que é uma mentira agradável.

"Você trouxe?, ela pergunta.

"Claro."

Tiro da bolsa a temporada completa de *Grosse Pointe*, uma série da Warner do início dos anos 2000 que foi um fracasso tão grande que não entrou no catálogo de nenhum serviço de streaming. Mas, quando éramos mais novas, nós adorávamos. É uma comédia sobre os bastidores de um programa fictício da WB TV. Metalinguagem é o nosso lance.

Comprei os DVDs e trouxe meu computador antigo — o de dez anos atrás, que ainda tem drive de DVD.

Mostro o computador para ela também.

"Você sempre pensa em tudo."

"Quase", respondo.

Tiro os sapatos e deito na cama com ela. Minha calça jeans é apertada demais para ficar assim, mas eu abomino gente que anda por aí com roupas de ginástica. É por isso que eu jamais moraria em Los Angeles: tem lycra demais por lá. Mas, enquanto ajeito minhas pernas, sou obrigada a admitir que um tecido com mais elasticidade cairia bem. Bella está de pijama de seda, com suas iniciais gravadas. Ela faz menção de se levantar.

"O que você está fazendo?", pergunto, logo entrando em ação. Coloco meu corpo na frente do seu. Me jogo na sua frente.

"Só preciso pegar uma água. Eu estou bem."

"Eu pego."

Ela revira os olhos, mas volta a se ajeitar na cama. Saio do quarto e vou até a cozinha, onde Svedka, a enfermeira, está lavando a louça furiosamente. Ela me lança um olhar quase assassino.

"Está precisando de alguma coisa?", ela rosna.

"Água."

Ela pega um copo no armário — uma taça verde que faz parte de um conjunto que Bella comprou em Veneza. Enquanto a água é servida, olho para a sala de estar, para o colorido alegre, os tons azul, roxo e verde-escuro. As cortinas são leves, de seda violeta, e as obras de arte, escolhidas ao longo dos anos em todos os lugares que ela visitou, ocupam todas as paredes. Bella está sempre tentando me convencer a comprar também. "É um investimento na sua felicidade futura", segundo ela. "Só compre aquilo que você amar." Mas eu não tenho olho bom para isso. Todas as obras de arte que tenho, foi Bella que escolheu para mim — e me deu de presente.

Svedka me entrega a água. "Já pode ir", ela diz, apontando com o queixo para o quarto.

Eu me pego fazendo uma mesura para ela.

"Que medo dessa mulher", comento, entregando a água para Bella e voltando para a cama.

"Só mesmo Jill para dar um jeito de tornar a situação ainda mais desagradável." Ela dá risada — um som tilintante, como sininhos de vento.

"Como foi que você conseguiu esses DVDs?", Bella me pergunta. Ela abre o computador. A tela está escura, e ela aperta o botão para ligar.

"Na Amazon", respondo. "Espero que essa coisa ainda funcione. Está parada há séculos."

A máquina liga ruidosamente, grunhindo com o peso da idade. A luz azul pisca e se estabiliza, e a tela aparece com um floreio, como se estivesse se apresentando: *Ainda dou para o gasto*.

Rasgo a embalagem plástica e coloco um DVD para rodar. Encontramos velhos amigos na tela. O sentimento de nostalgia — uma nostalgia agradável, que provoca uma sensação de prazer, não de melancolia — toma conta do quarto. Bella se ajeita e apoia a cabeça no meu ombro.

"Lembra do Stone?", ela pergunta. "Minha nossa, como eu adorava essa série."

Nós nos deixamos transportar para o início dos anos 2000 pelas duas horas e meia seguintes. Bella acaba dormindo. Dou uma pausa do DVD e saio da cama. Vou verificar meus e-mails na sala de estar. Tem uma mensagem de Aldridge: *Podemos conversar na segunda-feira? Às nove? Na minha sala*.

Aldridge nunca me manda e-mails, e com certeza não no fim de semana. Ele vai me demitir. Mal apareci no escritório nesta semana. Estou atrasada com os relatórios e tenho um monte de mensagens sem resposta na minha caixa de entrada. Puta que pariu.

"Dannie?", Bella me chama do quarto. Eu me levanto e volto correndo para lá. Ela se espreguiça, e em seguida faz uma careta. "Esqueci dos pontos."

"Precisa de alguma coisa?"

"Não", ela responde, se sentando devagar, franzindo a testa por causa da dor. "Vai passar."

"Acho que você deveria comer alguma coisa."

Como se estivesse ouvindo tudo, Svedka aparece na porta. "Quer comer?"

Bella faz que sim com a cabeça. "Um sanduíche, talvez? Tem queijo?"

Svedka assente e se retira.

"Ela tem uma babá eletrônica para monitorar você?"

"Ah, provavelmente", Bella responde.

Ela se endireita mais um pouco, e percebo que está sangrando. Tem uma mancha vermelha em seu pijama cinza. "Bella", digo, apontando. "Fica paradinha aí."

"Está tudo bem", ela insiste. "Não é nada de mais." Só que ela parece meio zonza, e um pouco apreensiva. Começa a piscar os olhos rapidamente.

Sempre alerta, Svedka reaparece. Vai correndo até Bella, abre seu pijama e, como se fosse uma atração de circo, tira um pacote de gaze e uma pomada da manga. Ela troca os curativos de Bella por uma bandagem branquinha e nova em folha.

"Obrigada", Bella diz. "Está tudo bem. De verdade."

Um instante depois, a porta se abre. Aaron aparece no quarto. Está carregado de sacolas — encomendas, presentes, compras de supermercado. Vejo o rosto de Bella se iluminar.

"Desculpa, não consegui ficar longe. Quer que eu faça comida tailandesa, italiana ou japonesa?" Ele põe as sacolas no chão e se inclina para beijá-la, acariciando seu rosto.

"Greg cozinha muito bem", Bella diz, ainda olhando para ele.

"Eu sei", respondo.

Ela sorri. "Quer ficar para o jantar?"

Penso na pilha de papéis que tenho em casa e no e-mail de Aldridge. "Acho que já vou indo. Bom apetite para vocês. É melhor você colocar algum equipamento de proteção antes de ir para cozinha", aviso. Olho para a porta e vejo Svedka lá, de cara fechada.

Eu recolho minhas coisas, e Aaron deita na cama com Bella, por cima das cobertas, ainda de calça jeans, abraçando-a com gestos delicados. A última coisa que vejo quando vou embora é a mão dele na barriga de Bella — tocando-a bem de leve, com todo o carinho.

Capítulo 25

Segunda-feira de manhã. Dois minutos para as nove. Na sala de Aldridge.

Estou sentada em uma cadeira, esperando que ele volte de uma reunião entre os sócios. Estou usando um terninho novo da Theory com uma blusa de seda com gola alta por baixo. Nada remotamente fútil. Pura seriedade. Estou batendo com a caneta no canto da pasta. Trouxe nossos acordos mais recentes, os casos bem-sucedidos em que ajudei e alguns que supervisionei.

"Srta. Kohan", diz Aldridge. "Obrigada por vir falar comigo."

Fico de pé e aperto sua mão. Ele está vestindo um Armani de três peças feito sob medida com uma gravata rosa e azul e costuras cor-de-rosa nos detalhes. Aldridge é louco por moda. Eu deveria ter me lembrado disso.

"Como vai você?", ele me pergunta.

"Bem", respondo, comedida. "Tudo certo."

Ele assente. "Venho prestando atenção ao seu trabalho ultimamente. E preciso dizer que..."

Não vou conseguir ouvir isso. Eu o interrompo. "Eu sinto muito", digo. "Ando um pouco distraída. Minha melhor amiga está muito doente. Mas levei toda a documentação do meu caso para o hospital, e ainda estamos dentro do cronograma na fusão da Karbinger. Nada mudou. Meu trabalho é a minha vida, e vou fazer de tudo para provar isso para você."

Aldridge parece confuso. "Uma amiga doente. O que aconteceu?"

"Câncer no ovário", respondo. Assim que essas palavras saem da minha boca, eu as vejo sobre a mesa entre nós. São volumosas, desarrumadas, transbordantes. Se espalham por cima de tudo. Os documentos na mesa de Aldridge. Seu lindo terno Armani.

"Eu lamento muito ouvir isso", ele comenta. "Parece grave."

"É mesmo."

Ele sacode a cabeça. "Você conseguiu para ela os melhores médicos?"

Eu assinto.

"Ótimo", ele diz. "Isso é bom." Ele franze as sobrancelhas, e então seu rosto assume uma expressão surpresa. "Eu não chamei você aqui para reclamar do seu trabalho", Aldridge avisa. "Na verdade, estou impressionado com a sua iniciativa."

"Estou confusa."

"Percebi", ele comenta com uma risadinha. "Você conhece a QuTe?"

"Claro." QuTe é uma das nossas clientes do setor de tecnologia. A empresa é mais conhecida pelo mecanismo de busca, como o Google, mas é relativamente nova no mercado, e está crescendo de formas bem interessantes e criativas.

"Elas estão dispostas a abrir o capital."

Eu arregalo os olhos. "Pensei que isso nunca fosse acontecer."

A QuTe foi criada por duas mulheres, Jordi Hills e Anya Cho, no alojamento de faculdade das duas em Syracuse. O mecanismo de busca é direcionado para a linguagem e os resultados que mais interessam ao público jovem. Por exemplo, uma busca por "Audrey Hepburn" levaria em primeiro lugar o documentário da Netflix sobre ela, em seguida para o *E! True Hollywood Story*, depois para programas moderninhos da cw — e para posts ensinando a se vestir como ela. Mais para baixo na lista: sua biografia e os filmes em que trabalhou. É brilhante. Um verdadeiro repositório de cultura pop. E, pelo que entendi, Jordi e Anya nunca tiveram a intenção de vender sua empresa.

"Elas mudaram de ideia. E precisamos de alguém para supervisionar o negócio."

Quando ouço isso, meu coração dispara. Sinto a pulsação se acelerar nas veias, a adrenalina surgindo e se espalhando...

"Certo."

"Estou oferecendo a você a posição de associada principal nesse caso."

"Sim!", eu digo, praticamente gritando. "Sem dúvida nenhuma, sim."

"Espera um pouco", avisa Aldridge. "Seria na Califórnia. Metade no Vale do Silício, metade em Los Angeles, onde Jordi e Anya moram. Elas querem fazer o máximo possível na sede da empresa em LA. E seria para logo; vamos começar provavelmente no mês que vem."

"Quem é o sócio responsável?", pergunto.

"Eu", ele diz com um sorriso, mostrando os dentes inacreditavelmente brancos. "Eu sempre vi muito de mim em você, sabe, Dannie. Você se cobra muito. Eu também era assim."

"Eu adoro meu trabalho", digo.

"Eu sei que sim", ele responde. "Mas é importante garantir que o trabalho não seja cruel com você."

"Impossível. Somos advogados corporativos. É um trabalho cruel por natureza."

Aldridge dá risada. "Talvez", ele diz. "Mas não pense que eu teria durado tanto por aqui se a gente não tivesse chegado a uma espécie de acordo."

"Para conciliar você e o seu trabalho."

Aldridge tira os óculos e me olha bem nos olhos quando responde: "Eu e a minha ambição. Longe de mim querer ditar como tem de ser o seu acordo. Ainda trabalho oitenta horas por semana. Meu marido, coitado, quer me matar. Mas...".

"Os seus termos são bem claros."

Ele sorri e recoloca os óculos no rosto. "Os meus termos são bem claros."

A avaliação para a oferta inicial de ações começa em meados de novembro. E outubro está passando depressa. Ligo para Bella na hora do almoço, enquanto engulo uma salada da Sweetgreen, e ela parece descansada e confortável. As meninas da galeria estão lá, e elas estão discutindo uma nova exposição. Bella não pode falar agora. Ótimo.

Saio do trabalho mais cedo com a intenção de comprar um dos pratos favoritos de David — o teriyaki do Haru — e fazer uma surpresa para ele em casa. Estamos parecendo dois estranhos que dividem um apartamento. A última conversa de verdade que tive com ele foi no hospital. E nós não avançamos nada nos planos do casamento.

Entro na Quinta Avenida e decido ir a pé. Ainda não são nem seis da tarde, então David ainda vai demorar pelo menos mais duas horas para chegar. O tempo está ótimo. É um dos primeiros dias frios de outono, e seria aconselhável usar uma blusa, mas como o sol ainda está forte uma camiseta basta. O vento está fraco, sem o vigor habitual, e a cidade fervilha de alegria e contentamento com sua própria rotina.

Na verdade, estou com um humor tão festivo que quando passo na frente de uma loja da Intimissimi, uma marca de lingerie, resolvo entrar.

Penso em sexo e em David. Em como é bom, estável e satisfatório para alguém como eu, que nunca quis que ninguém puxasse meu cabelo ou desse tapas na minha bunda. Alguém que não gosta de ficar por cima. Isso é um problema? Talvez eu não esteja explorando toda a minha sexualidade, como Bella já me acusou casualmente — na verdade casualmente até demais — algumas vezes.

A loja tem um monte de peças bonitas e cheias de rendas. Sutiãs com lacinhos e calcinhas combinando. Camisolas com babados e florezinhas costuradas na bainha. Robes de seda.

Escolho um conjunto de blusinha e shortinho de renda, bem diferentes das coisas que tenho, mas que combinam com meu estilo. Compro sem experimentar e vou para o Haru. Faço o pedido por telefone enquanto vou para lá. Não tem sentido ficar esperando.

Não acredito que estou fazendo isso. Ouço a chave de David na porta e sinto vontade de correr para o quarto e me esconder, mas é tarde demais. O apartamento está cheio de velas e preenchido pela voz de Barry Manilow tocando baixinho. Parece uma comédia romântica clichê dos anos noventa.

David entra, põe a chave sobre a mesinha e a mochila no balcão. Só quando se abaixa para tirar os sapatos repara no ambiente. E então em mim.

"Uau."

"Seja bem-vindo", digo. Estou usando o conjuntinho preto com um robe de seda preta por cima, que ganhei de presente em uma festa de despedida de solteira séculos atrás. Vou andando até David. Entrego para ele uma parte do cinto. "Puxa", eu peço, me sentindo como se não fosse eu.

Ele obedece, e o robe se abre e cai aos meus pés.

"Isso é para mim?", ele pergunta, estendendo a mão para tocar a alça da minha blusinha de renda com o dedo.

"Seria bem esquisito se não fosse", respondo.

"Pois é", ele fala baixinho. "Verdade." David enfia o dedo sob a alça e a puxa até o meu ombro. Da janela aberta uma brisa faz as chamas das velas bruxulearem. "Gostei disso", ele comenta.

"Que bom", eu digo, tirando seus óculos e colocando no sofá. Começo desabotoar sua camisa. É branca. Da Hugo Boss. Fui eu que dei de presente para ele no Chanuká de dois anos atrás, junto com uma rosa e uma azul listrada. Ele nunca usa a azul. Era a minha favorita.

"Você está muito sexy", ele diz. "Nunca se veste assim."

"É que lá no escritório não deixam, nem mesmo na sexta-feira", respondo.

"Você sabe o que eu quero dizer."

Abro o último botão e tiro a camisa dele — primeiro de um braço, depois do outro. David está sempre quentinho. Sempre. E sinto os pelos de seu peito contra minha pele, e a forma suave como meu corpo cede ao dele.

"Vamos para o quarto?", ele me pergunta.

Faço que sim com a cabeça.

Ele me dá um beijo, bem forte e intenso, ao lado do sofá. Isso me pega de surpresa. Dou um passo para trás.

"Que foi?", ele pergunta.

"Nada", respondo. "Faz isso de novo." E ele faz.

Vai me beijando até o quarto. Me beija enquanto tira minha lingerie. Me beija debaixo dos lençóis. E quando estamos quase lá, quase nos entregando por completo, ele afasta o rosto do meu e pergunta:

"Quando é que a gente vai se casar?"

Meu cérebro dá um nó. Estou confusa por causa do que aconteceu neste dia, neste mês, por causa da taça e meia de vinho que tomei para me preparar para fazer essa surpresa para ele.

"David", eu digo, ofegante. "A gente pode falar sobre isso mais tarde?"

Ele beija meu pescoço, meu rosto, meu nariz. "Sim."

E então ele vem para dentro de mim, com movimentos lentos e deliberados. E eu chego ao clímax antes mesmo de ter a chance de começar. Mas ele continua em cima de mim por muito tempo depois que volto para o meu corpo, para a minha mente. Somos como constelações que se cruzam, observando a luz uma da outra à distância. Parece inacreditável o espaço pessoal que existe nesta intimidade, a privacidade. E acho que talvez o amor seja isso. Não a ausência de espaço, mas o reconhecimento dele, o que existe entre as partes, o que torna possível não ser uma coisa só, e sim duas pessoas distintas.

Mas tem uma sensação que não consigo suprimir. Uma espécie de conhecimento que se entranhou no meu corpo, nas minhas células. Ele surge nesse momento, transbordando, ameaçando escapar dos meus lábios. Essa coisa que ficou enterrada e trancada dentro de mim por quase cinco anos, e que agora é exposta a uma pequena fração de luz.

Eu fecho os olhos. E me esforço para mantê-los assim. E só abro de novo quando tudo termina. David está me encarando com uma expressão que nunca vi antes. Está me olhando como se já não fizesse mais parte da minha vida.

Capítulo 26

Vou até o apartamento de Bella e preparo dezenas de sanduíches de pasta de amendoim com geleia — para falar a verdade, a única coisa que eu sei "cozinhar". As meninas da galeria aparecem. Fazemos um pedido no Buvette, e o garçom favorito de Bella vem fazer a entrega. E então chegam os resultados da cirurgia. Os médicos estavam certos: estágio três.

Está no sistema linfático, mas não afetou os órgãos ao redor. Uma boa e uma má notícia. Bella começa a quimioterapia, e inacreditavelmente — em um ato de insanidade — nós continuamos fazendo os preparativos do casamento para daqui a dois meses: dezembro em Nova York. Ligo para um profissional especializado em organizar esse tipo de evento, que uma moça do escritório indicou. Ele escreveu um livro sobre casamentos: *Como se casar: Estilo, comida e tradição*, de Nathaniel Trent. Ela me deu esse livro, que eu folheio no trabalho, agradecida por estar inserida em um ambiente — um local de trabalho altamente competitivo — que não exige de mim ficar falando "oh" e "ah" toda vez que vejo peônias.

Nós escolhemos um local. Um loft na área central que, segundo Nathaniel, é "o melhor espaço rústico de Manhattan". O que ele não diz: todos os bons hotéis estão reservados, isso é o melhor que vamos conseguir. Alguns casais adiaram o casamento, e nós demos sorte.

O loft implica a tomada de mais decisões — toda a estrutura vai ter que ser trazida de fora —, mas todos os hotéis disponíveis são sem personalidade ou têm um ar corporativo demais, então concordamos em seguir a dica de Nathaniel e encontrar um meio-termo.

A princípio, a quimioterapia vai bem. Bella é uma guerreira. "Estou ótima", ela me diz a caminho de casa depois da segunda sessão. "Não estou sentindo enjoo nem nada."

Eu pesquisei a respeito, obviamente, e pelo que li esse começo é enganador. Existe um período de calmaria. Antes que os medicamentos penetrem os tecidos e comecem a provocar estrago. Mas estou esperançosa, claro. Estou conseguindo respirar.

Comecei a estudar as informações a respeito da oferta inicial de ações da QuTe. Aldridge já foi à Califórnia se encontrar com elas. Se eu decidir participar, viajo em três semanas. Esse é um caso dos sonhos. Duas mulheres empreendedoras, sob a supervisão de um sócio diretor, acesso completo à transação.

"Claro que você deveria topar", David me diz enquanto tomamos uma taça de vinho e comemos uma salada grega.

"Eu precisaria passar um mês em LA", argumento. "E o casamento? E Bella?" Se não estiver aqui, vou perder as consultas médicas dela.

"Bella está indo bem", responde David, ignorando uma parte do meu questionamento. "Ela ia querer que você fosse."

"Isso não quer dizer que eu deva ir."

David pega a taça e toma um gole. É o vinho tinto que compramos em uma degustação em Long Island no outono passado. Foi o favorito de David. Eu não achei nada de mais, mantenho minha opinião. Vinho é vinho.

"Você precisa fazer algumas escolhas pensando em si mesma. Isso não quer dizer que você não seja uma boa amiga, e sim que se coloca em primeiro lugar, coisa que, aliás, você deveria fazer."

O que eu não conto — porque imagino, ou melhor, eu sei que vou ouvir um sermão depois — é que não me coloco em primeiro lugar. Nunca fiz isso. Não quando a outra pessoa envolvida é Bella.

"Nate falou que a gente deveria escolher os lírios-tigres, porque ninguém mais usa rosas", digo, mudando de assunto.

"Isso é loucura", David rebate. "É um casamento."

Dou de ombros. "Eu não ligo para isso. Você liga?"

David dá mais um gole. Parece estar refletindo mesmo a respeito. "Não", ele responde.

Ficamos em silêncio por alguns instantes.

"O que você vai querer fazer no seu aniversário?", ele pergunta.

Meu aniversário. Na semana que vem. Dia 21 de outubro. Trinta e três anos. "Seu ano mágico", Bella me disse. "Seu ano dos milagres."

"Nada", respondo. "Por mim tudo bem."

"Vou fazer uma reserva num restaurante", David avisa. Ele se levanta com o prato e vai até o balcão, onde pega mais um pouco de tzatziki e berinjela assada. É uma pena que nenhum de nós dois saiba cozinhar. Nós adoramos comer.

"Quem vai fazer a nossa cerimônia de casamento?", David pergunta, e já emenda a resposta: "Vou pedir para os meus pais o contato do rabino Shultz".

"Você não tem?"

"Eu não", ele diz, de costas para mim.

Casamento é assim mesmo, eu sei. Picuinhas misturadas com momentos de conforto, desentendimentos e longos períodos de silêncio. Anos e anos de apoio e cuidados e imperfeições. Pensei que a esta altura já estaríamos casados há bastante tempo. Mas acabo sentindo uma pontada de alívio por saber que David ainda não pegou o contato do rabino. Talvez ele também não esteja tão certo.

No sábado, acompanho Bella na sessão de quimioterapia. Ela conversa toda animada com uma enfermeira chamada Janine, que usa um uniforme branco com um arco-íris pintado à mão nas costas, enquanto as agulhas de acesso são colocadas. O tratamento está sendo feito em uma clínica na rua 102 Leste, a dois quarteirões de onde ela passou pela cirurgia. As poltronas são largas e os cobertores são macios no Ruttenberg Treatment Center. Bella está usando uma manta de caxemira. "Janine está me deixando trazer algumas coisas de casa", ela me conta em um cochicho conspiratório.

Aaron aparece, e nós três chupamos picolés e matamos o tempo. Duas horas depois, estamos fazendo o trajeto de volta de Uber quando de repente Bella segura meu braço.

"A gente pode parar?", ela pergunta. E depois, com um tom mais urgente: "Para o carro, por favor".

Paramos na esquina da Park Avenue com a rua 39, e ela se apoia em Aaron enquanto se contorce no meio da rua. Ela começa a vomitar ferozmente; os restos do picolé colorido vão parar no chão junto com a bile.

"Segura o cabelo dela", digo para Aaron, que massageia as costas de Bella com movimentos circulares.

Ela faz um gesto para nos afastarmos, com a respiração pesada e o corpo dobrado ao meio. "Eu estou bem."

"Você tem lenços de papel aí?", pergunto ao motorista do Uber, que solidariamente se manteve em silêncio.

"Aqui está." Ele me entrega uma caixa com nuvens desenhadas.

Tiro três lencinhos e entrego para Bella, que os usa para limpar a boca. "Bom, isso foi divertido", ela comenta.

Em seguida volta para o carro como se nada tivesse acontecido. Bella sabe que vai precisar encarar sozinha o que vem pela frente. Não tenho como evitar que ela passe por isso, nem passar por tudo junto com ela. Meu instinto grita para impedir que isso aconteça, mas não tem jeito. Ela se inclina para o lado e se apoia em Aaron. Vejo seu corpo subindo e descendo no ritmo da respiração. O primeiro sintoma surgiu, e não é nada bom.

Aaron a ajuda a subir. Svedka ainda está aqui, lavando louças que nem estavam sujas. Bella ainda não se recuperou totalmente da cirurgia, e mesmo pequenas coisas como subir e descer as escadas ainda são difíceis de fazer. A cicatrização completa vai levar meses, e agora tem também a quimioterapia.

"Vamos pôr você na cama", digo.

Bella está usando um vestido azul da Zimmermann com uma jaqueta de couro marrom, e eu ajudo a tirar as roupas. Aaron fica na sala. Quando ela está nua, vejo suas cicatrizes, algumas ainda com curativos, e percebo como ela emagreceu nas últimas semanas. Deve ter perdido uns sete quilos.

Abro um sorriso, tentando conter minha aflição. "Pronto", digo. Ela levanta os braços como uma criança, e coloco uma camiseta de algodão de manga comprida por sua cabeça, e depois a ajudo a vestir uma calça de moletom. Puxo o edredom recém-lavado e a cubro, afofando os travesseiros sob sua cabeça.

"Você é tão boa comigo", ela comenta, estendendo o braço e colocando sua mão pequena sobre a minha. Bella sempre teve mãozinhas minúsculas, miudinhas demais para seu corpo.

"Com você é fácil ser boa", respondo. "Você vai melhorar rapidinho."

Ficamos nos olhando por um instante. O suficiente para reconhecermos o medo terrível que ambas estamos sentindo.

"Comprei uma coisa para você!", Bella exclama, abrindo um sorriso e prendendo os cabelos atrás das orelhas. Cabelos que ela em breve vai perder.

"Bella, qual é", digo. "Isso não é hora..."

Ela sacode a cabeça. "Não, é para o seu aniversário."

"Meu aniversário é na semana que vem."

"E daí que ainda falta um tempo? Eu tenho uma boa justificativa para adiantar as coisas, você não acha?"

Eu não digo nada.

"Greg, você pode vir me ajudar?"

Aaron aparece no quarto, limpando as mãos na calça jeans. "O que foi?"

Bella se senta na cama e aponta, toda animada, para um pacote embrulhado que está apoiado na parede ao lado do closet.

Aaron pega o embrulho. Percebo que não é uma coisa leve. "Ponho na cama?", ele pergunta.

"Sim, pode pôr." Bella afasta uma manta que está nos seus pés e cruza as pernas. Ela bate na cama ao seu lado, e eu me sento. "Abre."

O papel de presente é dourado, e a fita de cetim é branca e prateada. Bella é mestre em embrulhar presentes, e sinto um leve consolo ao constatar que ela conseguiu fazer isso sozinha. Parece uma prova de estabilidade, de que as coisas estão em seu lugar. Eu rasgo o embrulho.

Lá dentro tem uma moldura grande. Uma obra de arte. "Vira", ela diz.

É o que faço, com a ajuda de Aaron.

"Vi uma reprodução dessa gravura no Instagram e achei a sua cara. Demorei um tempão para conseguir a original do Allen Grubesic. Acho que ele só fez doze cópias. Todo mundo na galeria estava procurando, e conseguimos encontrar dois meses atrás. Tinha uma mulher na Itália vendendo. Nós compramos na hora. Virou uma obsessão para mim. Por favor, me diz que adorou."

Olho para a gravura nas minhas mãos. É um cartaz no estilo do que os oftalmologistas usam nos exames de vista, com a frase EU ERA JOVEM E PRECISAVA DO DINHEIRO. Minhas mãos ficam dormentes.

"Gostou?", ela pergunta, com um tom de voz um pouco mais grave.

"Sim", respondo, engolindo em seco. "Adorei."

"Eu sabia que você ia gostar."

"Aaron", eu digo, sentindo sua presença ali perto. Parece impossível, uma loucura, ele não reconhecer o quadro. "Que fim deu aquela história do apartamento no Dumbo?"

Bella dá risada. "Por que você chama ele de Aaron?", ela questiona.

"Tudo bem", ele diz de um jeito meio abrupto. "Eu não ligo."

"Eu sei que você não *liga*", Bella responde. "Mas por quê?"

"É o nome dele", justifico. "Não é?" Volto minha atenção para o presente, passando a mão sobre o vidro.

"Eu comprei o apartamento", ela me conta. A conversa sobre o nome de Aaron desaparece com a mesma facilidade com que veio à tona. "O resto é comigo, e na hora certa você vai ficar sabendo de tudo."

Coloco a gravura de lado e seguro suas mãos. "Bella, me escuta. Você não pode reformar aquele apartamento. Pode ser um bom investimento do jeito como está. Você comprou, tudo bem, mas ainda pode vender. Me promete que não vai se mudar para lá. Me promete."

Bella aperta minha mão. "Você é maluca", ela comenta. "Mas tudo bem. Eu prometo. Não vou me mudar para lá."

Capítulo 27

A quimioterapia não demora para ir de mal e a pior. Em uma semana ela está passando mal, na seguinte está fraca e na outra está magérrima, com o corpo praticamente côncavo. O único consolo é que seus cabelos não caem. Sessão após sessão, semana após semana, nem uma mecha sai do lugar.

"Às vezes acontece", o dr. Shaw me diz. Ele comparece às sessões para monitorar o tratamento dela e fazer exames de sangue. Hoje, Jill também veio. O que explica por que o dr. Shaw e eu estamos no corredor, bem longe de onde a mãe de Bella está fingindo ser útil. "Tem paciente que não perde os cabelos. Mas isso é raro. Ela teve sorte."

"Sorte." Sinto o gosto da palavra na minha boca. É podre.

"Eu me expressei mal", ele diz. "Os médicos nem sempre são as pessoas mais sensíveis do mundo. Desculpe."

"Não", eu respondo. "O cabelo dela é lindo."

O dr. Shaw sorri. Vejo tênis Nike coloridos despontando sob sua calça jeans. Eles indicam uma vida diferente fora destas paredes. Será que ele tem crianças em casa? Como ele se distrai dessa rotina de ver os pacientes definhando todos os dias?

"Ela tem sorte de ter uma rede de apoio", ele me diz. Não é

a primeira vez que menciona isso. "Alguns pacientes precisam encarar tudo sozinhos."

"Ela ainda tem mais duas semanas de tratamento", eu falo. "Depois disso vai fazer um novo exame?"

"Sim. Vamos ver se o câncer está localizado. Mas você sabe, Dannie, como afetou os linfonodos, é mais uma questão de contenção. A probabilidade de remissão no câncer de ovário..."

"Não", eu interrompo. "Ela é diferente. Ainda tem cabelos! Ela é diferente."

O dr. Shaw põe a mão no meu ombro e aperta de leve. Mas não fala nada.

Sinto vontade de perguntar mais coisas. Se ele já viu outro caso assim. Se eu preciso me preparar para alguma coisa. Quero pedir para ele me contar. Me contar o que vai acontecer. Me dar as respostas. Mas ele não tem como fazer isso. Porque não sabe. E, o que quer que tenha a dizer neste momento, não estou interessada em ouvir.

Volto para a sala de tratamento. Bella está com a cabeça apoiada no braço da poltrona, com os olhos fechados. Ela os abre quando me aproximo.

"Adivinha só!", ela fala, com uma voz sonolenta. "Mamãe vai me levar para dançar e para ver o musical da Barbra Streisand. Que ir também?"

Jill, vestida com uma calça preta de crepe e uma camisa de seda com estampa florida enfeitada com um lenço no pescoço, chega mais perto. "Vai ser divertido. Vamos ao Sardi's antes tomar uns martínis."

"Bella..." Sinto a raiva borbulhar dentro de mim. Ela mal consegue se sentar. E vai sair para jantar? Para ir ao teatro?

Bella revira os olhos. "Ah, qual é. Eu dou conta."

"Você não está em condições de sair. O dr. Shaw explicou isso, e também que o álcool pode interferir com os remé..."

"Para com isso! Você é o quê, minha agente de liberdade

condicional?", Bella dispara contra mim. Me sinto como se tivesse levado um soco no estômago.

"Não", respondo com toda a calma. "Não estou tentando impedir você de fazer nada; só estou tentando preservar sua saúde. Fui eu que ouvi tudo o que os médicos falaram."

Jill não se deixa abalar nem um pouco. Sequer parece entender o que está acontecendo.

"Eu também ouvi", Bella rebate. Ela puxa o cobertor mais para cima. Percebo como suas pernas estão fininhas, como dois braços. Ela vê que eu reparei.

"Vou pegar um chá gelado", Jill avisa. "Bella, você quer um?"

"Bella não bebe chá gelado", digo. "Ela detesta. Sempre detestou."

"Bom, então um café!", Jill sugere. Ela não espera por uma resposta, simplesmente sai da sala como se estivesse indo de uma loja de roupas para uma de sapatos.

"Qual é o seu problema?", Bella resmunga depois que ela sai.

"Qual é o *meu* problema? Qual é o *seu* problema? Você não pode sair hoje à noite. E sabe muito bem. Por que está agindo assim?"

"Já parou para pensar que eu não preciso que você me diga como eu estou? Que talvez eu saiba?"

"Não", respondo. "Não parei para pensar, porque isso é ridículo. A questão não é como você está, que aliás é muito mal. Você vomitou três vezes no carro a caminho daqui."

Bella desvia o olhar. Uma tristeza me invade, mas não é suficiente para eliminar a raiva. Porque é assim que estou: com raiva. E, pela primeira vez desde que ela recebeu o diagnóstico, me deixo levar pelos meus sentimentos. Sinto a fúria dos justos transbordar de mim e envolver tudo ao meu redor, desde Bella até esta maldita clínica.

"Cala essa boca", Bella diz. É uma coisa que ela não fala para mim desde que tínhamos doze anos e estávamos no banco traseiro da perua dos meus pais, brigando por sabe-se lá qual motivo. Não era uma luta pela vida. Nem contra um câncer. "Eu não sou um projetinho seu. Uma garotinha que você tem que salvar. Você não sabe o que é melhor para mim." Com um enorme esforço ela se senta, fazendo uma careta quando a agulha em seu braço se move. Sou invadida por uma sensação de impotência tão grande que me sinto prestes a desabar sobre a poltrona.

"Eu sinto muito, Bella. Sinto muito", digo, com um tom de voz mais suave. Por todas as coisas por que ela está passando, e por tudo o mais. "Certo. Vamos terminar logo com isso e eu levo você para casa."

"Não", Bella rebate, com um tom de ferocidade na voz que se recusa a ir embora. "Eu não quero mais você aqui."

"Bells..."

"Não vem com esse papo de 'Bells'. Você sempre faz isso. Desde sempre. Pensa que sabe tudo. Mas é o meu corpo, não o seu, entendeu? Você não é minha mãe."

"Eu nunca disse que era."

"Nunca precisou. Você me trata como criança. Me acha uma incapaz. Mas eu não preciso de você."

"Bella, isso é loucura. Qual é."

"Por favor, para de vir às minhas sessões."

"Eu não vou..."

"Isso não foi um pedido!", Bella retruca. Está praticamente gritando. "Eu estou simplesmente comunicando. Você precisa ir embora." Ela engole em seco. "Agora."

Vou para o lado de fora. Jill está lá, com um café e um chá nas mãos. "Ah, oi, querida", ela me diz. "Quer um cappuccino?"

Eu não respondo. Só continuo andando. Até começar a correr.

Pego meu celular. Antes de descer para o saguão, antes de perceber o que estou fazendo, procuro nos contatos pelo nome dele e aperto o botão verde. Ele atende no terceiro toque.

"Oi", ele diz. "O que aconteceu? Ela está bem?"

Começo a falar, mas depois, em vez de palavras, só consigo soltar soluços. Eu me agacho em um canto do corredor e me deixo levar pelo choro. As enfermeiras passam por mim, mas nem me olham. É o andar da quimioterapia, afinal. Gente chorando não é novidade aqui. É sempre o fim do mundo, todos os dias.

"Estou indo para aí", ele avisa antes de desligar.

Capítulo 28

"Ela não estava falando sério", Aaron diz. Estamos em uma lanchonete na Lexington, uma que fica aberta até tarde, que se chama Big Daddy's, Daddy Dan's ou algo assim. O tipo de lugar que não dá lucro suficiente para se instalar na área central de Manhattan. Estou na segunda xícara de café puro, forte e amargo. Eu não mereço creme.

"Está, sim", respondo. Estamos nesse vaivém há uns vinte minutos, desde que Aaron atravessou correndo as portas duplas da clínica e me encontrou agachada lá dentro. "Ela sempre achou isso. Só nunca tinha dito."

"Ela está com medo."

"Está com muita raiva de mim. Eu nunca vi Bella desse jeito antes. Como se quisesse me matar."

"É ela quem está passando por tudo isso", ele argumenta. "No momento, ela precisa pensar que consegue dar conta de qualquer coisa, até de uma bebedeira."

Eu ignoro sua tentativa de amenizar o clima.

"Ela está passando por um monte de coisas mesmo", digo, mordendo o lábio. Não quero mais chorar. Não na frente dele. É vulnerabilidade demais, proximidade demais. "Não acredito que os pais delas estão se comportando assim. Você não sabe como eles são..."

Aaron desgruda um cílio invisível do rosto.

"Você não faz ideia", repito.

"Talvez não mesmo", Aaron diz. "Mas eles parecem interessados em ajudar. Isso é bom, não?"

"Eles vão embora", respondo. "Sempre fazem isso. Quando ela mais precisar deles, os dois não vão estar por perto."

"Dannie", Aaron diz, se inclinando para a frente. Sinto as moléculas de ar ao nosso redor ficarem imóveis. "Eles estão aqui agora. E ela precisa muito da presença deles. Não é isso que importa?"

Penso na promessa que ele fez para mim na rua. Sempre pensei que era tudo para Bella. Que ela podia contar de verdade só comigo. Que ninguém mais além de mim estaria ao seu lado para sempre.

"Não se no fim eles forem embora", retruco.

Aaron continua bem perto de mim. "Acho que você está enganada."

"Acho que você não sabe do que está falando", rebato. Estou começando a achar que foi um equívoco ligar para ele. No que eu estava pensando?

Ele sacode a cabeça. "Você está confundindo amor com outra coisa. Acha que o amor precisa ter um futuro para fazer diferença, mas não é assim que funciona. É a única coisa que não precisa evoluir para nada. Enquanto existir, faz toda a diferença. Aqui e agora. O amor não precisa de um futuro."

Nossos olhos se encontram, e fico achando que talvez ele seja capaz de ver tudo o que aconteceu. Que talvez, de alguma forma, tenha conseguido ir fundo. Que ele sabe. Nesse momento, sinto vontade de contar. Quero contar tudo para ele, nem que seja só para não carregar esse fardo sozinha.

"Aaron", começo, mas então o celular toca. Ele confere a tela.

"É uma ligação de trabalho", ele avisa. "Espera um pouco."

Ele se levanta e se afasta da mesa. Eu o vejo gesticulando perto das portas de vidro com o nome da lanchonete: Daddy's. A garçonete se aproxima e pergunta se queremos comer alguma coisa. Faço que não com a cabeça. "Só a conta, por favor."

Ela me entrega a conta. Acho que não esperava que fôssemos ficar lá por muito tempo mesmo. Deixo o dinheiro na mesa e pego minha bolsa. Encontro Aaron na porta, já desligando o telefone.

"Me desculpa", ele diz.

"Tudo bem. Já estou indo. Preciso voltar para o escritório."

"Hoje é sábado", ele comenta.

"Sou advogada corporativa", murmuro. "E estou passando um tempão longe do trabalho."

Ele abre um sorrisinho. Parece decepcionado.

"Obrigada por ir me encontrar", digo. "De verdade, obrigada por ir até lá. Eu agradeço muito."

"Nem precisa agradecer", ele responde. "Dannie... pode me ligar quando quiser. Você sabe disso, né?"

Eu sorrio. E assinto com a cabeça.

O sininho da porta tilinta quando eu saio.

Capítulo 29

Estamos na segunda semana de novembro, e Bella ainda se recusa a falar comigo. Já liguei para ela. Já mandei David até lá com comida. "Dá um tempinho para ela", é o que ele me diz. Prefiro nem comentar o quanto esse pedido é absurdo. Não consigo nem pensar a respeito, muito menos falar em voz alta.

A dra. Christine fica mais surpresa ao me ver de novo em seu consultório do que eu por ter ido até lá. Ela me pergunta sobre minha família, então falo sobre Michael. Venho me lembrando dele cada vez menos ultimamente. De como ele era. Tento me concentrar nos detalhes. Sua risada, seus antebraços compridos, quase desproporcionais. Seus cabelos castanhos cacheados como os de um bebê, e seus olhos grandes da mesma cor. O fato de ele me chamar de "amiguinha". E de sempre me convidar para ficar com ele na barraca montada no nosso quintal, mesmo quando seus amigos estavam lá. Ele não parecia ter a aversão que os irmãos mais velhos em geral demonstram pelas irmãs mais novas. Nós brigávamos, claro, mas sempre soube que ele me amava, que me queria por perto.

A dra. Christine me diz que estou no processo de aprendizado de como viver uma vida que não posso controlar. O que ela não fala, e nem precisa, é que estou sendo um fracasso nisso.

Continuo indo às sessões de quimioterapia, só não entro na sala. Fico no saguão lendo e-mails de trabalho até a hora de a sessão de Bella terminar.

Na quarta-feira, o dr. Shaw aparece. Estou sentada em uma mureta de cimento, com umas plantas falsas logo acima da minha cabeça, com uma papelada no colo.

"Cuidado para não cair daí", ele diz.

Levo um susto tão grande que quase caio mesmo.

"Oi", ele cumprimenta.

"Oi."

"O que você está fazendo aqui?"

"Bella", respondo, apontando com a mão livre, a que não está lotada de pastas, na direção de onde Bella está tomando seus medicamentos alguns andares mais acima.

"Acabei de vir de lá."

O dr. Shaw se aproxima mais um passo. Ele encara a minha papelada com um olhar de reprovação. "Quer um café?", ele pergunta.

Tomei um café horroroso de uma máquina automática mais cedo, e o efeito já estava passando.

"O café daqui é péssimo", digo.

Ele aponta o dedo para mim. "É porque você não conhece os lugares certos. Vem comigo."

Nós atravessamos o andar térreo da clínica até os fundos e entramos por um corredor. No final tem um átrio, com um carrinho da Starbucks. É como presenciar um milagre. Meus olhos se arregalam. O dr. Shaw repara.

"Pois é, não?", ele comenta. "É o segredo mais bem guardado daqui. Vamos lá."

Ele me conduz até o carrinho, onde uma mulher com o cabelo preso em duas tranças abre um sorrisão. "O de sempre?", ela pergunta.

O dr. Shaw se vira para mim. "Não conta para ninguém, mas eu bebo só chá. É por isso que Irina já sabe o que vou pedir."

"O pessoal do hospital é muito ligado em café?", pergunto.

"É mais masculino", ele responde, fazendo um gesto para que eu me aproxime do carrinho.

Peço um americano e, quando as bebidas ficam prontas, o dr. Shaw se senta a uma pequena mesa de metal. Eu me junto a ele.

"Não quero atrasar você", digo. "E agradeço pela dica sobre o café."

"Eu estou tranquilo", ele responde, tirando a tampa do copo e deixando o vapor subir. "Sabia que os cirurgiões têm a fama de ser os piores no trato com os pacientes?"

"É mesmo?", pergunto. Mas sei que sim.

"Pois é. Somos uns monstros. Por isso toda quarta-feira tento tomar um café com alguém que não é da área."

Ele sorri. Eu dou risada, porque sei que o momento exige isso.

"Então, como está Bella?", ele quer saber. Seu pager apita, e ele dá uma olhada e coloca sobre a mesa.

"Não sei", respondo. "Você tem falado com ela mais do que eu."

Ele parece confuso, então explico.

"Nós brigamos. Eu não tenho mais permissão para subir lá."

"Ah", ele fala. "Lamento muito ouvir isso. O que aconteceu?"

Sei que ele é um homem ocupado, e não quero tomar seu tempo. "Eu sou controladora demais", digo, indo direto ao ponto.

O dr. Shaw ri. É uma risada agradável, mas não combina com o ambiente hospitalar. "Eu conheço bem essa dinâmica", ele comenta. "Mas ela vai superar isso."

"Não sei, não."

"Vai, sim", ele garante. "Você ainda está aqui. Uma coisa que aprendi é que não dá para tentar transformar isso em uma experiência que transcende sua humanidade, porque não dá certo."

Fico só olhando para ele. Não entendi ao certo o que isso significa, e o dr. Shaw percebe.

"Você ainda é você, e ela ainda é ela. Vocês ainda têm sentimentos. Ainda brigam. Você pode tentar ser perfeita, mas não tem como. Em vez disso, se concentra em estar presente."

O pager apita de novo. Desta vez ele põe a tampa de volta no copo. "Infelizmente, o dever me chama." Ele fica de pé e estende a mão. "Aguenta firme. Sei que a jornada não é fácil, mas tenta não se desviar do caminho. Você está se saindo bem."

Fico perto do carrinho da Starbucks por mais uma hora, até eu saber que Bella terminou o tratamento e foi embora em segurança. Quando chego em casa ligo para David, mas não consigo falar com ele.

Na semana seguinte, não estou na clínica, e sim em um avião com Aldridge indo para Los Angeles. Aldridge está aproveitando para visitar outro cliente enquanto está por lá, um gigante do ramo farmacêutico que disponibiliza seu jatinho particular. Embarcamos junto com Kelly James, uma sócia que trabalha nos tribunais, com quem nunca troquei mais do que algumas palavras em meus quase cinco anos no Wachtell.

É uma aeronave de dez lugares, e pego o mais ao fundo, perto da janela. Eu apoio a cabeça no vidro. Aceitei fazer a viagem sem pensar em tudo o que implicaria. Claro, é uma resposta ao pedido inicial de Aldridge. Sim. Eu vou trabalhar no caso. Sim, estou comprometida com o caso.

"Você está fazendo a coisa certa", David me disse ontem à noite. "Pode ser uma coisa importantíssima para a sua carreira. E você adora essa empresa."

"Adoro mesmo", falei. "Mas é impossível não pensar que as pessoas estão precisando de mim aqui."

"Nós vamos sobreviver", ele respondeu. "Eu prometo."

E agora aqui estou eu, voando por cima de uma cadeia de montanhas interminável a caminho do oceano.

Nós nos hospedamos na Casa del Mar, em Santa Monica, bem perto do mar. Meu quarto fica no térreo e tem uma varanda que se estende até o calçadão da praia. O hotel tem um estilo despojado dos Hamptons com um toque de opulência europeia. Gostei.

Temos um jantar marcado com Jordi e Anya, mas, quando me instalo no quarto, são só onze da manhã. Ganhamos várias horas com a mudança de fuso horário na viagem para o outro lado do país.

Coloco um short, uma camiseta e um chapéu — minha pele de judia russa nunca se deu bem com o sol — e decido dar uma caminhada na praia. O clima está ameno, mas está esquentando — chega perto dos trinta graus na hora do almoço —, e tem a brisa fresca que vem do mar. Pela primeira vez em semanas, me sinto como se não estivesse apenas sobrevivendo.

Vamos jantar no Ivy at the Shore, um restaurante na mesma rua da Casa del Mar, mas Aldridge chama um carro mesmo assim. Kelly está visitando outro cliente na cidade, então somos só Aldridge e eu. Estou usando um vestido azul com flores roxas e espadrilles em um tom mais escuro de azul-marinho, o look mais casual que consigo conceber para uma reunião de trabalho. Mas estamos na Califórnia, bem perto do mar, e as donas da empresa são jovens. Faço questão de usar estampa floral.

Chegamos ao restaurante primeiro. As cadeiras são de vime, com estofados e encostos florais, e os clientes, usando calça jeans e paletó, brindam e riem alto.

Nós nos sentamos. "Eu recomendo as lulas daqui", Aldridge diz. "São sensacionais."

Ele está usando um terno cinza-claro com uma camisa estampada roxa. Se alguém visse uma foto de nós dois juntos, iria achar que combinamos nossos looks com antecedência.

"Tem alguma coisa que precisamos repassar?", pergunto. "Os números da empresa eu sei de cabeça, mas..."

"É só uma reunião para apresentar você, para elas ficarem mais à vontade. Você sabe como essas coisas funcionam."

"Não existe reunião sem um objetivo por trás", argumento.

"É verdade. Mas, se você forçar a barra, na maioria das vezes acaba causando um efeito indesejado."

Jordi e Anya chegam juntas. Jordi é alta, e está usando uma caça de cintura alta e uma blusa de gola larga. Seus cabelos estão soltos e molhados nas pontas. Parece fazer o estilo boêmia e, mais uma vez, me lembro de Bella. Anya está de calça jeans, camiseta e blazer. Seus cabelos curtos estão penteados para trás. Seu olhar é dos mais expressivos.

"Estamos atrasadas?", ela pergunta. É uma pessoa reservada. Dá para perceber. Mas não importa. Nós vamos conquistar sua simpatia.

"De forma nenhuma", responde Aldridge. "Você sabe como são os nova-iorquinos. Nós achamos que precisamos sair horas mais cedo para chegar a qualquer lugar."

Jordi se senta ao meu lado. Seu perfume é forte e inebriante.

"Senhoritas, eu gostaria de apresentá-las a Danielle Kohan. Ela é a nossa associada sênior mais capacitada e brilhante. E já está trabalhando na oferta de ações de vocês."

"Podem me chamar de Dannie", digo, cumprimentando as duas com apertos de mãos.

"Nós adoramos Aldridge", Jordi me conta. "Mas ele não tem um primeiro nome, não?"

"Tem, mas nunca usa", respondo. Em seguida, faço a mímica com os lábios: *Miles*.

Aldridge sorri. "O que vamos beber hoje?", ele pergunta para a mesa.

Um garçom se aproxima, e Aldridge pede uma garrafa de champanhe e uma de vinho tinto, para acompanhar a refeição. "Alguém quer alguma outra coisa?", ele oferece.

Anya pede um chá gelado. "Quanto você acha que isso vai demorar?", ela questiona.

"O jantar ou a abertura de capital de vocês?" Aldridge continua com os olhos voltados para o menu.

"Eu sou fã de vocês já faz tempo", digo. "O que vocês fizeram no ambiente da internet foi incrível."

"Muito obri...", Jordi começa, mas Anya a interrompe.

"Nós não temos nada a ver com o ambiente que já existia. Nós criamos um espaço novo", ela responde, encarando Jordan como quem diz: *Boca fechada*.

"Mas estou curiosa", continuo. E dirijo meu questionamento às duas: "Por que agora?".

Aldridge ergue os olhos do menu e aborda um garçom que passa ao nosso lado. "Vamos querer as lulas para já, por favor." Ele dá uma piscadinha para mim.

Jordi olha para Anya, sem saber ao certo como responder, e percebo que uma das minhas dúvidas está esclarecida antes mesmo de ser levantada. Mas eu me seguro para não dizer nada. Pelo menos por ora.

"Estamos em um momento em que não queremos trabalhar tanto com as mesmas coisas", Jordi explica. "Queremos nos capitalizar para poder expandir para novas empreitadas."

Seu discurso parece um tanto ensaiado. Com palavras comedidas e calculadas. Talvez seja verdade, mas não parece uma resposta autêntica. Então insisto.

"Por que abrir mão do controle se vocês não precisam?"

Jordi se ocupa com sua água para não ter que responder. Anya estreita os olhos. Sinto Aldridge se remexer ao meu lado. Não tenho ideia do motivo pelo qual estou fazendo isso. Ou melhor, na verdade sei exatamente por quê.

"Estão tentando nos convencer a desistir?", Anya questiona. Sua pergunta é dirigida a Aldridge. "Porque eu pensei que este jantar seria para dar início aos trabalhos."

Olho para Aldridge, que permanece em silêncio. Percebo que ele não vai responder por mim.

"Não é isso", eu digo. "É que eu gosto de entender a motivação por trás das transações. Isso facilita o meu trabalho."

Percebo que Anya gostou da minha resposta. Seus ombros ficam visivelmente mais relaxados. "A verdade é que eu não sei ao certo. Já conversamos várias vezes sobre isso. Jordi sabe muito bem que estou indecisa."

"Estamos trabalhando na QuTe há quase dez anos", Jordi complementa, repetindo o que já deve ter dito muitas vezes. "Está na hora de partir para outra."

"Não sei por que precisamos abrir mão do controle que temos para isso", Anya rebate.

A champanhe chega, junto com as taças elegantes. Aldridge serve a bebida.

"À QuTe", ele diz. "Por uma abertura de capital sem imprevistos e muito lucrativa."

Jordi faz o brinde, mas Anya e eu trocamos olhares. Sei que ela está tentando ler meu rosto em busca de uma resposta para uma pergunta que nunca vai ser feita nesta mesa: *O que você faria?*

Capítulo 30

Duas horas depois, estou no bar do hotel. Eu deveria estar dormindo, mas não consigo. Toda vez que tento, penso em Bella, na péssima amiga que sou por estar tão longe, e meus olhos se abrem e não conseguem mais se fechar. Estou no meu segundo dirty martíni quando Aldridge aparece. Eu desvio o olhar. Estou bêbada demais para isso.

"Dannie", ele diz. "Posso me juntar a você?" Sem esperar pela minha resposta, Aldridge se acomoda ao meu lado.

"Hoje correu tudo bem", comento, tentando manter a compostura. Mas acho que minhas palavras saem meio arrastadas.

"Você se mostrou bastante comprometida", ele responde. "Deve ter ficado orgulhosa."

"Sim", falo em um tom monocórdio. "Foi ótimo."

Os olhos de Aldridge se voltam para a minha taça de martíni e em seguida de novo para o meu rosto. "Danielle, está tudo bem com você?"

De repente percebo que vou chorar se começar a falar, e nunca fiz isso na frente de um chefe meu, nem mesmo na época de assistente no gabinete da promotoria, onde o moral era tão baixo que havia uma sala especialmente reservada para ataques histéricos. Pego meu copo d'água. Tomo um gole. Ponho de volta no balcão.

"Não", respondo.

Aldridge faz um sinal para o garçom. "Vou querer uma Ketel com gelo e duas rodelas de limão", ele pede, mas em seguida muda de ideia e o chama de volta. "Na verdade, vou querer um uísque. Puro."

Ele tira o paletó, coloca no banquinho vazio ao seu lado e começa a arregaçar as mangas. Nenhum dos dois diz nada nesse meio-tempo e, quando o ritual é concluído, a bebida dele já chegou e não me sinto mais prestes a chorar.

"Então", ele diz. "Você pode começar, ou então eu posso arregaçar as minhas meias."

Eu dou risada. O álcool torna tudo mais fácil. As emoções estão aqui, à flor da pele, e não escondidas como de costume.

"Não sei ao certo se sou uma boa pessoa", eu falo. Não sabia que isso estava passando pela minha cabeça, mas, quando digo em voz alta, faz todo o sentido.

"Interessante", ele comenta. "Uma boa pessoa."

"Minha melhor amiga está muito doente."

"Pois é. Você me falou."

"E nós estamos brigadas."

Ele toma um gole do uísque. "O que aconteceu?"

"Ela acha que eu sou muito controladora", explico, apenas repetindo a verdade.

Aldridge dá risada ao ouvir isso, assim como o dr. Shaw. Uma gargalhada.

"Por que todo mundo acha graça nisso?", pergunto.

"Porque você é mesmo", ele responde. "Hoje à noite, por exemplo, você foi bem controladora."

"Isso é ruim?"

Aldridge encolhe os ombros. "Acho que vamos ter que esperar para ver. O que você achou?"

"O problema é justamente esse", eu confesso. "Para mim

205

foi ótimo. Minha melhor amiga está... está doente, e eu estou aqui na Califórnia, toda feliz com o resultado de um jantar com clientes. Que tipo de pessoa eu sou?"

Aldridge balança a cabeça, como se agora tivesse entendido. Ele sabe do que estou falando. "Você está chateada porque acha que precisa largar tudo para ficar ao lado dela."

"Não, ela não deixaria. Eu só não deveria estar feliz neste momento."

"Ah, sim. A felicidade. A inimiga de todo o sofrimento."

Ele toma mais um gole. Bebemos em silêncio por um momento.

"Eu já contei o que eu queria ser originalmente?"

Eu me viro para ele. Não somos exatamente amigos. Como eu saberia?

"Acho que é uma pergunta capciosa, e você vai dizer advogado."

Aldridge dá risada. "Não, não. Eu ia ser psicanalista. Meu pai era psiquiatra, e meu irmão também é. Uma escolha esquisita para um adolescente, mas sempre me pareceu fazer todo o sentido."

Eu pisco algumas vezes, confusa. "Psicanalista?"

"Eu seria péssimo nisso, em passar tanto tempo ouvindo as pessoas. Isso não combina comigo."

Sinto o álcool se instalando no meu organismo. Tornando tudo enevoado e desvanecido. "O que aconteceu?"

"Eu fui estudar em Yale, e no primeiro dia tive uma aula de filosofia. Lógica de primeira ordem. Uma discussão sobre metateoria. Era parte da minha grade, mas o professor era advogado, e eu fiquei pensando... por que diagnosticar quando podemos determinar?"

Ele fica me olhando por um bom tempo. Depois, põe a mão no meu ombro.

"Você não está errada por gostar do que faz", ele diz. "É uma pessoa de sorte. A vida não permite que todo mundo te-

206

nha amor por sua profissão. Nós dois saímos vencedores nessa aposta."

"Não estou me sentindo uma vencedora", comento.

"Pois é", Aldridge diz. "A sensação na maioria das vezes é essa. Aquele jantar lá no restaurante..." Ele aponta lá para fora, para além do saguão e das imagens de palmeiras nas paredes. "Nós não garantimos nada. Mas você adorou, porque estar no jogo já é uma vitória. É assim que nós sabemos que fomos feitos para isso."

Ele tira a mão do meu ombro e vira o restante do uísque em um gole só.

"Você é uma ótima advogada, Dannie. E também é uma boa amiga e uma boa pessoa. Não deixe seus preconceitos impedirem você de ver isso."

Na manhã seguinte, peço um carro para ir até a Montana Avenue. É um dia nublado, e a névoa da manhã só vai se dissipar no início da tarde, mas a essa hora já vamos estar no avião. Paro no Peet's Coffee e vou dar uma caminhada pela rua comercial — apesar de a maioria das lojas ainda estar fechada. Algumas mães com leggings passeiam com seus pequenos nos carrinhos enquanto conversam entre si. Um grupo de ciclistas matutinos passa a caminho de Malibu.

Eu achava que jamais conseguiria morar em Los Angeles. Que era uma cidade para quem não dá conta de Nova York. A alternativa mais fácil. Mudar para cá significaria admitir que estava errada sobre tudo o que pensava sobre Nova York: que não havia outro lugar no mundo para viver, que os invernos não incomodavam tanto assim, que ir para casa com os braços cheios de sacolas de supermercado no meio da chuva ou da neve não era um incômodo. Que ter um carro na verdade era seu sonho. Que a vida não era — não é — tão dura assim.

Mas tudo é muito espaçoso por aqui. Parece que tem espaço suficiente para você não precisar guardar as roupas que não são da estação embaixo da cama. Talvez haja espaço até para erros.

Levo meu café de volta para o hotel. Atravesso a ciclovia de concreto, piso na areia e chego ao mar. Ao longe, à minha esquerda, vejo alguns surfistas ziguezagueando pelas ondas, uns em torno dos outros, como se seus movimentos fossem coreografados. Avançando sem parar na direção da praia.

Tiro uma foto.

Eu te amo, escrevo. O que mais posso dizer?

Capítulo 31

"A questão se resume a escolher entre off-white e o branco gelo", a mulher me avisa.

Estou no Mark Ingram, um ateliê de vestidos de noiva em Midtown Manhattan, com uma taça de champanhe intocada em uma mesinha de vidro, sozinha.

Minha mãe deveria ter vindo, mas a universidade convocou uma reunião de última hora para discutir um assunto confidencial — isto é, as doações de recursos para o próximo ano —, e ela ficou presa na Filadélfia. Fiquei de mandar fotos para ela.

Estamos em meados de novembro, e Bella não fala comigo há duas semanas. Vai terminar o segundo ciclo de quimioterapia no sábado, e David me diz para não a incomodar até lá. Acatei seu conselho, por mais inacreditável que possa parecer. Não estar lá é desesperador. Não saber.

Os convites do casamento foram enviados, e estamos recebendo os RSVPs. O cardápio está definido. As flores estão encomendadas. Só falta um vestido, então aqui estou eu, experimentando um.

"Como eu disse, com esse prazo, não dá para escolher nada além dos que temos aqui." A vendedora aponta para os vestidos à nossa direita — um gelo e dois off-white. Ela cruza

209

os braços e olha no relógio. Parece pensar que estou desperdiçando seu tempo. Mas será que ela não percebe? É uma venda garantida. Preciso sair daqui com um vestido hoje.

"Este aqui parece bom", digo. É o primeiro que experimentei.

Nunca fui o tipo de garota que sonha com o dia do casamento. Isso sempre foi mais a cara de Bella. Eu me lembro de vê-la diante do espelho com uma fronha na cabeça, recitando votos matrimoniais. Ela sabia exatamente como seria o vestido — organza de seda branca com muito tule. Um véu comprido de renda. Ela sonhava com a decoração do salão: lírios-brancos, peônias enormes e uma porção de velas. Alguém tocando harpa. Tudo mundo dizendo "Ooh" e "Aah" quando ela saísse das sombras e entrasse no altar. As pessoas ficariam de pé. Ela flutuaria na direção de um homem sem rosto e sem nome. Aquele que a fizesse sentir que o universo inteiro conspirasse para o seu amor, e apenas para o seu.

Eu sabia que iria me casar, assim como sabia que iria ficar mais velha e que o sábado vem depois da sexta-feira. Nunca pensei muito sobre isso. Aí conheci David e as coisas se encaixaram, então eu soube o que vinha procurando desde sempre e que viveríamos esses capítulos da vida juntos, lado a lado. Mas nunca pensei no casamento em si. Nem no vestido. Nunca me imaginei neste momento, em uma loja como esta. E, caso tivesse pensado, jamais esperaria por isso.

O vestido que estou usando é de seda e renda. Tem uma fileira de botões nas costas. A parte de cima não veste muito bem. Não tenho corpo para preenchê-lo como deveria. Balanço os braços, e a vendedora entra em ação. Ela prende a parte de trás do vestido com um alfinete enorme.

"Nós podemos ajustar", ela diz, olhando para mim no espelho. A compaixão é visível em seus olhos. Quem é que aparece ali sozinha e escolhe o primeiro vestido que experimenta? "Vamos ter que apressar o prazo, mas é possível."

"Obrigada", digo.

Sinto que posso chorar a qualquer momento, e não quero que minhas lágrimas sejam mal interpretadas como a alegria que precede o casamento. Não quero ouvir sua empolgação, nem ver em seu rosto aquele olhar de *como ela está apaixonada*. Eu me viro rapidamente para o lado. "Vou ficar com esse."

Sua expressão fica confusa, mas logo em seguida se alegra. Ela acabou de fechar uma venda. Três mil dólares em treze minutos. Deve ser uma espécie de recorde. A vendedora deve achar que estou grávida.

"Que ótimo", ela diz. "Adorei esse decote em você, valoriza seu corpo. Vamos tirar suas medidas."

Ela vai colocando os alfinetes. Marca a curvatura da minha cintura, e a extensão da saia. O caimento dos ombros.

Quando ela sai, eu me olho no espelho. O decote é muito alto. Ela está errada, claro. Não me valoriza em nada. Não mostra as minhas clavículas, toda a extensão do meu pescoço. Por um breve e surpreendente momento, penso em ligar para David. Para dizer que precisamos adiar o casamento. Podemos fazer isso no ano que vem, no Plaza, ou em Massachusetts, ou no Wheatleigh. Vou comprar um vestido tão luxuoso que precisa ser feito sob encomenda, aquele Oscar de la Renta com as flores de brocado. Vamos contratar o melhor florista, a banda mais concorrida. Vamos dançar "The Way You Look Tonight" sob fileiras de pequenas lâmpadas brancas e douradas, de luz bem suave. A cobertura do ambiente inteiro vai ser feita de rosas. Vamos planejar uma lua de mel no Taiti ou em Bora-Bora. Vamos deixar os celulares no chalé e nadar até o fim do mundo. Vamos beber champanhe sob as estrelas, e vou usar somente roupas brancas por dez dias seguidos.

Vamos fazer tudo como manda o figurino.

Mas então olho para o relógio na parede. O tique-taque dos ponteiros está nos levando para cada vez mais perto de 15 de dezembro.

Eu tiro o vestido. Pago por ele.

No caminho para casa, Aaron me liga. "Recebemos o resultado dos exames depois desse último ciclo", ele diz. "Não são nada bons."

Eu deveria ficar surpresa, não? Deveria me sentir como se o chão estivesse desaparecendo sob os meus pés. Depois de uma notícia como essa, o mundo inteiro deveria parar de girar. Os táxis deveriam estar imóveis, e a música nas ruas deveria silenciar.

Mas nada disso acontece. Eu já esperava por isso.

"Pergunta se ela me quer por perto", digo.

Ele não fala nada. Deixo de escutar uma respiração do outro da linha e ouço sons da movimentação pelo apartamento, a alguns cômodos de distância. Eu aguardo. Depois de dois minutos — uma eternidade — ele volta ao telefone.

"Ela disse que sim."

Eu saio correndo.

Capítulo 32

Para meu alívio, e também minha tristeza, ela não está muito diferente de três semanas atrás. Nem pior, nem melhor. Ainda tem cabelos, e seus olhos ainda parecem fundos e vazios.

Ela não está chorando. Não está sorrindo. Seu rosto parece sem expressão, e isso é o que mais me assusta. Vê-la chorar não seria um motivo de alerta. Ela sempre expressou suas emoções, suas vicissitudes sujeitas a flutuar ao sabor do vento. Mas não estou acostumada com esse estoicismo, essa ilegibilidade. Sempre fui capaz de olhar para Bella e entender tudo, saber exatamente do que ela precisava. Agora não consigo.

"Bella...", começo. "Ouvi dizer que..."

Ela sacode a cabeça. "Vamos resolver a nossa questão primeiro."

Eu assinto. Fico ao seu lado na cama, mas não me sento.

"Estou com medo", ela diz.

"Eu sei", respondo baixinho.

"Não é isso", ela retruca, com um tom de voz mais decidido. "Estou com medo de deixar você desse jeito."

Não digo nada. Porque de repente me sinto com doze anos. Estou na porta do meu quarto, ouvindo minha mãe gritar. Escutando meu pai — um homem forte, corajoso e bom —, tentando entender a situação, fazendo perguntas: "Mas quem estava dirigindo? Ele estava dentro do limite de velocidade?". Como se isso fizesse diferença. Como se ser racional pudesse trazê-lo de volta.

Eu sempre estive à espera de que a tragédia voltasse a bater na minha porta. Uma desgraça que chegasse de forma inesperada. E o câncer não é isso? A manifestação de tudo o que passei a vida tentando evitar? Mas com Bella... Deveria ter sido comigo. Essa é a minha história, então a doença também deveria ser.

"Não fala assim", peço. Mas, como conheço Bella como a palma da minha mão, o mesmo vale para ela em relação a mim. Ela tem a mesma capacidade de ler minhas reações, meus humores e meus pensamentos à medida que se expressam no meu rosto.

É uma via de mão dupla.

"Você não vai a lugar nenhum", digo a ela. "Vamos lutar contra isso, como sempre fizemos."

E, neste momento, isso é a mais pura verdade. Porque precisa ser. Porque não existem opções. Apesar de a quimioterapia não ter contido a doença. Apesar de o câncer ter se espalhado pelo abdome. Apesar de tudo. De tudo.

"Olha", ela diz, estendendo a mão. Vejo uma aliança de noivado enfeitando lindamente seu dedo.

"Você vai se casar?", pergunto.

"Quando estiver melhor", ela confirma.

Eu me sento ao seu lado na cama. "Você ficou noiva e nem me ligou?"

"Foi ontem à noite, em casa", ela conta. "Ele estava trazendo o meu jantar."

"O quê?"

Ela olha para mim, franzindo a testa. "Uma massa do Wild."

Faço uma careta. "Ainda não acredito que você gosta da comida de lá."

"É sem glúten", ela argumenta. "Não é veneno. E o espaguete é bom."

"Enfim."

"Mas enfim", ela continua. "Ele me trouxe o macarrão, e em cima do queijo parmesão estava a aliança."

"O que ele falou?"

Ela me olha, e então a vejo — Bella, a minha Bella. Seu rosto e seus olhos se iluminam. "Você vai achar brega."

"Não vou, não", murmuro. "Prometo."

"Ele disse que vai cuidar de mim para sempre, apesar de a situação não ser a ideal, mas que sabe que sou sua alma gêmea, e que seu destino sempre foi ficar comigo." Ela fica vermelha.

Destino.

Eu engulo em seco. "Ele tem razão", digo. "Você sempre quis alguém que simplesmente soubesse ser a pessoa certa. Sempre quis uma alma gêmea. E encontrou."

Bella se vira para mim. Ela põe a mão sobre o edredom entre nós.

"Vou te perguntar uma coisa", ela avisa. "E, se eu estiver errada, não precisa responder."

Sinto meu coração disparar. E se...? Ela não teria como...

"Sei que você acha que a gente é bem diferente, e é verdade, eu entendo. Nunca vou ser alguém que vê a previsão do tempo antes de sair e sabe quantos dias os ovos duram na geladeira. Não planejei a minha vida estrategicamente como você. Mas você está enganada de pensar que..." Ela umedece os lábios. "Acho que você também iria querer um amor assim. E acho que hoje você não tem."

Fico em silêncio por um instante. "Por que você acha isso?", questiono.

"Você não acha que existe um motivo para nunca ter se casado? Por ter continuado noiva por cinco anos? Um noivado de cinco anos nunca esteve nos seus planos."

"A gente vai se casar agora", rebato.

"Porque…", Bella começa, mas sua voz perde o ímpeto. Ela parece encolher a olhos vistos. "Você acha que o seu tempo está se esgotando."

Quinze de dezembro.

"Isso não é verdade. Eu amo David."

"Eu sei que sim", ela diz. "Mas não é apaixonada por ele. Pode ter sido no começo, mas se foi nunca percebi, e eu não posso mais me dar ao luxo de fingir que não vejo as coisas. E me dei conta de que você também não. Se existe uma contagem regressiva para alguma coisa, deveria ser para a sua felicidade."

"Bella…" Sinto uma coisa subir pelo meu peito. "Não sei se sou capaz", digo a ela. "De viver esse tipo de amor que você está dizendo."

"Mas você é", ela diz. "Queria que você soubesse disso. Queria que você entendesse que pode ter um amor para além dos seus sonhos mais loucos. Um amor de cinema. Você também é capaz disso."

"Acho que não sou."

"É, sim. E sabe como eu sei?"

Faço que não com a cabeça.

"Porque é assim que você me ama."

"Bella", eu falo. "Me escuta. Você vai ficar bem. As pessoas fazem isso o tempo todo. Contrariam as expectativas. Todos os dias."

Ela estende os braços para mim. O abraço que eu lhe dou é cauteloso.

"Quem diria, hein?", ela comenta.

"Pois é."

Sinto que sua cabeça está se movendo negativamente. "Não", ela diz. "Que justamente você iria acreditar nisso."

E essa é a minha maior certeza enquanto seguro essa versão tão frágil de Bella nos braços. Ela é extraordinária. Pela primeira vez na vida, sinto que os números não querem dizer nada.

216

Capítulo 33

Em meio à quimioterapia intraperitoneal e às gardênias, chegamos ao fim de novembro. A primeira é uma forma mais invasiva de tratamento contra o câncer, em que o acesso através do qual os medicamentos são administrados é praticamente costurado na cavidade abdominal. É um ciclo mais pesado que os anteriores, e exige que Bella fique deitada o tempo todo durante os procedimentos. Ela sente enjoo sem parar e tem acessos de vômito violentos. As gardênias de alguma forma viraram as flores do nosso casamento, apesar de permanecerem frescas por aproximadamente cinco minutos e meio.

Estou falando sobre as flores ao telefone no escritório quando Aldridge entra na minha sala. Desligo na cara da atendente da floricultura sem dar nenhuma explicação.

"Acabei de ter uma conversa interessante com Anya e Jordi", ele me conta, sentando-se em uma das minhas cadeiras redondas cinza.

"Ah, é?"

"Imagino que você já saiba o que vou dizer", ele avisa.

"Não mesmo."

"Pensa bem."

217

Eu alinho meu caderno e um peso de papel sobre a mesa. "Elas não querem mais abrir o capital."

"Exatamente. Mudaram de ideia." Ele junta as mãos e as coloca sobre a minha mesa. "Preciso saber se você teve mais algum contato com elas."

"Não tive", respondo. Só aquele único jantar, em que notei a resistência de Anya. "Mas, para falar a verdade, não estou convencida de que a abertura do capital seria o melhor caminho no momento."

"Para quem?", Aldridge pergunta.

"Para todos nós", digo. "Acho que a empresa, sob a liderança delas, vai se tornar cada vez mais lucrativa. E acho que elas vão nos contratar, porque confiam em nós, vão acabar abrindo o capital um dia, e todo mundo vai ganhar muito dinheiro."

Aldridge recolhe as mãos. Seu rosto é indecifrável. Eu mantenho uma expressão impassível.

"Estou surpreso."

Sinto um aperto bastante familiar no estômago. Eu falei mais do que deveria.

"E impressionado", ele acrescenta. "Não sabia que você era uma advogada impulsiva, que age por instinto."

"Como assim?", pergunto.

Aldridge se recosta na cadeira. "Contratei você porque sabia que não era do tipo que comete erros. Seu trabalho é meticuloso. Você lê cada linha de cada parágrafo e conhece a lei de cor e salteado."

"Obrigada."

"Mas isso, como nós sabemos, não é suficiente. Nem toda a preparação do mundo é capaz de impedir que os imprevistos aconteçam. Os bons advogados conhecem os termos do acordo de cabo a rabo, mas muitas vezes precisam tomar decisões com base em outra coisa — a presença de uma força desconhecida que, quando é ouvida, diz exatamente quando a maré está mudando. Foi isso o que você fez com Jordi e Anya, e estava certa."

"Estava?"

Aldridge assente. "Elas vão nos contratar como consultores e querem que você chefie a equipe jurídica da empresa."

Eu arregalo os olhos. Sei o que isso significa. É o meu grande caso, com o cliente certo. É o que preciso para me tornar sócia júnior.

"Uma coisa de cada vez", Aldridge diz, percebendo minha empolgação. "Mas parabéns."

Ele fica de pé, e eu também. Trocamos um aperto de mão. "E sim", ele acrescenta. "Se tudo der certo, sim."

Olho para o relógio: 14h35. Sinto vontade de ligar para Bella, mas ela teve uma sessão hoje de manhã, e sei que deve estar dormindo.

Tento falar com David.

"Oi", ele diz. "Algum problema?"

Eu me dou conta de que nunca liguei para ele durante o expediente antes. Se preciso falar alguma coisa, sempre mando um e-mail, ou então espero.

"Problema nenhum."

"Ah...", ele começa, mas eu o interrompo.

"Aldridge me deu um caso que vai me tornar sócia júnior."

"Está brincando!", David responde. "Que incrível."

"São as mulheres da QuTe. Elas não querem vender agora, mas querem que eu cuide das questões jurídicas da empresa."

"Que orgulho de você", David diz. "Isso significa que você vai ter que ir para a Califórnia?"

"De vez em quando, provavelmente, mas ainda não falamos sobre isso. Estou empolgada porque é perfeito, sabe? Tipo, deu para sentir. Eu *sabia* que era a coisa certa para mim."

Escuto uma conversa ao fundo. David não responde imediatamente. "Sim", ele diz. "Que bom." E em seguida: "Espera um pouco".

"Eu?"

"Não", ele responde. "Não. Escuta só, eu preciso desligar.

Vamos comemorar hoje à noite. Pode ser onde você quiser. Manda um e-mail para Lydia, que ela faz a reserva." Ele desliga.

Fico me sentindo sozinha, uma sensação que se espalha como uma febre até afetar todo o meu corpo. Mas não deveria. David me dá apoio. Me incentiva e me entende. Quer que eu seja bem-sucedida. Se importa com a minha carreira. Está disposto a se sacrificar para que eu consiga o que quero. Sei que esse é o acordo que fizemos: não vamos atrapalhar a vida um do outro.

Mas, sentada atrás da minha mesa, percebo outra coisa. Estamos seguindo caminhos paralelos, David e eu. Indo sempre em frente, mas sem nunca nos tocarmos, por medo de tirar um ao outro do caminho que está seguindo. Como se, nos alinhando na mesma direção, nós nunca precisássemos ceder em nada. Mas rotas paralelas podem estar a centímetros de distância, ou então quilômetros. E ultimamente o espaço entre mim e David é absurdo. Só não percebemos porque ainda estamos olhando para o mesmo horizonte. Mas isso me faz pensar que quero alguém junto comigo no meu caminho. Quero que a gente se encontre.

Ligo para Lydia. Peço para ela fazer uma reserva no Dante, um café italiano no West Village que nós dois adoramos. Para as 19h30.

Capítulo 34

Chego ao restaurante — um café de esquina, pequeno e iluminado à luz de velas, com toalhas xadrez antiquadas nas mesas — e David já está lá, mexendo no celular. Está usando calça jeans e uma blusa de lã azul. O mundo dos *hedge funds* é menos formal que o banco onde ele trabalhava antes, e ele pode ir de jeans na maioria dos dias.

"Oi", digo.

Ele ergue os olhos e sorri. "Ei. O trânsito estava terrível, não? Estou tentando descobrir por que fecharam a Sétima Avenida. Fazia um tempão que eu não passava por lá. Desde que começamos a namorar."

David e eu fomos apresentados por meu antigo colega Adam. Nós trabalhávamos como assistentes no gabinete da promotoria. Os expedientes eram longos, o salário era uma merda e nenhum de nós dois era talhado para aquele tipo de ambiente.

Por uns seis meses, lembro que fui a fim de Adam. Ele era de Nova Jersey, gostava de sitcoms dos anos 70 e sabia como tirar um cappuccino da temperamental cafeteira do escritório. Passávamos bastante tempo juntos no trabalho, debruçados sobre a mesa e comendo o *ramen* de cinco dólares que comprávamos em um carrinho de comida na rua. Ele fez sua festa de aniversário em um bar que eu não conhecia — Ten Bells, no Lower East Side. Era escuro, iluminado à luz de velas. Com mesas de madeira e banquinhos. Comemos queijo, bebemos vinho e dividimos a conta que não tínhamos condição de pagar passando no cartão de crédito e rezando para algum dia conseguirmos cobrir o rombo.

David estava lá — bonitinho e meio calado — e se ofereceu para me pagar uma bebida. Ele trabalhava em um banco e tinha estudado com Adam. Eles moraram juntos no primeiro ano dos dois em Nova York.

Conversamos sobre os valores absurdos dos aluguéis, sobre a impossibilidade de achar comida mexicana decente em Nova York e nosso amor compartilhado por *Duro de matar*.

Mas eu ainda estava com a atenção voltada para Adam. Esperava que seu aniversário pudesse ser a noite em que a coisa iria rolar. Eu estava com uma calça jeans apertada e uma blusinha preta. Pensei que flertaríamos um pouco — ou melhor, que a gente *já* estivesse fazendo isso — e depois iríamos embora juntos.

Antes de encerrar a noite, Adam foi até nós e passou o braço por cima dos ombros de David. "Vocês deveriam trocar telefones", ele sugeriu. "De repente vocês podem se entender."

Lembro que fiquei arrasada. Com aquela sensação de que a cortina foi fechada e de que não tinha mais nada para mim no palco. Adam não estava na minha. Ele deixou isso muito, muito claro.

David soltou uma risadinha nervosa, enfiando as mãos nos bolsos. Depois falou: "O que você acha?".

Passei meu número para ele, que me ligou no dia seguinte, e saímos uma semana depois. Nosso relacionamento evoluiu devagar. Fomos beber, depois jantar, depois almoçar, depois ver uma peça na Broadway para a qual ele havia ganhado ingressos. Dormimos juntos nesse dia, no quarto encontro. Namoramos por dois anos antes de irmos morar juntos. Ficamos com todos os meus móveis de quarto e os da sala de estar dele, e abrimos uma conta conjunta para as contas de casa. Ele se encarregou de ir ao Trader Joe's porque eu achava — e ainda acho — que as filas são longas demais, e eu comprei o resto das coisas para a casa na Amazon. Nós íamos juntos a casamentos, dávamos jantares com comidas compradas fora e avançávamos nas nossas carreiras lado a lado. Nós estávamos assim, não? Lado a lado? Se basta estender o braço para segurar a mão do outro, a distância importa? O simples fato de saber que o outro está lá não é importante?

"Um cano estourou na esquina da rua 12", digo. Tiro o casaco e me sento, e o calor do restaurante começa a descongelar os meus ossos. Já estamos em pleno mês de novembro. O tempo virou de vez.

"Pedi uma garrafa de brunello", ele avisa. "A gente gostou da última vez que veio aqui."

David tem uma planilha com as melhores refeições que fazemos — ele anota o que bebemos e o que comemos — para referência futura. Está acessível em seu celular em todas as situações.

"David..." começo, soltando o ar com força. "A floricultura encomendou três mil gardênias."

"Para quê?"

"Para o casamento", respondo.

"Disso eu sei. Mas por quê?"

"Sei lá. Alguma confusão. Vão estar todas marrons antes de a gente conseguir bater uma foto sequer. Elas duram por, tipo, duas horas."

"Bom, se o erro foi deles, então deveriam cobrir os custos. Você conversou com eles?"

Pego meu guardanapo e ponho no colo. "Eu estava falando com eles no telefone, mas tive que desligar para resolver uma coisa no trabalho."

David dá um gole em sua água. "Eu cuido disso", ele diz.

"Obrigada." Eu limpo a garganta. "David", começo. "Vou te falar uma coisa, mas você não pode ficar bravo comigo."

"Não tenho como garantir isso, mas tudo bem."

"É sério."

"Pode falar", ele diz.

Solto o ar com força. "Talvez seja melhor adiar o casamento."

Ele me olha com uma expressão confusa, mas tem alguma outra coisa em seu rosto também. No fundo de seus olhos, atrás das pupilas e do nervo óptico, percebo o alívio. A confirmação de uma impressão. Porque ele percebeu, né? Já desconfiava que eu iria decepcioná-lo.

"Por que está me falando isso?", ele pergunta, sem perder a calma.

"Bella está doente", respondo. "Acho que não vai conseguir ir. Não quero me casar sem ela estar presente.

David assente. "Então está me dizendo o quê? Que quer mais tempo?" Ele sacode negativamente a cabeça.

"Vamos adiar até o próximo verão. Talvez dê para conseguir o lugar que queremos."

"Nós não queremos o lugar que reservamos?" David recosta na cadeira. Está irritado. Não é um sentimento muito frequente no caso dele. "Dannie. Eu preciso te perguntar uma coisa."

Eu fico imóvel. Escuto o vento zumbindo lá fora. Anunciando o congelamento iminente.

"Você quer mesmo se casar?"

O alívio se espalha pelas minhas veias aos poucos, como a água voltando a sair da torneira depois de um corte de fornecimento. "Sim", respondo. "Claro que quero."

Nosso vinho chega. Nós nos ocupamos com isso: primeiro com a abertura da garrafa, depois experimentando, depois servindo e brindando. David me parabeniza pela QuTe.

"Tem certeza?", ele pergunta, voltando ao assunto. "Porque às vezes eu acho que..." Ele sacode a cabeça. "Às vezes eu não tenho tanta certeza."

"Esquece o que eu falei", sugiro. "Foi besteira minha. Não deveria ter aberto a minha boca. Já está tudo arranjado."

"Sério?"

"Sim."

Nós fazemos nossos pedidos, mas mal tocamos na comida. Ambos sabemos o que está acontecendo. E eu deveria estar assustada, apavorada, mas o que fico pensando, o que me faz seguir em frente, é que ele não fez a outra pergunta, aquela que não consigo sequer conceber.

E se ela não sobreviver?

Capítulo 35

A quimioterapia está brutal. Muito, muito pior que o ciclo anterior. Bella está com dificuldade até para ficar de pé, e só sai de casa para ir à clínica. Passa a maior parte do tempo na cama, trocando e-mails com a equipe da galeria e acompanhando exposições de arte pela internet. Às vezes eu a visito de manhã. Svedka me deixa entrar, e fico sentada na beirada da cama, mesmo quando ela está dormindo.

Seus cabelos começaram a cair.

Meu vestido de noiva chegou. Serve direitinho. É até bonito. A vendedora tinha razão, o decote não é tão ruim quanto eu pensava.

David não fala comigo sobre o casamento há uma semana. Há uma semana, estou ignorando os e-mails de Nathaniel, não atendendo a telefonemas e deixando de fazer os cheques de depósito antecipado aos fornecedores. Então chego do trabalho e vejo David sentado à mesa da sala de jantar, com uma tigela de massa e duas saladas diante dele.

"Ei", ele diz. "Senta aqui." *Ei. Senta aqui.*

Aldridge diz que eu tenho uma boa intuição, mas sempre achei essa história de pressentimento o maior papo furado. Nossos sentimentos são só uma absorção dos fatos. Uma ava-

226

liação das informações disponíveis — as palavras, a linguagem corporal, o ambiente, a proximidade do corpo de um veículo em movimento — e a conclusão decorrente disso. Não é meu instinto que me leva a sentar à mesa sabendo o que está por vir. É a verdade dos fatos.

Eu me sento.

A massa parece fria. Está aí faz tempo.

"Desculpa o atraso."

"Você não está atrasada para nada", ele responde. E tem razão. Não marcamos nada para esta noite, e são só oito e meia. É a hora em que costumo chegar.

"A comida parece boa", digo.

David solta um suspiro. Pelo menos não vai me fazer esperar.

"Escuta só", ele começa. "A gente precisa conversar."

Eu me viro para ele, que parece cansado, distante e frio como a comida à nossa frente.

"Certo", respondo.

"Eu..." Ele sacode a cabeça. "Não acredito que sou eu quem vai dizer isso." Seu tom de voz soa um tanto amargurado.

"Me desculpa."

Ele me ignora. "Você tem ideia de como estou me sentindo?"

"Não", admito. "Não mesmo."

"Eu te amo", ele diz.

"Eu também te amo."

Ele sacode a cabeça de novo. "Eu te amo, mas estou cansado de ser uma pessoa que está na sua vida, mas não... ah, que se foda, não está no seu coração."

Sinto o baque fisicamente. Como um soco na parte mais frágil do meu corpo.

"David", eu digo. Meu estômago se contrai. "Você está, sim."

Ele faz que não com a cabeça. "Você pode até me amar, mas nós dois sabemos que não quer se casar comigo."

Escuto as palavras de Bella saindo da boca de David. *Você não é apaixonada por ele.*

"Como é que você pode dizer uma coisa dessas? Estamos noivos, e planejando nosso casamento. Estamos juntos há sete anos e meio."

"E comprometidos há cinco. Se quisesse se casar comigo, já teria feito isso."

"Mas a Bella..."

"A questão aqui não é a Bella!", ele interrompe, elevando o tom de voz, outra coisa que nunca faz. "Não é. Se fosse... Minha nossa, Dannie, eu estou sofrendo muito com tudo isso. Sei o que ela significa para você. E gosto muito dela também. Só o que estou dizendo é que... a questão não é essa. Nada disso está acontecendo porque ela ficou doente. A coisa já vinha se arrastando muito antes disso."

"A gente vive ocupado", argumento. "Com o trabalho. Com a vida. E isso vale para os *dois*."

"Eu fiz o pedido!", David rebate. "Você sabia o que eu queria. Tentei ser paciente. Quanto tempo eu ainda vou ter que esperar?"

"Até o verão", respondo. Ponho um guardanapo sobre o colo. Me concentro no meu plano. "O que é que custa esperar mais seis meses?"

"Porque não vão ser só mais seis meses", ele diz. "No verão vai acontecer outra coisa, vai aparecer outro motivo."

"Não vai, não!", insisto.

"Vai, sim! Porque na verdade você não quer se casar comigo."

Meus ombros tremem. Percebo que estou chorando. Lágrimas escorrem pelo meu rosto em linhas geladas. "Quero, sim."

"Não", ele diz. "Você não quer." Mas ele diz isso olhando para mim, e eu posso ver que ele não está totalmente convencido do seu próprio argumento.

Ele está me pedindo provas de que está errado. E não tenho como oferecer nenhuma. Sei que, se quisesse, eu conseguiria convencê-lo. Poderia continuar chorando. Me jogar em seus braços. Dizer tudo o que ele precisa ouvir. Falar uma porção de coisas. Que é meu sonho me casar com ele. Que cada vez que o vejo sinto um frio na barriga. Poderia mencionar as coisas que mais adoro nele: os cabelos cacheados, o peito sempre quente, e como me sinto bem sabendo que ele me guarda em seu coração.

Mas não posso. Seria mentira. E ele merece coisa melhor que isso — merece tudo. Isso é a única coisa que tenho para oferecer para ele. A verdade. Finalmente.

"David", começo. "Eu não entendo por quê. Você é perfeito para mim. Adoro a nossa vida juntos, mas..."

Ele se recosta na cadeira. Larga o guardanapo sobre a mesa. Está jogando a toalha.

Ficamos em silêncio por um tempo que parece se estender por vários minutos. O relógio na parede avança em seu tique-taque. Sinto vontade de jogá-lo pela janela. Pare. Pare. Pare de nos empurrar para o futuro. O que vem pela frente é o que há de mais terrível.

O momento se estende tanto que ameaça romper. Por fim, resolvo falar. "E agora?", pergunto.

David empurra a cadeira para trás. "Agora você vai embora", é sua resposta.

Ele vai para o quarto e fecha a porta. Pego a comida e, sem pensar muito no que estou fazendo, guardo de volta nas embalagens. Lavo os pratos. Guardo tudo.

Em seguida me sento no sofá. Sei que não posso estar aqui quando amanhecer. Pego o celular.

"Dannie?" A voz dela está sonolenta, mas ainda firme, quando atende. "O que foi?"

"Posso ir para aí?", pergunto.

"Claro."

Percorro o trajeto de vinte quarteirões para o sul. Ela está no sofá quando chego lá, não na cama. Com uma bandana colorida no cabelo e a TV ligada em uma reprise de *Seinfeld*. Coisas reconfortantes.

Largo minha bolsa e vou até ela. E logo em seguida começo a chorar. De soluçar.

"Shhh", ela diz. "Está tudo bem. Seja qual for o problema, está tudo bem."

Ela está enganada, claro. Não está nada bem. Mas me sinto melhor sendo reconfortada por ela. Bella passa as mãos nos meus cabelos, massageia as minhas costas com movimentos circulares. Me acalma e me consola de um jeito que só ela sabe.

Eu já a abracei assim tantas vezes. Depois de vários rompimentos amorosos e decepções familiares, mas agora sinto que entendi tudo errado. Pensei que eu fosse a protetora. Que ela fosse volúvel, irresponsável e frívola. Que era minha função protegê-la. Que eu era a pessoa forte da relação, um contraponto à fraqueza e à instabilidade dela. Mas estava errada. A pessoa forte não era eu, e sim ela. Porque força é isso — correr riscos, sair do caminho predeterminado, tomar decisões baseadas não em fatos, mas em sentimentos. E isso me dói. É como se houvesse um tornado devastando minha alma. Não sei se vou conseguir sobreviver.

"Você vai ficar bem", ela me diz. "Na verdade já está."

E só depois que ela me responde percebo que tinha falado tudo aquilo em voz alta. Continuamos assim, eu no corpo dela, que está debruçada sobre mim, pelo que parecem ser horas. Ficamos por tempo suficiente para tentar capturar, encapsular e guardar a sensação. Reter o suficiente para levar pelo resto da vida.

O amor não precisa de um futuro.

Por um momento, nós deixamos de lado o que vem pela frente.

Capítulo 36

Me mudo para o apartamento de Bella na primeira semana de dezembro. O quarto de hóspedes ainda tem nuvens nas paredes. Aaron me ajuda com as caixas. Não encontro David. Deixo um bilhete sobre a mesa depois que tiro minhas coisas. David pode comprar a minha parte ou podemos vender o apartamento, o que ele quiser.

Lamento muito, digo.

Não espero nenhum contato, mas recebo um e-mail dele três dias depois para tratar de algumas questões logísticas. E na assinatura: *Por favor me mantenha informado sobre Bella. David.*

Todo aquele tempo, aqueles anos, aqueles planos, tudo se perdeu. Somos como desconhecidos agora. Não consigo acreditar.

Hospital. Trabalho. Casa.

Bella e eu estamos juntinhas na cama dela. Devoramos milhares de comédias românticas como se fossem pipoca enquanto ela fica deitada, às vezes fraca demais até para virar a cabeça para o lado. Ela não tem mais apetite. Encho tigelas e tigelas de sorvete até a borda para ela. Acaba tudo derretido. Jogo as sobras leitosas no ralo.

"Aftas, feridas abertas, gosto de bile", ela murmura para mim, tremendo sob os cobertores.

"Não", eu digo.

"Substâncias químicas fluindo pelas minhas veias, fazendo parecer que estão cheias de fogo, garras na minha coluna, apertando meus ossos, estalando.

"Ainda não", digo.

"Gosto de vômito, a sensação do fogo subindo pela minha pele. Está cada vez mais difícil de respirar."

"Para", eu peço.

"Eu sabia que a parte da respiração ia acabar com você", ela diz.

Chego mais perto dela. "Vou ficar do seu lado o tempo todo", garanto.

Ela me encara. Com olhos vazios e assustados. "Não sei por quanto tempo vou aguentar", ela comenta.

"Você consegue", respondo. "Tem que conseguir."

"É um desperdício", ela diz. "Estou desperdiçando o tempo que me resta."

Penso em Bella. Em sua vida. Largando a faculdade. Mudando para a Europa por puro capricho. Se apaixonando, seguindo em frente. Começando projetos e largando pela metade.

Talvez ela soubesse. Talvez ela soubesse que não havia tempo a perder, que ela não conseguiria fazer as coisas passo a passo, construir tudo aos poucos. Que sua trajetória linear só chegaria até a metade.

"Não está, não", respondo. "Você está aqui. Está bem aqui."

Aaron dorme com ela à noite. Junto com Svedka, nos deslocamos pelo apartamento, coreografando nossa dança silenciosa de apoio.

Chego um dia do trabalho e vejo que as caixas no meu quarto não estão mais lá. Minhas roupas, meu robe de banho, tudo.

Bella está dormindo, como faz na maior parte do dia. Svedka entra e sai do quarto dela, sem nada nas mãos.

Ligo para Aaron.

"Oi", ele diz. "Onde você está?"

"Em casa. Mas as minhas coisas não estão aqui. Você levou as minhas caixas para o depósito?"

Aaron fica em silêncio. Escuto sua respiração do outro lado da linha. "A gente pode se encontrar em algum lugar?", ele pergunta.

"Onde?"

"No número 37 da Bridge Street."

"O apartamento", digo. Sinto um aperto dentro de mim, logo atrás do esterno, onde estaria minha intuição, caso eu acreditasse na existência dela.

"Pois é."

"Não", respondo. "Não posso. As minhas coisas sumiram, e eu preciso..."

"Dannie, por favor", diz Aaron. De repente, ele parece estar muito distante. Em outro país, em outra década. "É um pedido de Bella."

Como eu posso dizer não?

Quando chego lá, Aaron está na rua, do lado de fora do prédio, fumando um cigarro.

"Não sabia que você fumava", comento.

Ele olha para o cigarro nos dedos como se não soubesse que estava ali. "Eu também não."

Na última vez que estivemos aqui era verão, estava tudo cheio de vida. O rio estava cheio e verde e se expandindo. Agora... a metáfora é triste demais para eu conseguir suportar.

"Obrigado por ter vindo", ele diz. Está usando um paletó aberto, apesar do frio. Mal consigo enxergar com o gorro na cabeça e o cachecol no rosto.

"O que você quer falar comigo?", pergunto.

Ele joga o cigarro no chão e apaga com o pé. "Vou mostrar para você."

Atravesso com ele aquela porta já conhecida, para dentro do prédio com o elevador velho e instável.

Na porta do apartamento, ele pega as chaves. Tenho vontade de arrancá-las da mão dele. Impedi-lo de fazer o que ele faz em seguida. Mas congelo. Sinto que não consigo mexer os braços. E quando a porta se abre, vejo tudo, disposto à minha frente como o interior do meu coração.

A reforma, exatamente como estava. A cozinha. Os banquinhos. A cama perto da janela. As poltronas de veludo azul.

"Bem-vinda à sua casa", ele murmura.

Olho para ele. Aaron está sorrindo. Não vejo ninguém assim feliz há meses.

"É a sua nova casa", ele explica. "Bella e eu trabalhamos aqui por meses. Ela queria reformar para você."

"Para mim?"

"Bella conheceu este lugar um tempão atrás, quando eu fui contratado para reformar o prédio. E ficou encantada com a distribuição do espaço, a luz natural, a vista, a estrutura do antigo galpão. Disse que sabia que o seu lugar era aqui." Ele sorri. "E você conhece Bella, quando ela quer uma coisa, não tem jeito. E acho que esse projeto ajudou. Foi uma atividade criativa para ela se dedicar."

"Ela fez tudo isso?", pergunto.

"Ela escolheu tudo", ele informa. "Do chão até o teto. Mesmo quando vocês estavam brigadas."

Circulo pelo apartamento como se estivesse em transe. É tudo exatamente como na minha lembrança. Está tudo aqui. Tudo virou realidade.

Eu me viro para Aaron, que está parado com os braços cruzados no meio do apartamento. De repente, parece que o mundo está girando ao nosso redor. Como se fôssemos o sustentáculo de tudo e o resto das coisas se desenrolasse de acordo com os nossos movimentos a partir daqui.

Vou até ele. Chego mais perto. Até demais. Ele não se mexe.

"Por quê?", pergunto.

"Ela ama você", ele diz.

Balanço negativamente a cabeça. "Não. Por que você?"

Eu sempre achei que o presente determinasse o futuro. Que, se eu trabalhasse muito e sem parar, conseguiria o que quero. O emprego, o apartamento, a vida que desejo. Que o futuro era apenas um punhado de argila esperando o presente dizer que forma ele deveria tomar. Mas isso não é verdade. Não tem como ser. Porque fiz tudo certo. Fiquei noiva de David. Mantive distância de Aaron. Pedi para Bella esquecer o apartamento. E mesmo assim minha melhor amiga está deitada na cama do outro lado do rio, com menos de quarenta quilos, lutando para se manter viva. E eu estou aqui, no lugar dos meus sonhos.

Ele pisca algumas vezes, confuso. E então parece não estar mais. E é como se tivesse entendido minha pergunta, e eu o vejo descruzar os braços, se abrindo para o que realmente perguntei.

Com gestos lentos e suaves, como se estivesse com medo de me queimar, ele põe as mãos no meu rosto em resposta. Estão geladas. Com cheiro de cigarro. E trazem a forma mais profunda e verdadeira de alívio. Como encontrar água depois de setenta e três dias no deserto.

"Dannie", ele diz. Só o meu nome. Apenas uma palavra.

Ele cola os lábios aos meus, e quando nos beijamos eu me esqueço de tudo. Tenho vergonha de admitir que tudo desaparece neste beijo. Bella, o apartamento, os últimos cinco meses e meio, a aliança no dedo dela. Nada disso existe.

É só nisto que consigo pensar, é só isto que consigo sentir. Essa percepção de que tudo, inacreditavelmente, virou verdade.

Capítulo 37

Ele se afasta primeiro. Baixa as mãos. Nós nos encaramos, com a respiração acelerada. Meu casaco está no chão, caído como um corpo após um acidente. Desvio o olhar para recolhê-lo do chão.

"Eu...", ele começa. Fecho os olhos. Não quero ouvir um pedido de desculpas. E ele não faz isso. Deixa tudo no ar.

Vou até a parede. Sei o que vou encontrar, mas quero ver mesmo assim. A prova final. Lá está, pendurado na parede, o presente que Bella me deu de aniversário: EU ERA JOVEM E PRE-CISAVA DO DINHEIRO.

"Não sei o que dizer", Aaron fala de algum lugar atrás de mim.

Continuo de costas para ele. "Tudo bem", respondo. "Eu também não."

"Tudo isso...", ele continua. "É muito errado. Nada disso deveria estar acontecendo."

Ele está certo, claro. Não deveria mesmo. Mas o que poderíamos ter feito de diferente? Como evitar isto? Este final impossível, inimaginável.

Eu me viro e olho para ele. Seu rosto é dourado e reluzente. Essa coisa que existia entre nós agora se manifestou.

"É melhor você ir", digo. "Ou então eu."

"Eu vou", ele se prontifica.

"Certo."

"Suas coisas estão todas guardadas. Bella contratou uma pessoa para arrumar o closet. Está tudo aqui."

"O closet."

O celular dele toca nesse momento, desordenando as moléculas do ar, nos arrancando do momento. Ele atende.

"Oi", ele diz, todo gentil. Gentil até demais. "Sim, sim. Estamos aqui. Espera um pouco."

Ele estende o celular para mim. Eu pego.

"Oi", digo.

A voz de Bella é suave e animada. "E então?", ela pergunta. "Gostou?"

Minha vontade é de chamá-la de louca, de dizer que não posso aceitar, que ela não pode me dar um apartamento de presente. Mas que diferença faria? Claro que ela pode. Tanto que fez. "Isso é uma maluquice total", digo. "Não estou acreditando no que você fez."

"Gostou das poltronas? Que tal a cozinha? Greg mostrou a pia com os azulejos verdes?!"

"É tudo perfeito", respondo.

"Eu sei que os banquinhos são meio modernos para você, mas acho que ficou bom. Acho que..."

"Está perfeito."

"Você vive me dizendo que nunca termino nada", ela comenta. "Eu queria terminar isso. Para você."

As lágrimas escorrem pelo meu rosto. Nem sabia que eu estava chorando. "Bells. Está incrível. Muito lindo. Eu jamais imaginaria. Nunca mesmo... Estou em casa."

"Eu sei", ela responde.

Queria que ela estivesse aqui. Para cozinharmos nessa cozinha, fazendo uma lambança com os ingredientes, correndo até o mercado da esquina porque não temos essência de baunilha ou moedor de pimenta. Quero me divertir com ela

237

naquele closet, escolhendo o que vou vestir. Quero que ela durma aqui comigo, nós duas naquela cama, em segurança, juntinhas. O que poderia acontecer com ela estando comigo? O que poderia afetá-la se eu nunca tirasse os olhos dela?

Mas entendo que isso não vai acontecer. Entendo, estando aqui agora, nesta manifestação de um sonho e de um pesadelo, que eu vou estar aqui, na casa que ela construiu para mim, mas sozinha. Estou aqui porque ela não vai estar. Porque ela precisava me dar uma coisa em que me ancorar, para me proteger. Literalmente, um teto sobre minha cabeça. Um abrigo contra a tempestade.

"Eu te amo", digo para ela. De todo o coração. "Eu te amo demais."

"Dannie", ela fala. Fico escutando sua voz ao telefone. Bella. Minha Bella. "Para sempre."

Aaron vai embora. Eu circulo pelo apartamento, passando os dedos por todas as superfícies. Os azulejos verdes da pia, a porcelana branca da banheira. Com pés de metal. Olho as coisas na cozinha: os armários cheios de massa, vinho, uma garrafa de Dom gelando, à espera de ser aberta. Abro o armarinho do banheiro com os meus cosméticos, o closet com as minhas roupas. Passo a mão pelos vestidos. Um está virado para a frente. Já sei qual é. Tem um bilhetinho preso. *Use este*, diz a mensagem. *Sempre gostei dele em você.*

Está escrito na letra dela. Sua caligrafia cheia de curvas.

Abraço o vestido contra o peito. Vou até a janela, bem ao lado da cama. Olho para aquela vista. A água, a ponte, as luzes. Manhattan sobre a água, brilhando como uma promessa de felicidade. Penso em toda a vida que existe na cidade, todas as decepções, todos os amores. Penso no que perdi por lá, naquela ilha reluzindo ao longe diante de mim.

Capítulo 38

Tudo acontece depressa, e então desacelera. Afundamos rapidamente, e então passamos a existir no fundo do oceano por oito dias, um período impossível de tempo respirando apenas água.

Bella interrompe o tratamento. O dr. Shaw conversa conosco; conta o que já sabemos, o que já vimos de perto com nossos próprios olhos — não adianta mais, ela só está ficando pior, e precisa ficar em casa. Ele se mantém calmo e comedido, e eu morro de raiva, sinto vontade de bater sua cabeça na parede. Quero gritar com ele. Preciso de alguém para culpar, alguém que seja responsável por tudo isso. Porque quem é? O destino? O inferno que vivemos é obra de alguma intervenção divina? Que tipo de monstro decidiu que esse é o final que merecemos? Que ela merece?

A doença se alastra, chega aos pulmões. Ela acaba no hospital. Eles removem o líquido. Mandam Bella de volta para casa. Ela mal consegue respirar.

Jill não está lá. Está em um hotel na Times Square, e na sexta-feira me vejo colocando minhas botas e um casaco e deixando Bella e Aaron sozinhos no apartamento. Vou andando até Midtown Manhattan, sob as luzes da Broadway — toda aquela gente. Pessoas que estão indo ao teatro, para ver um espetáculo. Talvez estejam comemorando alguma coisa. Uma promoção, uma viagem à cidade. Vão lotar a plateia de um musical animado ou da peça de alguma celebridade. Elas vivem em um outro mundo. Nós não nos encontramos. Não nos enxergamos mais.

Eu a encontro no bar do W Hotel. Não sabia qual era a minha ideia, o que faria quando chegasse lá — ligaria para o celular dela? Pediria o número de seu quarto? Mas não preciso fazer nada. Ela está no saguão, com um martíni de vodca no balcão.

Sei que é vodca porque é isso que Bella toma. Jill nos deixava tomar uns goles de sua bebida quando éramos bem novinhas, e depois preparava drinques para nós, quando ainda éramos menores de idade.

Ela está com um terninho laranja, com uma camisa de seda e um lenço no pescoço, e sinto minha raiva borbulhar porque a mãe de Bella ainda tem energia para se vestir assim. Para usar acessórios. Para ainda acreditar que isso faz alguma diferença.

"Jill."

Ela leva um susto quando me vê. A taça de martíni quase cai.

"Como foi que... está tudo bem?"

Penso nessa pergunta. E quase dou risada. Como responder? A filha dela está morrendo.

"Por que você não está lá?", questiono.

Ela não aparece há quarenta e oito horas. Continua ligando para Aaron, só que não está mais presente fisicamente.

Jill arregala os olhos. Sua testa não se move. Um efeito das injeções, do remédio que ela tem a sorte de escolher usar sem que suas células estejam se transformando em um monstro se multiplicando dentro de seu corpo.

Eu me sento ao seu lado. Estou usando uma legging e um moletom velho da UPenn, uma roupa de David que ficou comigo — no fim das contas.

240

"Quer uma bebida?", ela pergunta. Um barman fica por perto.

"Um martíni com gim", eu me pego dizendo. Não estava pretendendo ficar. Só falaria o que queria, viraria as costas e iria embora.

Meu drinque não demora a chegar. Ela me olha. Está esperando ser repreendida? Tomo um gole rápido e coloco a taça no balcão.

"Por que você está aqui?", questiono. É a mesma pergunta, mas com outro sentido. O que você está fazendo aqui nesta cidade? Por que está neste hotel, longe da sua filha?

"Quero ficar perto dela", ela afirma, sem emoção.

"Ela está...", começo, mas não consigo terminar. "Ela precisa de você lá."

Jill sacode a cabeça. "Eu já estava indo", ela responde.

Ela está mandando entregar comida no apartamento, contratando gente para ir fazer faxina. Na segunda-feira, apareceu com flores, perguntando onde estavam as tesouras de poda.

"Não consigo entender", continuo. "Onde está Frederick?"

"Na França", ela responde simplesmente.

Sinto vontade de gritar. De esganá-la. Quero entender *como, como, como*. É *Bella*.

Tomo mais um gole.

"Eu me lembro de quando você e Bella se conheceram", ela diz. "Foi amor à primeira vista."

"Aquele parque", respondo.

Bella e eu não nos conhecemos na escola, e sim em um parque em Cherry Hill. Estávamos em um piquenique de Quatro de Julho. Meus primos moravam em Nova Jersey e estavam nos recebendo. Nós quase nunca íamos lá. Eles eram conservadores em relação ao judaísmo reformista e nos julgavam por nossas escolhas religiosas. Por alguma razão não tínhamos viajado para a praia, então passamos lá.

Bella e sua família estavam no mesmo parque, apesar de,

como nós, morarem a quarenta quilômetros dali. Tinham ido a uma confraternização do trabalho de Frederick — uma espécie de churrasco da empresa. Nós nos conhecemos perto de uma árvore. Ela estava usando um vestido azul de renda e tênis brancos, com uma faixa vermelha nos cabelos. Era como uma garotinha francesa. Me lembro de ter achado que ela tinha sotaque, mas na verdade não. Eu só nunca tinha conversado com ninguém que não era da Filadélfia antes.

"Ela não parava de falar de você. Estava com medo de vocês nunca mais se verem, então a colocamos na Harriton."

Dou uma encarada nela. "Como assim, a colocaram na Harriton?"

"Não sabíamos se ela ia conseguir fazer amizade. Mas, assim que vocês se conheceram, nós sabíamos que não poderíamos separar as duas. Sua mãe falou que você ia estudar na Harriton, então a matriculamos também."

"Por minha causa?"

Jill solta um suspiro. Ela ajusta o lenço no pescoço. "Eu não fui uma boa mãe, sei muito bem disso. Nem ao menos razoável. Às vezes acho que a única coisa boa que proporcionei a ela foi você."

Sinto as lágrimas brotando nos meus olhos. Estão ardendo. Como se houvesse abelhas picando minhas pálpebras. "Ela precisa de você", digo.

Jill sacode a cabeça. "Você a conhece muito melhor que eu. O que eu tenho a oferecer para ela neste momento?"

Eu me inclino para a frente e seguro sua mão. Ela se assusta com o contato. Fico me perguntando há quanto tempo ninguém a tocava.

"Você."

Capítulo 39

Jill vai para casa junto comigo. Fica parada na porta, e escuto a voz de Bella: "Dannie? Quem é?".

"É a mamãe", Jill responde.

Eu deixo as duas sozinhas.

Saio um pouco. Dou uma caminhada. Quando minha mãe liga, eu atendo.

"Dannie, como é que ela está?"

E, assim que ouço a voz dela, começo a chorar. Pela minha melhor amiga, que, em um apartamento aqui perto, está lutando pelo direito de respirar. Pela minha mãe, que conhece essa perda bem demais. O tipo errado de perda. O tipo que ninguém deveria sofrer. Pelo relacionamento que perdi, um casamento, um futuro que nunca vai se concretizar.

"Ah, querida", ela diz. "Ah, eu sei como é."

"David e eu terminamos", conto.

"Vocês terminaram", ela diz, sem parecer surpresa, e seu tom não é de pergunta. "O que aconteceu?"

"A gente não se casou", explico.

"Pois é. Vocês não se casaram."

Ficamos em silêncio por um instante.

"Você está bem?"

"Na verdade não sei."

"Bom", ela diz. "Existe coisa pior. Quer que eu te ajude com alguma coisa?"

É só uma pergunta, uma que ela já fez um monte de vezes ao longo da minha vida. Quer que eu te ajude com a lição de casa? Quer que eu te ajude com a prestação do carro? Quer que eu te ajude a levar as roupas lavadas lá para cima?

Ela já me ofereceu ajuda tantas vezes na vida que acabei esquecendo como isso era importante. Agora vejo como o amor estava tão presente na minha vida que eu podia me dar ao luxo de não pensar a respeito. Mas agora isso é impossível.

"Sim", eu respondo.

Minha mãe se compromete a mandar um e-mail para David para tentar conseguir todos os reembolsos que pudermos. Ela vai se encarregar das tratativas e dos telefonemas. Minha mãe sempre me ajuda. É assim que ela é.

Volto para o apartamento. Jill foi embora. Aaron está em outro cômodo. Trabalhando, talvez. Eu não o vejo. Da porta do quarto, noto que Bella está acordada.

"Dannie", ela murmura. Seu tom de voz é bem leve.

"Sim?"

"Vem cá", ela diz.

Eu vou. Me acomodo ao lado dela na cama. É doloroso olhar para ela. Bella está pele e osso. Suas curvas, suas carnes, a maciez e o mistério que sempre fizeram parte do seu corpo — tudo isso se foi.

"Sua mãe foi embora?", pergunto.

"Obrigada", ela diz.

Eu não respondo. Só entrelaço os meus dedos com os seus.

"Você lembra das estrelas?", ela pergunta.

A princípio acho que ela está falando das noites na praia. Ou que está só falando por falar. Que está enxergando alguma coisa que não sou capaz de ver.

"Estrelas?"

"No seu quarto", ela explica.

"Os adesivos no teto", eu me dou conta.

"Lembra que a gente tentava contar?"

"A gente nunca conseguia", digo. "Não dava para diferenciar uma da outra."

"Eu sinto saudade disso."

Seguro sua mão inteira agora. E minha vontade é envolver seu corpo todo. Abraçá-la. Colar seu corpo ao meu, para que ela não consiga ir a lugar nenhum.

"Dannie", ela diz. "Precisamos conversar sobre uma coisa."

Eu não falo nada. Sinto as lágrimas escorrendo pelo meu rosto. Parece estar tudo úmido. E frio. Encharcado. E nunca mais vai voltar ao normal.

"Sobre o quê?", pergunto, me fazendo de boba. Desesperada.

"Eu estou morrendo."

Me viro para ela, porque Bella mal consegue se mexer a esta altura. Seus olhos encontram os meus. Os mesmos olhos de sempre. Os que amei por tanto tempo. Ainda estão aqui. Ela ainda está aqui. E é impossível aceitar que não vai estar.

Mas não vai mesmo. Em breve, não vai estar mais aqui. Ela está morrendo. E eu não posso deixar de encarar esse fato. Tenho a obrigação de ser sincera com ela.

"Eu desaconselho você a fazer isso", digo. "Não é uma boa decisão."

Ela cai na risada, mas em seguida começa a tossir. Seus pulmões estão cheios de líquido.

"Desculpa", digo. Verifico seu equipamento de controle de analgesia. E dou um tempinho para ela se recuperar.

"Eu sinto muito", ela responde.

"Não, Bella, por favor."

"Não", ela insiste. "Eu sinto muito mesmo. Queria estar sempre ao seu lado em tudo."

"Mas você ficou", digo. "Você sempre esteve ao meu lado."

"Mas não em tudo", Bella murmura. Sinto sua mão procurar a minha sob as cobertas, e a seguro. "No amor."

Penso em David, em nosso antigo apartamento, e nas palavras de Bella: *Porque é assim que você me ama*.

"É uma coisa que você nunca teve", ela explica. "E eu quero que você encontre."

"Você está enganada", eu digo.

"Não estou, não", ela insiste. "Você nunca se apaixonou de verdade. Nunca teve seu coração partido."

Penso em Bella no parque, Bella na escola, Bella na praia. Bella deitada no chão do meu primeiro apartamento em Nova York. Bella com uma garrafa de vinho na chuva. Bella na escada de incêndio às três da manhã. A voz de Bella na noite de Ano-Novo, do outro lado da linha, em Paris. Bella. Sempre ela.

"Sim", murmuro. "Já tive, sim."

Ela respira fundo e olha para mim. Eu vejo tudo. Nossa amizade se desenrolando ao longo dos anos. As décadas passadas. As décadas por vir — e sem ela.

"Não é justo", ela diz.

"Não mesmo."

Sinto a exaustão dela se abater sobre nós duas como uma onda. Nos arrastando para baixo. Sua mão para de apertar a minha.

Capítulo 40

Acontece na quinta-feira. Estou dormindo. Aaron está no sofá. Jill e a enfermeira estão ao lado dela. Os sofridos e inacreditavelmente longos últimos momentos — eu perdi isso. Estava no apartamento, a poucos metros de distância, mas não ao lado dela. Quando acordo, ela não está mais lá.

Jill toma as providências necessárias para o funeral. Frederick volta ao país. Eles ficam obcecados com a questão das flores. Frederick quer que seja em uma catedral. Com uma orquestra de câmara. Onde contratar um coro de hinos religiosos em Manhattan?

"Isso não está certo", Aaron comenta. Estamos no apartamento dela, tarde da noite, dois dias depois de sua partida. Estamos bebendo vinho. Bastante vinho. Faz quarenta e oito horas que não consigo ficar sóbria. "Ela não ia querer isso." Ele está falando do funeral, acho, mas talvez não. Talvez esteja se referindo à coisa toda. E estaria certo de qualquer maneira.

"Então vamos fazer como ela gostaria", digo, decidindo por ele. "Nossa própria cerimônia."

"Uma celebração da vida?"

Ponho a língua para fora ao ouvir isso. Não quero celebrar nada. É tudo injusto demais. É tudo o que não deveria ter sido.

Mas Bella amava a vida, até o fim. Amava a maneira como vivia. Amava sua arte, e suas viagens e seu *croque monsieur*. Amava Paris nos fins de semana e Marrocos nos dias de semana e Long Island ao pôr do sol. Amava seus amigos; amava reunir todos; amava circular pela sala repondo a bebida nos copos, fazendo todo mundo prometer que ficaria até bem tarde. Ela ia querer isso.

"Certo", eu digo. "Tudo bem."

"Onde?"

Em algum lugar alto, acima de tudo, com um terraço. Algum lugar com vista para a cidade que ela tanto amava.

"Você ainda tem aquela chave?", pergunto a Aaron.

Dois dias depois, 15 de dezembro. Suportamos o funeral. Suportamos os parentes e os discursos. Suportamos o fato de sermos relegados ao segundo plano, para dizer o mínimo. *Vocês são da família?*

Suportamos a logística da coisa. A pedra, o fogo, os documentos. Os papéis e os e-mails e os telefonemas. *O quê?*, as pessoas diziam. *Não pode ser. Eu nem sabia que ela estava doente.*

Frederick vai manter a galeria aberta. Vão contratar alguém para administrar. O nome dela vai ser mantido. *O apartamento não é a única coisa que você levou adiante até ficar pronta*, sinto vontade de dizer a ela. Por que não me dei conta disso? Bella se dedicava muito àquele lugar. Por que não falei isso para ela? Sinto vontade de dizer tudo agora, fazendo um inventário de sua vida, mostrando que entendo tudo — tudo o que ela deixou concluído.

Nós nos reunimos ao entardecer. Berg e Carl, que conhecemos aos vinte e poucos anos em Nova York. Morgan e Ariel. As meninas da galeria. Dois amigos de Paris e algumas amigas da época da faculdade. O pessoal de um sarau de que ela participava. Pessoas que a amavam, a admiravam, e conheceram aspectos diferentes de sua alma efervescente e pulsante.

Nós nos reunimos naquele pequeno terraço, tremendo, encapotados, mas sentindo a necessidade de estar ao ar livre. Morgan enche de novo minha taça de vinho. Ariel limpa a garganta.

"Eu gostaria de ler uma coisa", ela diz.

"Claro", respondo.

Nós nos juntamos em um semicírculo.

Ariel é mais tímida e mais reservada que Morgan. Ela começa a falar.

"Bella me mandou um poema um mês atrás. Me pediu para ler. Era uma grande artista visual, mas também uma ótima escritora. Era..." Ela sacode a cabeça. "Enfim, eu gostaria de compartilhar isso com vocês esta noite."

Ela limpa a garganta e começa a ler:

Há um pedaço de terra que existe
Além do mar e do céu.

Fica atrás das montanhas,
Depois das colinas —

Com sua extensão verdejante
Que chega até o paraíso.

Eu estive lá, com você.

Não é grande, mas também não é pequeno.
Talvez tenha espaço para construir uma casa,
Mas nós nunca cogitamos isso.

Que sentido teria?
Nós já vivemos lá.

Quando a noite cai
E a cidade silencia,

Eu estou lá, com você.

Nossos meses de risos, sem preocupações
Além da única coisa que importa.

E o que é essa coisa?, eu pergunto.

Isto, você diz. Eu e você, aqui.

Ficamos em silêncio depois que ela termina. Eu conheço esse lugar. É um campo verdinho, cercado de montanhas e neblina, atravessado por um rio. É um lugar silencioso e pacífico e eterno. É aquele apartamento.

Aperto meu casaco com mais força em torno do corpo. Está frio, mas é um frio gostoso. Me faz lembrar pela primeira vez em uma semana que estou aqui, que sou de carne e osso, que sou real. Berg é quem assume a palavra a seguir. Ele lê um trecho de Chaucer, uma estrofe que era a favorita dela na época de pós-graduação, impostando a voz. Todo mundo dá risada.

Trouxemos champanhe e os cookies favoritos dela, de uma confeitaria na Bleecker Street. Tem também pizza do Rubirosa, mas ninguém comeu. Precisamos que ela volte, sorrindo, cheia de vida, para devolver nosso apetite.

Por fim, chega a minha vez.

"Obrigada a todos por terem vindo", digo a eles. "Greg e eu sabíamos que ela iria gostar de reunir as pessoas que amava de um jeito menos formal."

"Apesar de adorar black-tie", Morgan comenta.

Nós rimos. "É verdade. Ela era um espírito livre e em constante movimento que tocou a todos nós. Sinto saudade dela", complemento. "E sempre vou sentir."

O vento sopra com força na cidade, e acho que é ela, fazendo sua despedida.

Ficamos lá em cima até nossos dedos congelarem e nossos rostos ficarem bem vermelhos, e chega a hora de ir para casa. Me despeço de Morgan e Ariel com um abraço. Elas prometem fazer uma visita na semana que vem para nos ajudar a separar as coisas de Bella. Berg e Carl vão embora. As meninas da galeria me convidam para dar uma passada por lá qualquer dia — eu digo que vou. Elas estão montando uma nova exposição. Bella estava muito orgulhosa. Eu preciso visitar.

Então sobramos só nós dois. Aaron não pergunta se pode ir para casa comigo, mas, quando o carro chega, entra também. Percorremos a cidade em silêncio. Atravessamos a Brooklyn Bridge em um instante, porque milagrosamente o trânsito está livre. Sem obstruções. Não existem mais obstáculos. Nós paramos na frente do prédio.

As chaves agora estão na minha mão.

Abrimos a porta, subimos de elevador, entramos no apartamento. Tudo o que tanto lutei para que não acontecesse se concretiza pelas minhas próprias mãos.

Tiro os sapatos. Vou para cama. Sei exatamente o que vamos fazer. E sei exatamente como vai ser.

Capítulo 41

Devo ter pegado no sono, porque quando acordo ele está aqui, e a realidade de tudo, da perda de Bella, dos últimos meses, paira sobre nós como uma tempestade iminente.

"Ei", Aaron diz. "Está tudo bem?"

"Não", respondo. "Não está."

Ele suspira e vem até mim. "Você pegou no sono."

"O que você está fazendo aqui?", pergunto, porque quero ter certeza. Quero que ele diga. Quero deixar tudo bem claro.

"Qual é", ele responde, se recusando a falar. Se é por se recusar a admitir o inevitável ou por não querer encarar a pergunta, eu não sei.

"Você me conhece?"

Sinto vontade de explicar, apesar de imaginar que ele já desconfia que eu não sou esse tipo de pessoa. O que aconteceu, o que está acontecendo entre nós, não combina comigo. Eu jamais a trairia. Mas ela se foi. E eu não sei o que fazer com isso — com tudo o que ela deixou para trás.

Ele apoia um dos joelhos na cama. "Dannie, sério mesmo que está me perguntando isso?"

"Sei lá", digo. "Não sei onde estou."

"Foi uma noite legal", ele comenta, me lembrando sutilmente. "Não foi?"

Claro que sim. Foi como ela gostaria que fosse. Foi a cara dela. Espontânea, amorosa. Com uma bela vista de Manhattan.

"Ah, sim", digo. Foi mesmo.

Olho para a TV. Tem uma tempestade se aproximando, cada vez mais perto de nós. A previsão é de quase vinte centímetros de neve.

"Está com fome?", ele me pergunta. Nós não comemos nada hoje.

Faço um gesto negativo com a mão. Mas ele insiste, e meu estômago responde. Na verdade, sim. Estou morrendo de fome.

Sigo Aaron até o closet, ansiosa para tirar meu vestido. Ele pega na gaveta a calça de moletom que usava aqui enquanto trabalhava na reforma, junto com uma camiseta. As únicas coisas no apartamento que não são minhas.

"Eu me mudei para Dumbo", comento, incrédula. Aaron dá risada. É tudo tão absurdo que nenhum de nós dois consegue acreditar. Cinco anos depois, saí de Murray Hill e de Gramercy e me instalei em Dumbo.

Eu me troco e lavo o rosto. Passo um creme. Volto para a sala de estar. Aaron fala comigo da cozinha, onde está preparando uma massa.

Encontro a calça de Aaron sobre o encosto de uma poltrona. Quando dobro, sua carteira sai do bolso. Eu a pego. Um cartão de fidelidade da Stumptown. E então eu vejo — a foto de Bella. Ela está rindo, com os cabelos revoando ao redor do rosto. Na praia. Em Amagansett, no verão. Fui eu que tirei. Parece que foi anos atrás.

Decidimos comer a massa com pesto. Vou me sentar ao balcão.

"Eu ainda sou advogada?", pergunto, preocupada. Faz quase duas semanas que não vou ao escritório.

253

"Claro que é", ele responde, e me oferece vinho. Eu aceito. Ele enche minha taça.

Nós comemos. A sensação é boa, eu estava precisando. A comida parece me deixar mais centrada. Quando terminamos, levamos nossas taças de vinho para o outro lado da sala. Mas não estou pronta, ainda não. Eu me sento em uma poltrona azul. Penso em ir embora, talvez. Para não precisar vivenciar o que vem a seguir.

Chego até a tomar o caminho da porta.

"Ei, aonde você vai?", Aaron pergunta.

"Só até o café."

"O café?"

Aaron vem até mim. Suas mãos tocam o meu rosto, da mesma maneira que na semana passada, do outro lado do mundo. "Fica aqui", ele pede. "Por favor."

E eu fico. Claro que sim. Eu não iria embora, de qualquer forma. Me deixo levar como a água do mar empurrada por uma onda até a areia. E tudo parece absolutamente fluido e necessário. Como se uma coisa que já aconteceu estivesse sendo sacramentada.

Ele me abraça e depois me beija. Primeiro devagar, depois mais rápido, tentando se comunicar, tentando derrubar as barreiras.

Nós tiramos a roupa com pressa.

Sua pele é quente contra a minha, e a sensação que experimentamos é de urgência. Seu toque carinhoso se torna descarado. Sinto o fogo ardendo ao nosso redor. Sinto vontade de gritar. Sinto vontade de destruir nossos corpos.

Fazemos amor na cama que Bella comprou. Em uma união criada por Bella. Ele passa os dedos pelos meus ombros e pelos meus seios. Beija meu pescoço, e desce cada vez mais. Seu corpo sobre o meu é pesado e palpável. Ele respira ofegante contra os meus cabelos, diz o meu nome. Vamos sucumbir a qualquer momento. Não quero que isso acabe nunca.

E então acaba e, quando ele desaba sobre mim — me beijando, me acariciando, estremecendo —, percebo tudo com clareza, como se no fundo sempre soubesse. Está escrito nas estrelas. Por toda parte. Em tudo ao nosso redor.

Eu já sabia cinco anos atrás; vi tudo. Inclusive este momento. Mas, olhando para Aaron ao meu lado, percebo uma coisa em que não reparei antes, pelo menos não até agora: são 23h59.

Eu já sabia o que ia acontecer, mas não o que significava.

Olho para o anel que estou usando. Está no meu dedo médio, de onde não saiu desde que coloquei. É dela, claro, não meu. É o que uso para me sentir mais próximo de Bella.

E o vestido do funeral.

Esse sentimento.

Esse sentimento pungente, infinito, impossível de conter. Que preenche o apartamento. Que ameaça arrebentar as janelas. Mas não é amor. Eu entendi errado. Porque eu não sabia; não fazia ideia do que nos traria até aqui. Esse sentimento não é amor.

É tristeza.

O relógio avança.

Depois

Aaron e eu estamos deitados lado a lado, imóveis. Não estamos constrangidos, apesar do silêncio. Acho que nós dois estamos processando o que acabamos de descobrir: que não temos onde nos refugiar, nem mesmo um no outro.

"Ela está rindo agora", ele diz por fim. "Você sabe disso, né?"

"Se ela não me matar primeiro..."

Aaron levanta uma das mãos sobre a minha barriga. Mas, em vez disso, prefere tocar meu braço. "Ela entende", ele diz.

"É, imagino que sim." Eu me viro de lado. Nós nos olhamos. Duas pessoas unidas e presas pela tristeza. "Quer ficar aqui?", pergunto.

Aaron sorri para mim. Em seguida estende o braço e prende uma mecha dos meus cabelos atrás da minha orelha. "Não posso", ele diz.

Faço que sim com a cabeça. "Eu sei."

Sinto vontade de me arrastar para junto dele. De me aconchegar nos seus braços. De ficar lá até a tempestade passar. Mas não posso, claro. Ele tem sua própria tempestade para encarar. Nós só temos como ajudar um ao outro por causa de tudo por que passamos juntos, e não por causa do que sentimos um pelo outro. É diferente. E sempre foi assim.

Olho ao redor do apartamento. O lugar que ela construiu para mim. Este porto seguro.

"Para onde você vai?", pergunto.

Ele tem uma casa, claro. Uma vida. A que ele vivia nesta mesma época no ano passado. Antes de ser arrastado pelo destino até aqui. Até o dia 16 de dezembro de 2025. *Onde você se vê daqui a cinco anos?*

"Vamos almoçar juntos amanhã?", Aaron pergunta, sentando na cama. Discretamente, debaixo das cobertas, ele veste a calça.

"Sim", respondo. "Seria legal."

"De repente podemos fazer isso uma vez por semana", ele sugere, tentando estabelecer alguma coisa. Um limite, talvez. Ou uma amizade.

"Eu gostaria, sim."

Olho para minha mão. Eu não quero. Minha vontade é de manter isso comigo para sempre. Essa promessa no meu dedo. Mas a promessa não é minha, claro. É dele.

Eu tiro a aliança.

"Toma", digo. "Você deveria ficar com isso."

Ele sacode a cabeça. "Ela queria que você..."

"Não", interrompo. "Não queria, não. É sua."

Ele assente. E pega o anel de volta. "Obrigado."

Aaron se levanta e põe a camisa. Aproveito para me vestir também.

Então ele para o que está fazendo, como se tivesse se dado conta de alguma coisa. "A gente pode tomar um vinho", ele diz. "Caso você não queira ficar sozinha."

Eu penso a respeito, sobre a promessa existente neste lugar. Nesta hora. Nesta noite.

"Não, está tudo bem", respondo. Não faço ideia se é verdade ou não.

Atravessamos o apartamento em silêncio, com passos leves no cimento frio.

Ele me abraça. Seus braços são fortes, transmitem uma sensação boa. Mas a energia não está mais lá, aquele magnetismo, aquele combustível que exigia ser consumido com fogo.

"Se cuida", digo. E ele vai embora.

Fico um tempão olhando para a porta. Me pergunto se vou vê-lo mesmo amanhã ou se vou receber uma mensagem, uma desculpa qualquer. Se esse não é o começo da despedida para nós também. Não sei. Não tenho ideia do que vai acontecer a partir de agora.

Fico circulando pelo apartamento por uma hora, sentindo as coisas. As bancadas de mármore, com seu tom de cinza-claro. Os armários pretos de madeira. Os banquinhos de cerejeira. Tudo no meu apartamento sempre foi branco, mas Bella sabia que eu deveria estar cercada de cores. Vou até a cômoda laranja, e só então vejo a foto no porta-retratos sobre o móvel. Duas adolescentes abraçadas, paradas diante de uma casinha branca com toldo azul.

"Você tinha razão", digo. E começo a rir. Os soluços histéricos se perdem entre a tristeza e a ironia. A trama intricada da nossa amizade continua a se revelar mesmo agora, na ausência dela.

Do lado de fora, do outro lado da rua, vejo que está começando a nevar. A primeira neve do ano. Ponho a foto de volta no lugar. Enxugo os olhos. E então pego minhas botas de borracha, minha jaqueta e meu cachecol no closet. Chaves, porta, elevador.

As ruas estão vazias. É tarde; estamos em Dumbo. Está nevando. Mas, um quarteirão à frente, vejo uma luz acesa. Viro a esquina. O café.

Eu entro. Uma mulher está varrendo o chão atrás do balcão. Mas é um lugar quente e bem iluminado, e ela não me diz que já está na hora de fechar. Porque não está. Olho para a lousa. Tem uma boa variedade de sanduíches que nunca experimentei. Não estou com fome, nem um pouco, mas penso em amanhã — em passar aqui e comprar um bagel com salada de ovos, ou um lanche de atum no pão de centeio. Um sanduíche especial de café da manhã — ovos, tomates e cheddar com rúcula refogada. Alguma coisa diferente.

A porta se abre atrás de mim. Uma sineta toca.

Eu me viro, e lá está ele.

"Dannie", diz o dr. Shaw. "O que você está fazendo aqui?"

Suas bochechas estão vermelhas. A expressão em seu rosto é de franqueza. Ele não está mais com roupas de cirurgia, e sim com calça jeans e uma jaqueta aberta perto do pescoço. É um homem bonito, claro, mas de uma beleza que vem com a familiaridade, talvez um tanto desgastada.

"Dr. Shaw."

"Por favor", ele diz. "Pode me chamar de Mark."

Ele estende a mão. Eu o cumprimento. Vamos ficar aqui até fechar, bebendo um café que aos poucos vai esfriar, daqui a uma hora. Ele vai me acompanhar até meu prédio. Vai me dizer que lamenta muito pela minha perda. Que não sabia que eu morava em Dumbo. Vou responder que não morava. Que acabei de me mudar. Ele vai sugerir que a gente se encontre de novo, talvez no café, quando eu estiver me sentindo melhor. Eu vou responder que sim, talvez. Quem sabe.

Mas tudo isso só vai acontecer daqui a uma hora. Neste momento, do outro lado da meia-noite, nós não sabemos o que vem pela frente.

E que continue assim. Que continue assim.

Agradecimentos

Um agradecimento muito especial para...

Minha editora, Lindsay Sagnette, que literalmente me conquistou logo de cara. Obrigada por tirar meus pés do chão, e por me forçar a usar a expressão "o máximo". Porque você é... e a sorte é toda minha.

Minha agente, Erin Malone, que continua a apoiar minha carreira com unhas e dentes, habilidades editoriais extraordinárias e respeito genuíno. Erin, obrigada por acreditar em coisas que ainda não estão claras, e por confiar em mim como sua parceira. Eu tenho muita sorte, e gratidão. Vou dizer aqui e em todos os outros: você nunca vai se livrar de mim.

Minha empresária, Dan Farah — obrigada por sua disposição para crescer, seu comprometimento total com a minha carreira e sua fé inigualável no meu futuro. Tenho orgulho de nós duas.

Meu agente, David Stone, por manter tudo e todos na linha. Eu preciso da sua sabedoria, da sua orientação e do seu apoio mais do que você imagina. Você sempre vai ser o adulto da turma.

Para todo mundo na Atria, em especial Libby McGuire, por me receber de braços abertos.

Laura Bonner, Caitlin Mahony e Matilda Forbes Watson, por levarem Dannie e Bella para o mundo todo.

Kaitlin Olson, pelo tempo e pela atenção, e Erica Nori, por ser a peça-chave da equipe.

Raquel Johnson, porque o verdadeiro amor sempre esteve disponível para nós.

Hannah Brown Gordon, minha eterna primeira leitora. Obrigada por dizer que esta história era especial e diferente de todas as outras. Eu precisava disso. Sempre precisei.

Lauren Oliver, pela revelação (ou melhor, revelações).

Emily Heddleson, por ser a melhor assistente (chefe) de pesquisa do mercado.

Morgan Matson, Jen Smith e Julia Devillers, por se manterem tão firmes quando as coisas ficaram assustadoras, e por me dizerem para seguir em frente.

Anna Ravenelle, por me manter na linha.

Melissa Seligmann, que continua a ser uma inspiração para as minhas histórias. Eu te admiro demais.

Danielle Kasirer, pela tolerância. Sou muito grata pela nossa história, até o último capítulo.

Jenn Robinson, pelos abraços mais carinhosos e pelos tabefes mais afiados. Meu muito obrigada (e meu vai se f*der) por ter um padrão de exigência tão elevado.

Seth Dudowsky, porque eu não sabia naquele, então estou dizendo neste. Foi uma fase bem longa.

Meus pais, que nunca param de me ensinar o que é amor incondicional. Obrigada por me amarem por inteiro todos os dias. Abençoada é pouco perto de como me sinto. E tudo por causa de vocês.

Terminei os agradecimentos do meu último livro, *The Dinner List*, da seguinte maneira: "A todas as mulheres que já se sentiram traídas pelo destino ou pelo amor. Aguentem firme. Sua história ainda não chegou ao final". Agora quero acrescentar: nem mesmo depois da meia-noite, e principalmente depois da meia-noite. Continuem seguindo na direção do que está à sua espera.

1ª EDIÇÃO [2020] 4 reimpressões

ESTA OBRA FOI COMPOSTA POR ACOMTE EM UTOPIA E IMPRESSA
PELA GRÁFICA BARTIRA EM OFSETE SOBRE PAPEL PÓLEN NATURAL DA
SUZANO S.A. PARA A EDITORA SCHWARCZ EM AGOSTO DE 2023

A marca FSC® é a garantia de que a madeira utilizada na fabricação do papel deste livro provém de florestas que foram gerenciadas de maneira ambientalmente correta, socialmente justa e economicamente viável, além de outras fontes de origem controlada.